für Elizabeth

Die Handlung und die Personen dieses Romans
sind frei erfunden

Impressum:

Wolfgang Schmickler
KALTE VERBRENNUNG

1. Auflage 2015
Titelbild: Elizabeth Santos, Ulm

Gesamtherstellung: Gerhard Hess Verlag
www.gerhard-hess-verlag.de

ISBN: 978-3-87336-485-1

Wolfgang Schmickler

kalte Verbrennung

1

Miller saß an seinem Schreibtisch und las die Patentschrift durch, die er vor zwei Wochen eingereicht hatte. Er hatte sie schon so oft gelesen, dass er sie fast auswendig kannte: die Aufbereitung des Kohlenstoffs, die Präparation des Katalysators, den Laserblitz, der die autokatalytische Reaktion zündete. Zufrieden ließ er den Blick über seine Unterschrift am Ende des Dokuments gleiten.

Er lehnte sich zurück, steckte sich eine Zigarette an und schaute dem Rauch nach, der sich im Dunkel über der Schreibtischlampe verlor. Er hatte es geschafft, diesmal hatte er es wirklich geschafft: die große Entdeckung, von der er schon als Kind geträumt hatte. Und reich würde er werden, sehr reich. Zwanzig Millionen vorweg würde er morgen verlangen, und eine Beteiligung am Gewinn. Die Manager von General Powers würden die Augenbrauen hochziehen, sich zu einer Beratung zurückziehen, und dann zustimmen – da war er sich sicher. Schließlich würde seine Erfindung die Weltwirtschaft revolutionieren. Eine Brennstoffzelle mit einem Wirkungsgrad von 80%, nicht mit Wasserstoff betrieben, den man erst teuer erzeugen musste, sondern mit Kohle! Man würde alte, seit langem geschlossene Kohlengruben wieder öffnen, das Joch der Abhängigkeit vom arabischen Öl abschütteln! In zehn Jahren würden nur noch Elektroautos über die Straßen der westlichen Welt fahren, mit seiner Zelle betrieben.

Eine leise, irrationale Furcht mischte sich in seinen Triumph, und widerwillig ließ er seine Gedanken um fünfzehn Jahre zurückgleiten. Damals, als sein Bild auf der Titelseite von Time-Magazine prangte, hatte er sich auch am Ziel seiner Wünsche geglaubt, doch dann war alles innerhalb weniger Wochen zusammengestürzt. Das Tritium hatte sich nie wieder nachweisen lassen, weder in seinem Labor noch in anderen. Man verdächtigte ihn des Betrugs, die Universität drängte ihn, freiwillig auf seine Professur zu verzichten – und seine Frau reichte kurz darauf die Scheidung ein. Es sei schwer genug gewesen, mit einem erfolgreichen Monomanen zu leben, sagte sie ihm damals, mit einem verbitterten, erfolglosen Monomanen zu leben, sei ihr unmöglich. Er hatte sie teuer abfinden müssen; sie hatte den Richter überzeugen können, dass er sie schon seit Jahren vernachlässigte.

Er wischte die bitteren Gedanken beiseite und kehrte in die schöne Gegenwart zurück. Diesmal hatte ihm kein inkompetenter oder rachsüchtiger Mitarbeiter ins Handwerk pfuschen können. Der 30 kW Prototyp, der in seinem Blockhaus im Garten stand, funktionierte zweifelsfrei, und er war seines Geistes Kind. Zugegeben, Kremer – gut, dass er gerade in Indien war – hatte auch ein paar ganz nützliche Ideen beigetragen. Er würde ihn beteiligen müssen, ein bis zwei Millionen sollten reichen. Aber es war er, Miller, gewesen, der die alten Arbeiten von Grove ausgegraben hatte, und auf den genialen Einfall mit der Initialzündung wäre der tüchtige, aber mit wissenschaftlicher Fantasie nicht allzu sehr gesegnete Kremer doch nie gekommen.

Er drückte die Zigarette aus und zündete sich eine neue an. Spät kam er in seinem Leben, der Erfolg, fast zu spät. Was sollte er jetzt, mit sechsundsechzig Jahren, mit dem ganzen Geld machen, wie das Leben genießen? Natürlich konnte er sich jetzt eine Villa kaufen, hier oder in Kalifornien, er konnte auf Reisen gehen, eine Kreuzfahrt in die Antarktis buchen, in teuren Hotels übernachten – aber sollte er das alles alleine tun? Gut, seine Tochter würde ihn wohl die eine oder andere Woche begleiten, aber sonst? Mit seinem Sohn hielt er es keine zwei Tage aus, und was Frauen betraf, so hatte er nach seiner Scheidung nur noch eine Affäre mit einer Technikerin gehabt. Es war jetzt mindestens zwei Jahre her, dass er das letzte Mal mit einer Frau geschlafen hatte. Er brauchte nicht in den Spiegel zu blicken: seine knochige Gestalt, das graue, faltige Rauchergesicht, der kahle Schädel waren ihm nur allzu vertraut. In so einen Kerl wie ihn würde sich keine attraktive Frau mehr verlieben.

Es soll ja hässliche Männer geben, die schöne Frauen mit ihrem Charme betören, aber nicht er. Für belangloses Gerede, gar für Schmeicheleien, hatte er nie etwas übrig gehabt. Seine Stärke waren der analytische Verstand, gepaart mit Ehrgeiz und Beharrlichkeit. Höchstens eine hässliche Frau würde sich noch in ihn verlieben, eine Frau wie die dicke Nachbarin, mit der er zwei Jahre lang freundschaftlich verkehrt hatte. Hässlich war sie eigentlich nicht – Rubens hätte sie als Modell für seine Juno nehmen können – aber für ihn war sie einfach zu dick. Er war gerne mit ihr ausgegangen; sie war intelligent, plauderte nett, und man konnte mit ihr, was man nicht mit vielen Frauen konnte: zusammen schweigen. Es war angenehm gewesen, mit ihr auf der Stadtmauer an der Donau zu sitzen, einen Cocktail zu trinken, und dabei den eigenen Gedanken nachzuhängen, oder nach dem Theater bei dem Japaner gegenüber Sushi zu essen und über das Stück zu reden. Mehr hatte er nicht von ihr gewollt; allein der Gedanke, dieses nachgiebige Fleisch in die Arme zu nehmen, unter ihren schweren Brüsten nach Atem zu ringen, ließ ihn schaudern.

Lange Zeit war alles gut gegangen, doch dann lud sie ihn eines Abends zu sich nach Hause ein, setzte ihm einen 1987 Saint Emillion, premier cru, vor, und schenkte ihm reichlich nach. Während er schweigend den Wein genoss, stand sie plötzlich auf, setzte sich auf die Lehne seines Sessels, eines erstaunlich stabilen Möbelstücks, schmiegte sich an ihn und drückte ihm einen Kuss auf die Wange. Er war völlig überrascht; nie hatte er auch nur eine Andeutung gemacht, dass er mehr von ihr wollte als ihre Gesellschaft. Natürlich war sie eine Frau, aber als sexuelles Wesen hatte er sie nie betrachtet. Was sollte er tun? Er wehrte sie sanft ab und gab ihr zu verstehen, er sei homosexuell. Daraufhin hatte sie ihn beschimpft, ein schwules Schwein genannt und den Umgang mit ihm abgebrochen. Die Heftigkeit ihrer

Reaktion hatte ihn überrascht; schließlich war sie eine gebildete, tolerante Frau und sollte keine Vorurteile gegen Homosexuelle haben. Schade, an manchen Abenden vermisste er sie. Aber was hätte er ihr denn sagen sollen, die Wahrheit?

Die Evolution hatte einfach nicht mit der Entwicklung der Menschheit Schritt gehalten. Frauen wurden älter als Männer, also sollten Männer seines Alters sich in Siebzigjährige verlieben, statt nach Frauen im gebärfähigen Alter zu lüsten. Die ließen sich, wie die Geburtenrate zeigte, ja kaum von Gleichaltrigen schwängern, geschweige denn von alten Knackern wie ihm. Nein, Natur und Kultur hatten sich bei den Menschen zu weit auseinander entwickelt, nicht nur im Sexualverhalten.

Natürlich, wenn bekannt würde, dass er reich war, würden sich schon Frauen finden. Ihm fiel ein alter Song von Randy Newman ein: *it's money that I love*. Er stand auf, suchte die CD heraus und legte sie auf. Mit bitterem Amüsement hörte er zu. Recht hatte er, der alte Newman: Liebe kann man sich zwar nicht kaufen, aber viele andere gute Dinge – auch hübsche, junge Frauen! So würde er es machen, wozu gab es schließlich Edelbordelle und Escort-Services, doch für geile, reiche Alte wie ihn! Er malte sich aus, wie er mit einem schönen Callgirl an einem Pier in San Francisco in der späten Sonne zu Abend aß, mit ihr plauderte und lachte, ihr dann die Hand aufs Knie legte und sich mit ihr zu seinem Hotel aufmachte.

Er beschloss, vor dem Einschlafen einen Porno aufzulegen. Aber erst wollte er sich nochmals seine Apparatur ansehen, noch einen Test starten, bevor am nächsten Tag die Manager von General Powers kämen. Er stand auf, schloss die Patentschrift wieder in den Safe und trat in den Garten hinaus. Sein Haus und Grundstück in Berkeley hatte er gut verkaufen können, als er Anfang der neunziger Jahre aus den USA flüchtete, und so konnte er sich ein Haus mit einem großen Garten auf der Alb oberhalb der kleinen Universitätsstadt leisten. Einen Schuppen hatte er zu einem soliden Blockhaus umgebaut und sich dort ein Labor eingerichtet. In dem Institut für Brennstoffzellen, in dem er bis zu seiner Pensionierung gearbeitet hatte, hatte er keine Gelegenheit mehr gefunden, selbst zu experimentieren. Dort musste er Mittel einwerben, Mitarbeiter anleiten, sich mit der Verwaltung streiten, und natürlich auch Projekte entwerfen – aber nur solche, die innerhalb weniger Jahre Gewinn versprachen. Für wirklich kreative Forschung, die sich ja nicht planen ließ und vielleicht nie zu einem vermarktbaren Produkt führte, war dort kein Raum.

Schon in Berkeley war ihm der Gedanke gekommen, die Brennstoffzellenforschung sei in eine Sackgasse geraten: Die Ausbeuten waren zu niedrig, die Elektroden zu teuer. Zwar waren in den letzten zwanzig Jahren stetige Fortschritte gemacht worden, aber wenn das so weiterging, würde man unweigerlich an eine Grenze stoßen, und die Brennstoffzellen würden das bleiben, was sie jetzt waren:

ein Nischenprodukt, das sich allenfalls durch hohe Subventionen auf dem einzigen großen Markt, den Energiequellen für Kraftfahrzeuge, durchsetzen ließ. Eine neue Idee musste her – oder vielleicht eine alte? Als Grove Mitte des 19. Jahrhunderts die Theorie der Brennstoffzellen begründete, nahm er es als selbstverständlich an, dass man in Zukunft Kohle nicht mehr einfach verbrennen würde, sondern in einer Brennstoffzelle mit Sauerstoff reagieren ließe. Somit würde man direkt Strom, die praktischste Form der Energie, gewinnen. Zudem betrug der theoretische Wirkungsgrad über 100 % – die Zelle entzog ihrer Umgebung Wärme und wandelte sie in Strom. Auf dem Papier sah das wunderschön aus, aber in der Praxis funktionierte es nicht: der Kohlenstoff reagierte nicht, obwohl jede Menge Energie frei würde. Man bräuchte einen Katalysator, um die Reaktion in Gang zu setzen, aber jahrzehntelange Suche war erfolglos geblieben. Gegen Mitte des zwanzigsten Jahrhunderts gab man die Sache auf und wandte sich anderen Typen von Brennstoffzellen zu, die zwar nicht die gleiche Effektivität versprachen, aber funktionierten.

Als stellvertretender Institutsdirektor war er für die Koordination und Planung der verschiedenen Projekte verantwortlich gewesen; kein leichter Job, aber trotzdem hatte er an den Abenden und Wochenende viel freie Zeit, schließlich kannte er hier fast niemanden. Also nahm er sich die alten Arbeiten zur Kohlenstoffzelle vor, überlegte, was man in den letzten fünfzig Jahren an neuen Erkenntnissen und

Methoden gewonnen hatte, und begann in seinem Blockhaus mit systematischer Forschung. Kremer, der Institutsleiter, hatte ihn unterstützt, ihm Apparaturen, Computer und Materialien zur Verfügung gestellt, und später, als die Sache spannend wurde, manche Stunden mit ihm zusammengearbeitet. Aber der Durchbruch war ihm alleine vor ein paar Monaten geglückt. Er hatte ihn geheim gehalten, auch vor Kremer, den Prototyp gebaut, das Patent angemeldet, und jetzt war es so weit: Jetzt konnte er die Rechte verkaufen, viel Geld und viel Ruhm einstreichen, und den Rest seines Lebens – noch zwanzig Jahre, vielleicht mehr? – genießen.

Er ließ seinen Blick zum Himmel schweifen; rechts über ihm stand der Große Wagen, dahinter Cassiopeia, und geradeaus, soeben noch über den Bäumen sichtbar, leuchtete rot der Mars. Schon in Berkeley hatte er sich für Astronomie interessiert und gelegentlich mit einem kleinen Fernrohr Planeten und Sternhaufen beobachtet. Auf der Alb waren die Winternächte oft klar, während Ulm unten im Nebel lag. So hatte er sich ein Spiegelteleskop zugelegt, mit dem er von seinem Balkon aus den Himmel nach Galaxien und Nebeln absuchen konnte. Bei lichtschwachen Objekten störte freilich die Straßenbeleuchtung, und so brachte er sein Teleskop gelegentlich hinaus auf ein freies Feld fern von der Siedlung, wo ihn kein Streulicht störte.

Nach seiner Pensionierung hatte er sich, aus purer Neugierde, etwas mit Astrologie befasst.

Natürlich hatte er nicht die dummen modernen Ratgeber gelesen, sondern die alten babylonischen und persischen Texte studiert. Zu jener Zeit unterschied man noch nicht zwischen Astronomie und Astrologie, und die Mischung aus wissenschaftlicher Erkenntnis, Kosmologie und purem Aberglauben, die er in diesen Schriften fand, faszinierte ihn. Spaßeshalber entwarf er gelegentlich sein eigenen Horoskop nach den orientalischen Regeln, die freilich viel Spielraum zur Interpretation ließen. Er wählte stets die optimistischere Variante, und lag in letzter Zeit fast immer richtig damit, aber das war natürlich reiner Zufall. Auch für diese Woche hatte er die Sterne befragt, und alle Zeichen wiesen auf ein großes, entscheidendes Ereignis in seinem Leben. Die Dominanz des Kriegsgottes Mars, der fast seinen erdnächsten Punkt erreicht hatte, am Abendhimmel konnte man allerdings auch stärker deuten: als eine Bedrohung, gar als eine Katastrophe. Aber diesmal war die Auslegung klar: die große Wende in seinem Leben würde der Verkauf an General Powers sein und der Beginn einer neuen, hedonistischen Lebensphase, mit viel Geld, Reisen und schönen Frauen.

Er zündete sich noch eine Zigarette an, sog den Rauch tief ein und setzte sich auf eine Bank vor seinem Blockhaus, um die frühsommerliche Nacht zu genießen, ehe er seine Apparatur nochmals testete. Wieder glitten seine Gedanken zurück in die verrückte Zeit, die zur Katastrophe in seinem Leben führte, zur Flucht aus den USA und einem neuen, bescheideneren Leben in Deutschland. Zwei Elektrochemiker, Pons und Fleischmann, hatten auf einer Pressekonferenz eine Sensation verkündet, ihnen sei mit simpelsten Mitteln gelungen, wonach seit Jahrzehnten Tausende von Physikern mit milliardenschweren Budgets strebten: die kontrollierte Fusion von Deuterium. Die Energie, die in der Wasserstoffbombe mit unvorstellbarer Zerstörungskraft frei wird, wollten sie mit einem Reagenzglas und einem Stückchen Palladium gebändigt haben. So hatte es ihm ein Kollege aus Harvard frühmorgens am Telefon berichtet, und so stand es auf dem Titelblatt der New York Times, die er beim Frühstück las. Nicht zu glauben die Geschichte, aber auch nicht zu glauben, dass ein Wissenschaftler mit einer solchen Sensation an die Öffentlichkeit träte, wenn er sich nicht völlig sicher wäre. Wenn dies stimmte, waren die Energieprobleme der Menschheit auf absehbare Zeit gelöst. Deuterium, den schweren Wasserstoff, gab es im Meer in beliebiger Menge, und Palladium – nun gut, wie groß die Vorräte an Palladium waren, wußte man nicht genau, aber es wurde ja nicht verbraucht bei dem Prozess, man konnte es immer wieder verwenden. Neben dieser *kalten Kernfusion*, wie man die angebliche Entdeckung bald nannte, wäre seine schöne Kohlenstoff-Brennstoffzelle unbedeutend gewesen.

Nach allem, was man über die Kernfusion weiß, wird sie von einer starken, radioaktiven Strahlung begleitet, aber das Foto neben dem Artikel zeigte zwei lächelnde Chemiker vor einer Glasapparatur, keine Spur von einer Bleiabschirmung und auch keine Rede davon. Nicht mal ein paar strahlenverseuchte Doktoranden konnten die beiden vorweisen. Den einzigen Effekt, den sie laut Zeitungsbericht wirklich gemessen hatten, war eine sehr starke Wärmeentwicklung, und sie behaupteten, erheblich mehr Wärme zu gewinnen, als sie an elektrischer Energie hereingesteckt hatten. Merkwürdig war das alles gewesen, aber vielleicht hatten die beiden einen neuen Reaktionsweg für die Kernfusion entdeckt, obwohl die theoretischen Physiker behaupteten, sie hätten schon alle Möglichkeiten berechnet.

Damals war er Professor für Materialwissenschaften an der Universität Berkeley gewesen, wo er eine Gruppe mit fünfzehn Mitarbeitern leitete. Kaum war er an jenem Morgen dort angekommen, als ihm seine Sekretärin auch schon ein Fax brachte: eine Kopie der Publikation von Pons und Fleischmann, die freilich nicht in einer der beiden großen Wissenschaftsjournalen, *Science* oder *Nature*, erschienen war, sondern in einer kleinen, wenn auch seriösen elektrochemischen Zeitschrift. In der Publikation war auch von Kernstrahlung die Rede, die sie beobachtet hatten, und es gab ein Bild des gemessenen Spektrums. Miller hatte zwar Physik studiert, aber zu wenig Ahnung von Kernfusion, um die Daten beurteilen zu können. Er rief einen Kollegen aus der Kernphysik an; der hatte soeben das gleiche Fax erhalten, und so trafen sie sich wenig später in dessen Büro. Dort erklärte ihm sein Kollege, das Spektrum könne nichts mit Kernfusion zu tun haben: Die

Intensität war viel zu gering, und die Maxima lagen bei den falschen Energien. War am Ende alles eine bodenlose Dummheit zweier unbedarfter Chemiker?

In den nächsten Wochen stürzten sich alle, die ein Reagenzglas und ein Stück Palladium auftreiben konnten, auf die kalte Kernfusion. Mehrere Forschergruppen berichteten über eine exorbitante Wärmeentwicklung und einen Energiegewinn zwischen 10% und 200%, aber keine konnte den Beweis führen, dass es sich wirklich um Kernfusion handelte. Ein Beweis, das wäre gewesen: entweder intensive Kernstrahlung hoher Energie, oder aber Fusionsprodukte wie Helium oder Tritium. Miller überlegte ein paar Tage, ob er noch auf den fahrenden Zug aufspringen sollte. Er hatte damals zwar nicht viel Ahnung von Elektrochemie, aber in den Materialwissenschaften machte ihm keiner was vor. Vielleicht lag das Geheimnis ja in der Aufbereitung des Palladiums, oder in der Zusammensetzung des Elektrolyten? Er hatte gerade Kremer, einen frischpromovierten deutschen Elektrochemiker, als Mitarbeiter eingestellt. Aus ihm und zwei Doktoranden bildete er kurzentschlossen ein Team, ließ sie zwei gleiche Elektrolysezellen aufbauen, eine mit normalem, die andere mit deuteriertem Wasser betreiben, und begann mit systematischen Untersuchungen.

Sechs Monate Zeit gab er dem Projekt; wenn sich dann nichts ergeben hatte, wollte er es abbrechen. Sein Team arbeitete mit Begeisterung rund um die

Uhr, und als ein Doktorand erkrankte und drei Wochen ausfiel, übernahmen die beiden anderen ohne zu Murren auch seinen Part. Miller probierte neue Präparationen für die Palladiumelektrode aus, die sie besonders viel Wasserstoff aufnehmen ließen, und versuchte es mit verschiedenen Elektrolytlösungen; vor allem Lithiumsalze schienen ihm vielversprechend, spielte dieses Element doch auch in der gewöhnlichen Kernfusion eine Rolle. Natürlich tat er dies nicht selber: er dachte sich die Experimente aus, und seine Mitarbeiter setzten sie um. Vier Monate lang beobachteten sie nichts Besonderes; die Elektroden wurden heiß, und die Elektrode im deuterierten Wasser war stets viel heißer als die andere. Aber Miller gab sich erst gar nicht die Mühe, die Wärmeentwicklung messen zu lassen, das taten andere Gruppen. Er suchte nach einem unanfechtbaren Beweis, dass wirklich eine Kernfusion in der Zelle stattfand, und das bedeutete entweder eine starke radioaktive Strahlung, oder ein Fusionprodukt. Aber dann, eines Morgens, als er gerade nach einem ausgiebigem Frühstück in seinem Büro Platz genommen hatte, stürzte Kremer herein und sagte, er habe Tritium in der deuterierten Zelle nachgewiesen. Tatsächlich, der Geigerzähler neben der Zelle tickte, und das Spektrum, das Kremer aufgenommen hatte, wies eindeutig auf Tritium hin. Er rief einen Kollegen aus der Kernphysik hinzu, der den Befund bestätigte. In der Zelle seien etwa drei Gramm Tritium entstanden, schätzte er. Dies war der Durchbruch, der definitive Beweis, und der Kollege riet ihm, sofort eine Pressekonferenz einzuberufen, ehe jemand anders ihm zuvor käme.

Miller zögerte; er galt als gewissenhafter Wissenschaftler, und normalerweise wiederholte er ein Experiment, ehe er die Ergebnisse publizierte. Andererseits, in der Zelle war zweifellos Tritium, und wie hätte aus Deuterium Tritium entstehen können, wenn nicht durch eine Kernreaktion? Während er noch überlegte, kam der Präsident der Universität persönlich, mit einem Patentanwalt und dem Pressereferenten. Sie sahen sich alles an, ließen sich alles erklären, und riefen für denselben Nachmittag die Presse zusammen, ohne ihn auch nur zu fragen. Seine Ankündigung erregte das gleiche Aufsehen wie die von Fleischmann und Pons wenige Monate zuvor; man spekulierte, dass er sich mit diesen beiden den Nobelpreis teilen werde, und am nächsten Freitag legte ihm seine Frau die neuste Ausgabe von *Time* auf den Frühstückstisch, mit seinem Bild auf dem Titelblatt.

Natürlich setzte er sofort eine neue Versuchsreihe an, schrieb genauestens auf, wie er das kritische Experiment durchgeführt hatte und verteilte die Anleitung an alle, die seine Ergebnisse reproduzieren wollten. Er ließ die Bleiabschirmung um die Zelle verstärken und wartete, bis das Klicken des Geigerzählers erneut die Fusion verkünden würde. Er wartete Stunden, Tage, zwei Wochen, doch nichts geschah. Er rief Kollegen an, die sein Experiment nachmachten, doch auch dort nur negative Ergebnisse. Der schreckliche Verdacht, dass dies alles ein ungeheurer Irrtum war, verdichtete sich und ließ ihn nicht schlafen. Stundenlang verhörte er seine Mitarbeiter, wie sie das kritische Experiment durchgeführt hatten, welche Chemikalien sie benutzt hatten, ob es irgendetwas Besonderes, ihm Unbekanntes, gäbe, das die Fusion ausgelöst haben könnte; aber nichts konnte den früheren Erfolg und die jetzigen Misserfolge erklären. Mehrere Forschergruppen traten an die Öffentlichkeit und erklärten, sie hätten seine Experimente peinlichst genau wiederholt, aber kein einziges Tritiumatom gefunden. Die Stimmung schlug um: auf den Tagungen hielten nun nicht mehr die Anhänger der kalten Fusion die großen Vorträge, sondern die Kritiker, die über monatelange ergebnislose Experimente berichteten und Pons, Fleischmann und ihm, Miller, schlicht Inkompetenz vorwarfen.

Nach zwei Monaten war Miller klar: Das Tritium war nicht durch eine Kernfusion entstanden, sondern jemand hatte es in die Zelle gegeben. dass einer seiner Leute Tritium mit Deuterium verwechselt hatte, war möglich, aber nicht wahrscheinlich, schließlich wurde Tritium in einem strahlensicheren Behälter aufbewahrt, deuteriertes Wasser hingegen stand in gut verschlossenen Flaschen einfach im Regal. Nein, jemand hatte das Tritium absichtlich in die Zelle geschüttet, um ihm zu schaden, und dieser jemand hatte sein Ziel erreicht – aber wer war es? Sein erster Verdacht fiel auf Kremer, schließlich hatte der das Tritium entdeckt und in den zwölf Stunden zuvor das Experiment überwacht. Aber das wäre zu offensichtlich gewesen, und zudem, welches Motiv sollte er haben? Auf Befragen gab Kremer zu, nicht ständig neben der Zelle gesessen zu haben. Er hatte aus dem Nebenzimmer mit seiner Freundin telefoniert, sich zwischendurch Kaffee gemacht, war natürlich auf der Toilette gewesen, und konnte auch nicht ausschließen, mal eingenickt zu sein – schließlich war es keine faszinierende Aufgabe, ein kleines Stück Palladium zu beobachten, das mal mehr, mal weniger heiß wurde. Ein bisschen Tritium in die Zelle zu geben, war eine Sache von Minuten, ja Sekunden, und jeder, der sich im Institut auskannte, hatte in jener Nacht reichlich Gelegenheit dazu. Miller war zwar nicht direkt unbeliebt, aber mit seiner direkten, zielstrebigen Art hatte er sich Feinde an der Universität geschaffen, und als erfolgreicher Wissenschaftler hatte er sicherlich Neider unter seinen weniger begabten Kollegen. Er unterzog alle seine Mitarbeiter einem Kreuzverhör, aber nach ein paar Tagen gab er auf, es war unmöglich, herauszufinden, wer ihm diesen Streich gespielt hatte.

Innerhalb weniger Wochen brach die Kalte Fusion wie ein Kartenhaus zusammen. Fleischmann zog sich in sein Landhaus in England zurück, Pons verschwand in einem privaten Forschungslabor in Frankreich – und was sollte er, Miller, tun? Die Universität konnte ihn nicht hinausschmeißen, schließlich war ihm kein Vergehen nachzuweisen, aber man bot ihm eine hübsche Abfindung an, falls er selbst kündigte. So nahm er erst mal ein Freisemester und zog sich für sechs Monate zu einem befreundeten Kollegen an der Technischen Hochschule in Berlin zurück, wo er schon nach seiner Promotion zwei Jahre als Humboldt-Stipendiat verbracht hatte. Unterdessen liefen seine Mitarbeiter davon, die Geldquellen für seine Forschung versiegten, und seine Frau ließ sich scheiden. Als Kremer, der unterdessen Leiter eines Forschungsinstituts in Deutschland geworden war, ihm die Stelle eines stellvertretenden Direktors anbot, zögerte er nicht lange: Er kündigte, steckte die Abfindung ein, verkaufte sein Haus, fand seine nunmehr Exfrau ab, und zog hierhin auf die schwäbische Alb.

Er stand in seinem Garten, reckte sich zu den Sternen empor und schüttelte die Vergangenheit ab. Konnte er heute nicht doppelt stolz sein: auf seine Kohlenstoffzelle und auf seine Wiederauferstehung aus einer Katastrophe, aus der sich ein schwächerer Mann nie wieder erholt hätte? Er hatte ja selbst nicht geglaubt, wieder an seine früheren Erfolge anknüpfen zu können, die ihm internationale Auszeichnungen, viele Aufträge und einen gut dotierten Lehrstuhl eingebracht hatten. Die Stelle am Institut für Brennstoffzellen war ihm als ruhiger Hafen erschienen, in dem er seine wissenschaftliche Laufbahn in kleinem Rahmen fortführen und schließlich beenden könnte. Ihm fiel eine Zeile aus dem *Prometheus* ein, den er in einem Goethebändchen gelesen hatte, das ihm seine Nachbarin letztes Jahr zu Weihnachten geschenkt hatte. *Hast Du nicht alles selbst geschaffen, heilig glühend Herz?*

Er lachte auf und ging in sein Labor. In der Mitte des Blockhauses stand ein großer Experimentiertisch, auf dem die Zelle aufgebaut war. Eine Wand wurde von einem Regal eingenommen, voll mit Büchern und Zeitschriften. An den anderen Wänden lief eine meterbreite Bank entlang mit einem Schreibplatz, Computern, Drucker, Stapeln von Papieren, Glasgeräten und Chemikalien. Darüber hingen Bilder von seinen Schülern, viele mittlerweile selbst Professoren oder Laborleiter. Sein Doktorvater, John Bardeen, Erfinder des Transistors und zweifacher Nobelpreisträger, nahm einen Ehrenplatz ein. Er ging direkt zu dem ein Meter hohen, kubischen Block, der die Zelle enthielt, überprüfte die Anschlüsse und Messgeräte. Er legte ein Schaltrelais um und ging zum Laser, um die Reaktion durch einen Blitz zu starten. Zu spät sah er, dass der Laser nicht auf die Mitte der Anode gerichtet war, sondern auf ihren Rand – auf einen grauen Fleck, der dort gar nicht sein sollte.

2

Bayern vier Klassik – die Nachrichten tönte der Radiowecker. Hilde Beck gähnte, streckte sich, stemmte ihren massigen Oberkörper hoch und hörte sich die üblichen Katastrophenmeldungen an: Autobomben im Irak, die israelische Armee im Gazastreifen, neue Löcher im Bundeshaushalt. Sie seufzte; heute hatte sie in den ersten beiden Stunden die Klasse 8a in Englisch, eine Horde pubertierender kleiner Monster. Nicht mal für die Texte von Rap- und Rocksongs, die sie ihnen in der letzten Woche vorgelegt hatte, interessierten sie sich. Keinem fiel auf, wie komisch es war, wenn sie mit ernster Stimme vortrug: *You need cooling, baby, I'm not fooling...*, und selbst die eindeutige Zeile: *I'm gonna give you every inch of my love* war bei ihnen, die sonst überall kichernd sexuelle Anspielungen witterten, auf Unverständnis gestoßen. Immerhin, bei ihr blieben die Kinder halbwegs ruhig. Wenn sie ihre achtzig Kilo vor einem kleinen Rüpel oder einer albernen Göre aufstellte, verschlug es ihnen die Sprache. Dagegen wurde die junge Referendarin mit der Figur eines magersüchtigen Models, die gelegentlich die Klasse übernahm, von den Schülern einfach ignoriert. Na ja, einen Vorteil mussten ihre Pfunde, die ihr sonst nur Kummer bereiteten, ja haben.

Als die ersten Takte einer Mozart-Sonate erklangen, stand sie auf, zog sich einen geblümten Morgenmantel über und trat ans Fenster. Ein Hauch von Rosa am östlichen Himmel versprach wieder einen schönen Sommertag. Wie jeden Morgen blickte sie schräg hinüber zum Haus von Frank Miller, und wieder spürte sie diesen leisen, ziehenden Schmerz in der Herzgegend. Frank Miller und schwul! Sie wußte nicht, was sie mehr empört hatte: die herbe Abfuhr oder die dumme Lüge. Als ob sie nicht schon beim ersten Ausgehen bemerkt hätte, dass Miller alles andere als schwul war. Im Gegenteil, der Mann schien ein Radar für attraktive Frauen zwischen Dreißig und Fünfundvierzig zu haben. Sie erinnerte sich noch gut an die Szene, die sich später in mancherlei Varianten wiederholen sollte: Sie saßen in einem Restaurant, Frank mit dem Rücken zur Tür, als eine hübsche Blonde im richtigen Alter eintrat. Er erzählte gerade von den Schönheiten des Yellowstone Parks im Winter und konnte die Frau unmöglich sehen. Plötzlich straffte sich sein Oberkörper, seine Gesten wurden ausladender, seine Stimme ein wenig lauter. Als die Frau mit ihrem Begleiter, einem unauffälligen, dicklichen Schwaben, in seinem Blickwinkel Platz genommen hatte, schaute er keinesfalls sofort zu ihr hin – dafür war er viel zu höflich, auch ihr, Hilde, gegenüber. Aber bei der ersten Gelegenheit, als er sich unbeobachtet wähnte, warf er einen schnellen Blick zu der Frau hinüber, und den wiederholte er an jenem Abend, so oft er dies unauffällig konnte. Natürlich fielen der Frau seine Blicke auf, aber obwohl Miller kein schöner Mann war, schien ihr seine Aufmerksamkeit nicht lästig oder peinlich zu sein, im Gegenteil: gelegentlich ließ sie ihren Blick vage, scheinbar ziellos, in seine Richtung schweifen.

Schon damals wurde Hilde klar, dass sie bei diesem Mann, der sich in ihrer Gesellschaft doch offensichtlich wohl fühlte, als Frau keine Chance hatte.

Früher oder später, da war sie sich sicher gewesen, würde Frank ihr eine schlanke, wie dreißig aussehende Vierzigjährige vorstellen, und dann wäre es vorbei mit den Opernabenden in Stuttgart, dem gemütlichen Weintrinken am Donauufer. Aber nichts geschah, er ließ es bei Blicken bewenden. Gab es eine andere Frau, die er auf seinen häufigen Reisen traf, oder hatte er, trotz seiner zur Schau getragenen Selbstsicherheit, Angst vor einer Zurückweisung? Einige Male hatte sie behutsam versucht, das Gespräch auf andere Frauen in seinem Leben zu lenken, aber er war ihr ausgewichen, wie er es fast immer tat, wenn sie an Privates rührte .

Zwei Jahre lang war sie mit diesem Mann ausgegangen, einmal, zweimal die Woche, aber was wußte sie eigentlich über ihn? Er hatte eine Tochter, Biologin und Professorin in Yale, auf die er offensichtlich stolz war. Nicht dass er viel über sie geredet hätte, aber wenn er sie erwähnte, wurde seine Stimme wärmer, lebhafter; er schien dann mehr über sie erzählen zu wollen, hielt sich aber zurück. Eine Mutter schien jene Tochter nicht zu haben – sie war wohl, Athene gleich, seiner Stirn entsprungen. Anders hingegen sein Sohn, dessen Existenz er widerwillig zugab, als dieser ihn letztes Jahr überraschend besuchte und er deswegen einen Theaterabend mit ihr verschieben musste. Als Hilde nachfragte, murmelte er etwas von einer Entfremdung, vom schlechten Einfluss der Mutter, und wechselte das Thema – eine Taktik, die sie nur zu gut von ihm kannte. Über sein Leben in Kalifornien, über die Gründe, die ihn bewogen hatten, von einer der schönsten Gegenden der Welt auf die schwäbische Alb zu ziehen, hatte er ihr nichts gesagt außer, dass er hier einen ruhigen Lebensabend genießen und sich ganz seinem Forschungsprojekt widmen könne. Seinem großen Projekt, dem er in dem geheimnisvollen Blockhaus nachging und fast seine gesamte freie Zeit widmete. ‚Davon verstehst Du nichts,' hatte er auf ihre Frage gesagt; als sie ihn dann böse anfunkelte und tief Luft holte, um über die Arroganz der Männer, der Naturwissenschaftler, und eines gewissen Frank Millers insbesondere herzuziehen, hatte er aufgelacht und sie besänftigt: ‚O.k, ich werde Dir zu gegebener Zeit alles erzählen; drück mir die Daumen. Wenn es klappt, lade ich Dich auf eine Kreuzfahrt in die Antarktis ein.' Eine Kreuzfahrt mit Frank Miller? Dafür hatte sie ihre Neugierde gerne gezügelt. ‚Wer weiß', hatte sie damals gedacht, ‚vielleicht mochte er sie doch viel mehr, als er zeigte, oder als er selber wahrhaben wollte'?

Es war heller geworden, während sie diesen Gedanken nachhing. Aus Millers Garten stieg Rauch auf, ein dünner, schwarzer Rauch. Nach einem Brand sah das nicht aus, aber ungewöhnlich war das schon. Miller pflegte bis tief in die Nacht zu arbeiten und morgens lange zu schlafen. Ob es etwas mit seinen Experimenten zu tun hatte? Sie beschloss, nach dem rechten zu sehen ehe sie zum Gymnasium fuhr. Vielleicht war das die Gelegenheit, den Kontakt mit ihm wieder aufzunehmen? Sie hatte sich das ja schon seit Wochen vorgenommen, aber bisher nicht dazu durchringen können, den ersten Schritt zu tun. Von Miller konnte sie das nicht erwarten, der war zu halsstarrig. Wenig später saß sie am Küchentisch und mischte sich ein Müsli aus Hafer-Kleie, Weizenschrot und Magermilchjoghurt. Seit zwei Wochen machte sie schon diese Diät und wog sich jeden Morgen. Schon am dritten Tag hatte die Waage ein Pfund weniger angezeigt! Leider war das Pfund am vierten Morgen wieder da, und seitdem trug sie ihr Gewicht in eine Tabelle ein. Es zeigte merkwürdige Oszillationen, aber im Mittel hatte sie jetzt tatsächlich ein Kilo abgenommen. Zehn sollten es insgesamt werden, und so würde sie noch achtzehn Wochen auf ihre frischen Brötchen verzichten müssen.

Sie nahm den ersten Löffel Müsli; wie Sägespäne fühlte es sich an in ihrem Mund, wie Sägespäne mit Kleister. Tapfer schluckte sie die Masse hinunter und nahm einen zweiten Löffel. Plötzlich sprang sie auf, nahm die Schüssel, rannte ins Bad, spuckte aus, leerte das Müsli in die Toilette, und spülte alles hinunter. Miller würde sich auch nicht in sie verlieben, wenn sie zwanzig Kilo weniger wöge; andere interessante Männer gab es nicht in ihrem Leben, wozu also diese Quälerei?

Butter, Honig, Orangenmarmelade, dazu eine große Tasse Milchkaffee, so musste ein Tag beginnen! Mit Genuss biss sie in das dick beschmierte, wenn auch leider nur aufgetaute Brötchen. Heute würde sie mit Miller reden. ‚Frank', würde sie ihm sagen, ‚Ich bin eine dicke Kuh, und Du bist eine graue Vogelscheuche – eine heterosexuelle Vogelscheuche, keine schwule. Vergessen wir Sex oder sowas wie Liebe. Aber die Abende mit Dir waren schön, und Du fehlst mir, machen wir doch einfach weiter wie früher'. Er würde lachen, sie auf eine besonders gute Flasche Wein einladen, vielleicht sie sogar flüchtig in den Arm nehmen und auf die Wange küssen, wie er es schon einmal nach einem besonders schönen Abend getan hatte. Wer weiß, am Ende wurde sogar aus der Kreuzfahrt in der Antarktis noch etwas, wenn auch in getrennten Kabinen.

Sie hängte sich die Schultasche um und ging zu Millers Haus hinüber. Der Rauch kam wirklich aus dem Garten, vermutlich aus dem Labor. Im Haus schien alles ruhig. Sie wollte ihn auf keinen Fall wecken, das wäre kein guter Neuanfang, und so ging sie um das Haus herum. Ein Fenster des Blockhauses stand einen Spalt breit offen, und schwarzer Rauch quoll heraus. Nach einem Schwelbrand sah das aus. Irgendetwas musste schiefgegangen sein bei seinen Experimenten. Wenn der Rauch geplant gewesen wäre, käme er aus dem Schornstein auf dem Dach. Aber wo war Frank, warum löschte er nicht? Undenkbar, dass er sein Projekt in einer kritischen Phase unbeobachtet ließe. „Frank"? rief sie, aber ihre Stimme fand kein Echo. Ob er im Haus war? Sie drehte sich um; die Tür, die vom Arbeitszimmer in den Garten führte, stand offen. Sie ging hinein. Papiere auf dem Schreibtisch, die Lampe brannte, als ob er gerade den Raum verlassen hätte. ‚Er ist krank, zusammengebrochen, ein Herzinfarkt – warum raucht er denn auch so viel'. Sie rannte ins Wohnzimmer, die Treppe hinauf zum Schlafzimmer. „Frank, Frank", keuchte sie. Keine Antwort, keine Spur von ihm. Natürlich, er war in seinem Labor, lag bewusstlos in dem Rauch! Sie rannte die Treppe wieder hinunter, rutschte auf der letzten Stufe aus, fiel hin. Ein Schmerz am Fuß, aber wohl nicht so schlimm. Sie stemmte sich wieder hoch, humpelte in den Garten, riss die Tür zum Labor auf. Rauch kam ihr entgegen. Es musste eine Explosion gegeben haben. Der Labortisch in der Mitte war verwüstet, die hintere Wand hatte Feuer gefangen und glomm dunkelrot. Vorne, nicht weit von der Tür, lag reglos Frank, seine Brust von einem Sonnenstrahl beleuchtet, der durchs Fenster drang. Sie musste ihn herausziehen. In Filmen hatte sie gesehen, wie man das macht. Sie warf ihre Tasche ab, knotete sich den Schal vor Mund und Nase, holte tief Luft, ging hinein, packte ihn bei den Füßen und schleifte ihn hinaus. Er war viel leichter, als sie gedacht hatte, aber trotzdem reichte die Luft nicht. Sie musste einatmen, der Rauch drang durch den Schal, sie hustete und musste wieder atmen, hustete mehr, aber dann hatte sie die paar Schritte ins Freie geschafft. Sie beugte sich über ihn um zu sehen, ob er atmete. Seine Brust hob sich nicht. Sie hielt ihre Wange über seinen Mund, aber sie spürte keinen Hauch. ‚Mund zu

Mund Beatmung' schoss ihr durch den Kopf. ‚Nein, Mund zu Nase ist besser'. Sie beugte seinen Kopf nach hinten, blies kräftig in seine Nase – Gott sei Dank, sie war nicht verstopft – lies los, blies wieder, lies los. Frank nahm die Atmung nicht wieder auf. Schlug sein Herz überhaupt? Sie schob seinen Pullover hoch, riss sein Hemd auf, legte den Kopf auf seine Brust – nichts war zu hören. Herzmassage! Sie legte beide Hände auf die Herzgegend, presste mit ihrem ganzen Gewicht – es ist nicht schlimm, wenn eine Rippe bricht – einmal, zweimal, zehnmal, aber sein Herz sprang nicht wieder an. Sie hielt inne und tastete seinen Körper mit der Fläche ihrer Hand ab. Er war schon kalt. Sie versuchte, seine Arme zu beugen, aber sie waren starr. Frank war tot. Sie zerrte ihr Handy aus der Tasche, drückte die Nottaste. „Hilfe!", schrie sie hinein, „Hilfe!". Dann wurde ihr schwarz vor Augen, und sie sackte zusammen.

3

WDR2, es ist 7:00 Uhr, wir senden die Nachrichten. Walter Schmitz schreckte hoch, drehte sich auf den Bauch und deckte das Kissen über seinen Kopf. Wieso stellte er den Wecker immer auf 7:00 Uhr, nur damit er von den Katastrophenmeldungen geweckt wurde, die er noch früh genug in der Zeitung lesen würde? Warum nicht auf 7:05, zur Wettervorhersage, und warum den Kölner WDR? musste er sich schon beim Aufwachen an eine Entscheidung erinnern, die unaufhaltsam auf ihn zukam, obwohl er sie gar nicht treffen wollte? Sollte er nicht wieder SWR3 einstellen, oder besser, einen neutralen Sender, der weder mit dem Rheinland noch mit Schwaben etwas zu tun hatte? Warum sich nicht von den seichten Klängen des Klassikradios wecken lassen, einem netten Mozart-Trällern oder Chopin-Geklimpere?

Seine Hand tastete nach dem Radiowecker, fand die große Taste obendrauf und drückte sie nieder, bis die Worte des Nachrichtensprechers mitten in einer Meldung über den Gazastreifen erstarben. Er fluchte auf Bönnsch, dann stand er auf, öffnete die Tür zum Wohnzimmer und ließ seinen Kater herein. Che rannte durchs Zimmer, sprang auf die große Truhe, von dort auf den Wäscheschrank, und dann mit einem großen Satz auf seinen Schoß, um sich seine morgendlichen Liebkosungen abzuholen. Schmitz hatte sich auf die Bettkante gesetzt, nahm Che auf den Arm und streichelte ihn, bis er die Augen zu Strichen verengte und zu schnurren begann.

Vor zwei Monaten hatte er einen Tip von seinem alten Kollegen Jupp aus Bonn bekommen und sich auf die Stelle eines Hauptkommissars und Leiters der dortigen Kriminalpolizei beworben. Er war tatsächlich zu einem Vorstellungsgespräch eingeladen worden, hatte ein paar Tage in Bonn verbracht, und vorgestern hatte er unter der Hand erfahren, dass man ihm die Stelle anbieten würde. In den nächsten zwei, drei Wochen musste er sich also entscheiden, ob er in Ulm bleiben oder in seine alte Heimat zurückkehren wollte.

Seitdem er sich von seiner schwäbischen Freundin getrennt hatte, fühlte er sich fremd in dieser Stadt und sehnte sich ins Rheinland zurück. Dabei hatte es hier so vielversprechend angefangen. In einem Skiurlaub hatte er eine hübsche brünette Ulmerin kennen und lieben gelernt; die schwäbischen Zischlaute, die sie ihm beim Liebesspiel ins Ohr flüsterte, fand er damals einfach süß. Nach dem Urlaub besuchten sie sich gegenseitig, und da ihre Küsse so gut schmeckten wie ihre selbst gemachten Spätzle, ließ er sich von der Kripo in Bonn, wo er vorher gearbeitet hatte, hierher versetzen und zog bei ihr ein. Doch das häusliche Glück währte nicht lange. Aus den heißen Liebesnächten wurden lange Fernsehabende bei ihr und Kneipenzüge bei ihm, wofür sie sich bei gelegentlichen Auseinandersetzungen gegenseitig die Schuld gaben. Das Ende kam dann abrupt, als er eines Nachts bierselig heimkehrte, im Treppenhaus mehr laut als schön „ich möch zo Foß noh Kölle jonn“ sang, und auf jeder Etage die kleinen Schäufelchen, welche die Kehrwoche anzeigten, umhängte. Sie schmiss ihn einfach raus. Zwei Wochen wohnte er in einer kleinen Pension, bis ihm der Wirt der Bit-Stuben am Rathaus, wo er gelegentlich nach Feierabend ein Bier trank, von dem Appartement direkt nebenan erzählte. An das nächtliche Läuten der Münsterglocken müsse man sich zwar gewöhnen, aber die Aussicht auf Rathaus und Donau sei phantastisch, die Lage unübertrefflich zentral, und wenn er des Abends Durst bekäme, wisse er ja, wo es gutes Bier gäbe.

In diesem Appartement lebte jetzt seit fünf Jahren; er hatte es spärlich, aber bequem eingerichtet: ein großes Bett, ein paar Möbel von Ikea, einen Schreibtisch mit Computer, und daneben ein großer Ficus, den Christel einmal angeschleppt hatte: „Damit es hier nicht aussieht wie in einer Wüste," hatte sie gesagt. Fernseher gab es keinen; wenn er wirklich mal ein Programm sehen wollte, fand sich das auch im Internet. Seine Kleider verschwanden hinter einem Vorhang im Schlafzimmer, und die kleine Küche benutzte er höchsten mal am Wochenende, um sich Bratkartoffeln mit Spiegelei oder Pasta mit irgendeiner Soße zuzubereiten. An lauen Sommerabenden lag er gerne in der Hängematte auf seinem kleinen Balkon, ein Glas Bier in der Hand, und ließ den Blick über Donau und Iller oder hoch hinauf zum Münsterturm schweifen; die Glocken hörte er nur noch, wenn er des Nachts mal nicht schlafen konnte. Das alles könnte er jetzt aufgeben und ins Rheinland zurückkehren.

Doch sein Besuch in Bonn war enttäuschend verlaufen. Die dortigen Kollegen, die ja seine zukünftigen Untergebenen wären, gaben sich zurückhaltend bis unfreundlich, seine Freunde waren weggezogen oder lebten mit Frau und Kindern in einem Eigenheim in der Umgebung; seine Mutter hatte Alzheimer und fragte ihn immer wieder nach seinem Studium, das er doch schon vor Jahren abgebrochen hatte. Trotzdem, Bonn blieb eine attraktive Stadt, größer als Ulm, mehr internationales Flair, mehr Kultur, und die sorglose Mentalität der Rheinländer lag ihm mehr als die Emsigkeit der Schwaben. Andererseits sah es in der Bonner Innenstadt auch nicht viel anders aus als in Ulm: überall dieselben Marken und Geschäfte, und an Stelle von Einstein gab es Beethoven an allen Ecken und Enden. Fehlte nur, dass man die teuren Beethoven-Festspiele, die sich die Stadt nicht mehr leisten konnte, durch einen Beethoven-Marathon ersetzte.

Hatte er es sich hier in Ulm nicht bequem eingerichtet? Mit Tennisklub, Stammtisch – und eine neue, wenn auch leider verheiratete, Freundin hatte er auch. Wenn irgendetwas schiefging in seinem Leben, konnte er den Schwaben die Schuld geben, jenem merkwürdigen, geschäftigen Völkchen, das mit seinem Dialekt, der prä-indogermanischen Zeiten zu entstammen schien, alle Nichtschwaben ausschloss. Was die Karriere betraf: Sein Chef hatte ihm hier die Stelle eines stellvertretenden Leiters versprochen. Das war zwar nicht so gut wie Leiter der Kripo in Bonn, aber finanziell machte es keinen großen Unterschied, und wenn der Chef in vier Jahren in den Ruhestand ging, hatte er gute Chancen, sein Nachfolger zu werden.

Plötzlich hatte der Kater genug vom Kraulen. Er entwand sich seiner Hand, schüttelte sich, sprang auf den Teppich und rannte in die Küche – Zeit zum Frühstücken. ‚Was sitzt Du auch hier und grübelst,' sagte sich Schmitz. ‚Schließlich bist Du Kommissar, ein Mann der Tat! Also, mach Dich auf, iss was, und dann an die Arbeit!'

4

Zunächst war nicht viel los bei der Arbeit: ein Einbruch, zwei gestohlene Autos. Vermutlich war wieder diese kroatische Bande aktiv, die ausgerechnet in der Kellerkneipe desselben Hauses, in dem er das Dachgeschoß bewohnte, ihren Treffpunkt hatte. Man konnte ihr zahlreiche Diebstähle nachweisen, kannte aber noch nicht die Hintermänner. Er überlegte, ob er sich selber der Sache annehmen sollte. Vielleicht konnte er ihnen ja endlich das Handwerk legen, dann war wieder Ruhe im Haus.

Aber dann kam Krüger herein: „Auf der Alb hat es einen Brand mit einem Toten gegeben. Er hatte wohl eine Art Labor in einem Schuppen in seinem Garten, und irgendetwas ist ihm explodiert. Anscheinend wurde er ohnmächtig und starb an Rauchvergiftung. Aber der Brandmeister, der mich gerade anrief, meinte, es könnte auch Brandstiftung gewesen sein. Jemand sollte sich die Sache mal ansehen. Wie steht's, kommst Du mit?" Das hörte sich interessanter an als die Kroaten, also kam er mit und setzte sich zu Krüger in den Wagen. An der Dauerbaustelle vor dem Präsidium war der übliche Stau. Eine Schlange von Autos mit frustrierten Fahrern wand sich zwischen gelben Linien, die sich mal rechts, mal links an schwerem Baugerät vorbeischlängelten. Krüger schaltete Sirene und Blaulicht an, scheuchte alle zur Seite, und wenig später fuhren sie bei wolkenlosem Himmel über die Schnellstraße die Alb hinauf.

Krüger würde er auch vermissen, wenn er nach Bonn ging. Sie waren ein ungleiches Paar, der groß gewachsene Rheinländer und der untersetzte, aber erstaunlich agile Schwabe, dessen helle Haare sich schon merklich lichteten. Trotz, oder gerade wegen, ihres gegensätzlichen Charakters harmonierten sie nicht nur beruflich bestens miteinander. Gelegentlich lud ihn Krüger sonntags zu sich nach Hause ein, wofür Schmitz ihm besonders dankbar war, denn als Single mit verheirateter Freundin wußte er mit den Sonntagnachmittagen oft nicht viel anzufangen. Und obwohl das Familienleben, das er dabei mitbekam – dominante, ein bisschen frustrierte Hausfrau, drei verwöhnte Kinder – nicht gerade dazu angetan war, ihn neidisch zu machen, kam er stets mit dem Gefühl nach Hause, ihm fehle etwas im Leben; vielleicht einfach die Stabilität, die Wärme, die so eine schwäbische Familie trotz aller Spannungen ausströmte?

Andererseits ließ sich Krüger gerne mal abends zu einem Bier einladen, wobei er oft von seinem Jahr bei der Polizei in Chicago erzählte. Auch nach ihren Tennis-Matches – sie spielten im selben Verein und hatten letztes Jahr sogar die Stadtmeisterschaft im Doppel der B-Klasse gewonnen – zeigte er keine Eile, nach Hause zu gehen, sondern setzte sich mit Schmitz in die Sonne und redete über die Arbeit, das Tennis, den Ärger mit den Kindern, oder was sonst gerade anlag. Offenbar war er froh, wenn er gelegentlich seiner Eigenheimidylle entkommen konnte.

Als sein Chef ihm die Stelle eines Stellvertreters versprach, fürchtete Schmitz, dass Krüger, der etwa dasselbe Dienstalter hatte, sich übergangen fühlte. Doch jener trug es mit schwäbischer Gelassenheit: „Weißt Du, Walter, in Chicago war der Vize immer ein Afro-Amerikaner, wie es dort hieß, auf gut Deutsch würden wir ihn den Vorzeigeneger nennen. Du bist bei uns halt der Vorzeigeneger, der Quotenpreuße unter uns Schwaben. Überleg Dir gut, ob Du nach Bonn gehst, dort bist Du nur ein Rheinländer unter vielen und nichts Besonderes."

Krüger hatte das Blaulicht angelassen, und so erreichten sie schnell das Dorf auf der Alb, dessen alter Kern von einem Kranz neuer Einfamilienhäuser umgeben war. Die freundliche Damenstimme des eingebauten GPS leitete sie schnell zum richtigen Ort, wo ein Kollege sie erwartete, sie über die wichtigsten Fakten informierte und dann in den Garten führte. Ein großer, schlanker Feuerwehrmann mit militärisch kurzem Haarschnitt, offenbar der Einsatzleiter, kam gleich auf sie zu, begrüßte sie und führte sie zum Eingang des großen Blockhauses, das im Garten mitten zwischen zwei blühenden Obstbäumen stand. „Schauen Sie," sagte er und wies ins Innere, das von mehren, offen stehenden Fenstern und einem großen Oberlicht gut ausgeleuchtet wurde; ein Geruch von kaltem Rauch und verbranntem Holz hing in der Luft. „Als Brand war das kaum der Rede wert. Ein paar Balken hatten Feuer gefangen und glommen, als wir eintrafen. Aber vor dem Brand muss es eine Explosion gegeben haben, wahrscheinlich auf dem großen Labortisch in der Mitte. Wir fanden überall Brocken von rot glühender Kohle. Es war aber keine normale Kohle, sie muss besonders aufbereitet worden sein. Der ganze Raum war voll Rauch und Kohlenmonoxid – die Kohle bekam zu wenig Sauerstoff, um richtig zu verbrennen. Daran muss der Tote gestorben sein, die Explosion allein kann's nicht gewesen sein."

Die beiden Kommissare kniffen die Augen zusammen und blickten angestrengt in das Labor. Der Geruch war noch zu beißend, als dass sie hätten eintreten mögen. „Und was steht da noch an Apparaturen rum?" fragte Schmitz. Da der Brandmeister hochdeutsch sprach, stellte er die Fragen – bei Schwaben tat dies immer Krüger.

„Einiges an Elektronik, und das Rohr dort ist ein Laser, steht drauf. Er ist kaum beschädigt, ich möchte wetten, dass er noch funktioniert."

„Warum meinen Sie denn, dass es Brandstiftung war? Der Mann war doch Chemiker, vielleicht ist ihm einfach die Kohle explodiert?"

„Ich war lange bei der Bundeswehr, und bin jetzt noch Hauptmann der Reserve. Ich hab' mich auf Sprengstoff und Bomben spezialisiert; glauben Sie mir, ich kenne mich da aus. Kohle kann in fester Form gar nicht explodieren, die kann höchstens als Staub verpuffen. Aber dies hier war Kohle in Form einer festen Platte. Wenn Sie je mit Holzkohle gegrillt haben, dann wissen Sie, wie schwer die anzuzünden ist."

„Aber dies war doch ein Labor, hier stehen doch bestimmt andere Chemikalien rum, können die nicht explodiert sein?"

„Ich habe mir meine Atemmaske aufgesetzt und mich wenig umgesehen; weder die Chemikalien im Kühlschrank noch das Zeug, dass auf den Laborbänken an den Wänden steht, ist explosiv. Es ist auch nichts dabei, aus dem man leicht Sprengstoff herstellen könnte. Außerdem, der Mann war Professor für Chemie, der kannte sich doch aus. Er war zwar schon jenseits der Sechzig, aber geistig war der noch völlig fit. Man sagte ihm hier im Dorf zwar manches nach, aber nicht, dass er schon senil wäre."

„Wie ist es Ihrer Meinung nach denn abgelaufen?"

„Na ja, auf dem Tisch war eine Apparatur mit viel Kohle, Plastik, Drähten und anderem Zeug. Es sieht so aus, als ob auf der Kohle ein kleiner Sprengsatz gewesen wäre. Jemand hat ihn gezündet – ferngesteuert, nehme ich an – und dann flog alles auseinander und die Kohle fing Feuer. Natürlich kann ich nicht schwören, dass es so war, aber es sieht alles danach aus. Wenn es ein gängiger Sprengstoff war, Semtex, C-4 oder sowas, sollte man ihn nachweisen können. An Ihrer Stelle würde ich alles abriegeln, die Spurensicherung rufen, und wenn sie Hilfe brauchen, stehe ich gerne zur Verfügung."

Die beiden Kommissare blickten sich an; der Mann war offenbar kompetent, und so sagte Krüger, der bisher geschwiegen hatte: „Gut, wir machen das so; jedenfalls kann es nicht schaden. In einer halben Stunde wird die Spurensicherung da sein. Es wäre nett, wenn Sie blieben und sie unterstützten." Er gab den Polizisten die nötigen Anweisungen und beriet sich mit Schmitz. Sie beschlossen, sich erst mal das Haus anzusehen und dann die Nachbarn zu befragen, vielleicht hatte ja jemand etwas Verdächtiges bemerkt.

Zuvor wechselte Schmitz noch ein paar Worte mit dem Brandmeister: „Sie wohnen hier im Dorf?"

„Ja, seit ein paar Jahren."

„Kannten Sie den Toten? Sie machten eben so Andeutungen."

„Nicht persönlich, ich habe nur gehört, was die Leute so reden."

„Und, was haben die so geredet?"

„Na ja, er war halt nicht beliebt. Dies ist zwar nicht mehr das Bauerndorf, das es vor fünfzig Jahren mal war, aber es ist doch ein schwäbisches Dorf. Und dann kommt so ein Amerikaner, kauft das größte Grundstück und baut sich ein Haus, ohne richtigen Keller, aber mit einer Doppelgarage, obwohl er nur ein Auto hatte und allein lebte. Und in seinen Garten, wo eigentlich nur ein kleiner Schuppen stehen darf, baut er sich ein großes Blockhaus. Die Leute munkeln, er hätte den Bürgermeister bestochen, damit er das so genehmigt bekommt. Ansonsten kümmerte er sich kaum um das Dorf oder um andere Leute hier; mit einem seiner Nachbarn hatte er dauernd Streit. Nur mit der Lehrerin, die ihn tot aufgefunden hat, und die als arrogante Intellektuelle verschrien ist, hatte er engeren Kontakt, aber auch der schien in den letzten Wochen abgerissen zu sein. Ansonsten fragten sich die Leute, was er eigentlich trieb, und es gab die wildesten Spekulationen. Aber fragen Sie doch den Nachbarn dahinten"- er wies mit den Kopf auf ein angrenzendes Grundstück, wo eine Zeit lang ein Mann am Gartenzaun gestanden und neugierig zu ihnen herüber geäugt hatte – „der wird ihnen alles genauestens erzählen."

„Werde ich tun; aber eine Frage noch: Sie sind doch auch nicht von hier, oder?"

„Nein, ich komme ursprünglich aus Kiel."

„Was hat Sie denn hier auf die Alb verschlagen?"

Der Brandmeister wurde ein wenig rot: „Ich war hier bei der Bundeswehr stationiert, dann habe ich meine Frau kennen gelernt und bin hier geblieben. Wir haben zwei Kinder und wohnen am anderen Ende des Dorfes, hinten am Waldrand."

Schmitz fühlte sich an seine eigene Geschichte erinnert. Vielleicht wäre alles anders gekommen, wenn er seine damalige Freundin gleich geschwängert und mit ihr ein Haus auf der Alb gebaut hätte? In den ersten Wochen hatte sie ja mehrmals gesagt, dass sie Kinder haben wolle. Aber obwohl er Kinder mochte, und auch glaubte, ein guter Vater sein zu können, war er damals zurückgeschreckt: Kinder zu haben war etwas Endgültiges, und er hatte sich nicht für den Rest seines Lebens festlegen wollen. Er schüttelte diese Gedanken ab; sich jetzt zu überlegen, was gewesen wäre, war müßig. Zur Verwunderung des Brandmeisters lachte er plötzlich auf, wünschte ihm viel Glück und ging zurück zu Krüger, um sich mit ihm in Millers Haus umzusehen.

Die Tür vom Garten führte direkt ins Arbeitszimmer. Es sah so aus, als ob Miller es gerade erst verlassen habe, ein Geruch von Zigaretten hing noch in der Luft. Der Computer auf dem Schreibtisch war eingeschaltet, aber im Ruhemodus. In die Wand dahinter war ein Safe eingelassen; darüber befand sich ein Haken, an dem wohl das Bild gehangen hatte, das jetzt an der Wand lehnte. Schmitz zog sein Handy aus der Tasche, forderte einen Experten an und gab das Modell des Tresors durch. Sie sahen sich vorsichtig die anderen Räume an, ohne irgend etwas Interessantes zu entdecken. „Na ja, vielleicht findet die Spurensicherung ja was," seufzte Krüger, „Ich gehe mal rüber zum Nachbarn."

5

Krüger ging zum Haus nebenan, dessen Garten unmittelbar an Millers grenzte, und mit dessen Bewohnern er angeblich zerstritten war. Von der Straße führte ein blendend weißer Kiesweg zu einem überdachten Eingang, an beiden Seiten wunderschöne, sorgfältig angelegte Blumenbeete, die in der morgendlichen Sonne leuchteten. Vorsichtig ging er über den Kies – er traute sich kaum, die perfekte Ordnung durch Fußabdrücke zu stören. ‚Rapp' stand in großen kupfernen Lettern neben der Tür. Als er auf die Klingel drückte, bellte drinnen ein Hund. „Moment," rief jemand, „ich bringe gerade den Hund nach nebenan." Kurz darauf ging die Tür auf, und ein kleiner, etwa siebzigjähriger Mann mit schütterem Haarkranz und tiefen Falten, die sich von den Nasenflügeln zu den Mundwinkeln zogen, stand vor ihm. Es war derselbe, der am Gartenzaun von Millers Grundstück gestanden und sie beobachtet hatte. „Kommen Sie rein," sagte er, „ich habe Sie schon erwartet. Ich heiße übrigens Rapp, falls Sie das noch nicht rausgefunden haben."

Krüger stellte sich seinerseits vor und trat in den Flur, wo ihm der Hausherr ein Paar Pantoffeln entgegenstreckte. „Ziehen Sie bitte diese Hausschuhe an, sie sind extra für Gäste." Er tat, wie ihm geheißen, und folgte ihm in ein großes Wohnzimmer mit schweren Eichenmöbeln und Polstergarnitur. „Leben Sie alleine?" fragte er.

„Ja," sagte Rapp, „meine Frau ist vor fünf Jahren gestorben. An Krebs." Krüger wußte nicht, was er darauf antworten sollte. So ließ er eine Minute verstreichen und begann dann: „Sie können sich denken, weshalb wir gekommen sind: wegen des Brands bei Ihrem Nachbarn. Er ist übrigens tot."

„So hatte es mit ihm wohl kommen müssen," sagte Rapp nach einer Weile, „er war ein starrköpfiger, egoistischer alter Mann, mit dem man nicht in Frieden leben konnte. Wer weiß, was für Experimente er da in seinem Schuppen trieb. Es hat eine Explosion gegeben, nicht wahr?"

„Haben Sie was gehört?"

„Nein, ich nehme nachts immer Schlaftabletten; ich hätte gar nichts hören können. Aber heute morgen kam Rauch aus seinem Schuppen. Und gegen acht kam dann diese Lehrerin, Beck heißt sie. Ich hörte sie erst nach dem Miller rufen, und wenig später zweimal Hilfe schreien. Danach war es still."

„Haben Sie die Polizei gerufen?"

„Nein, warum? Ich bin in meinen Garten gegangen und habe rübergeguckt, aber ich konnte nichts sehen. Der Eingang zu dem Schuppen liegt auf der anderen Seite."

„Sie sind nicht mal rübergegangen und haben nachgesehen, was da passiert war?"

„Ich kann doch nicht einfach in seinen Garten gehen. Außerdem hatten wir Streit."

Krüger atmete tief durch, dann sagte er: „Von dem Streit habe ich gehört. Worum ging es da?"

„Kommen Sie mit, ich zeige es Ihnen." Er führte Krüger in den Garten an der Rückseite des Hauses. Ein perfekt kurzgeschorenen Rasen wurde auf allen Seiten von Blumenbeeten und blühenden Büschen umrahmt.

„Schauen Sie selbst," sagte Rapp und wies auf Millers Garten nebenan. In der Tat, der Gegensatz hätte nicht größer sein können: Das Gras in Millers Garten stand hoch und war mit wild wachsenden Blumen gesprenkelt. Beete gab es keine, nur einige Obstbäume und Büsche, die offenbar lange nicht mehr beschnitten worden waren. Krüger, selbst stolzer Besitzer eines Eigenheims mit Garten, sah die Quelle des Ärgers sofort: „Der Löwenzahn, er weht zu Ihnen herüber und ruiniert den Rasen."

„Genau; der Samen setzt sich überall fest, auf dem Rasen, zwischen den Blumen, und ich muss ihn dauernd herausreißen. Und die Mäuse: Scharen von Mäusen nisten da drüben, und wenn ich abends die Terrassentür auflasse, kommen sie herein ins Wohnzimmer und die Küche. Als er hier einzog, wollte ich mit ihm in Frieden leben, glauben Sie mir, obwohl sein Haus mir die Aussicht auf den Wald genommen hat. Aber er ließ ja nicht mit sich reden. ‚Dies ist ein freies Land,' sagte er mir, als ich mich über den Löwenzahn und die Mäuse beschwerte. ‚Mit meinem Garten mache ich, was ich will.' Ich bin dann zum Bürgermeisteramt, aber seit ein paar

Jahren sind die Grünen hier im Rat. ‚Herr Miller hat ein wunderschönes Biotop'– Rapp spuckte dieses Wort förmlich aus –‚in seinem Garten, ' sagte mir so ein junges Ding. Und selbst der Bürgermeister, der doch von der CDU ist, einer von uns, hat nur mit der Schulter gezuckt und gesagt, da könne man nichts machen, eine Pflicht zum Rasenmähen gebe es nicht. Ich glaube, der Miller hat ihn, gleich als er hier einzog, mit einer Spende bestochen. Nur die Äste von den Apfelbäumen, die in meinen Garten überhängen, durfte ich absägen,"Er deutete auf einen Baum am Zaun von Millers Garten, der an einer Seite amputiert war. „Als ich sie abschnitt, kam er herausgelaufen und hat mich beschimpft; Barbar hat er mich genannt, dieser hergelaufenen Amerikaner aus dem Wilden Westen."

„Tja,"sagte Krüger, „manche Leute passen einfach nicht zu uns; aber ich hab noch ein paar andere Fragen an Sie."

Die beiden Männer gingen wieder ins Haus und machten es sich in den Polstern bequem. „Unter uns gesagt, Herr Rapp, ich glaube, es war nichts als ein Unfall. Aber wir müssen allen Möglichkeiten nachgehen, wissen Sie, schon wegen der Versicherung."Rapp nickte verständnisvoll. „Sie sind doch sein nächster Nachbar; ist Ihnen irgendetwas aufgefallen in den letzten Tagen, vielleicht irgendein Fremder?"

"Ja, doch, da waren diese Autos!"

„Was für Autos?"

„Vor etwa zehn Tagen ist mir zum ersten Mal eins aufgefallen, da parkte ein Auto mit Wiesbadener Kennzeichen etwa eine halbe Stunde lang schräg gegenüber, aber der Mann ist nicht ausgestiegen. Ein paar Tage später fuhr dann ein anderes Auto, aber wieder aus Wiesbaden, ganz langsam durch unsere Straße, wendete am Waldrand, kam langsam wieder zurück, hielt gegenüber kurz an, und fuhr dann weiter. Ich bin mir nicht sicher, aber es kam mir vor, als ob derselbe Mann darin gesessen hätte. Und vor ein paar Tagen stand wieder ein anderes Auto auf dem Wanderparkplatz am Wald, wieder eine Wiesbadener Nummer. Es stand da, als ich gegen fünf mit meinem Hund zu einem Spaziergang in den Wald ging, und als ich gegen sieben zurückkam, als es schon dunkel war, stand es immer noch da. Ich habe mir die Nummer aufgeschrieben, warten Sie mal." Er ging in ein Nebenzimmer, kehrte mit einem Taschenkalender zurück und blätterte darin. „Hier steht's: WI-SH 90."

Krüger zog einen Notizblock aus der Tasche und notierte sich die Nummer „Danke, Herr Rapp, das könnte uns weiterhelfen. Sind Sie immer so aufmerksam?"

„Aber sicher, dass muss man doch sein; wir leben in schlimmen Zeiten. Man sieht es doch jeden Tag im Fernsehen, wie viele Verbrechen passieren."

„Haben Sie sonst noch was Ungewöhnliches beobachtet?"

„Hm, ich weiß nicht ob es für Sie wichtig ist, aber Miller ist manchmal spät abends weggefahren und muss dann während der Nacht wiedergekommen sein. Einmal habe ich ihn dabei beobachtet, wie er den Wagen aus der Garage gefahren und eine Art großes Rohr in den Gepäckraum gelegt hat. Es könnte ein Maschinengewehr gewesen sein, eine kleine Rakete oder Kanone. Wer weiß, an was er da in seinem Schuppen gebastelt hat."

„Machte er das oft?"

„Im Winter fast jede Woche, in letzter Zeit weniger."

Krüger machte sich noch ein paar Notizen. Ohne Frage, der Mann war ein Zwangsneurotiker, der lieber die Hilferufe der Nachbarn ignorierte als ihre Privatsphäre zu verletzten. Er hatte sich zwingen müssen, freundlich und verständnisvoll zu erscheinen. Solche Neurotiker waren oft die besten Zeugen, da sie ihre gesamte Umgebung mit Argwohn betrachteten. Andererseits waren ihre Beobachtungen schwer einzuschätzen, da ihnen jedes Verhalten, das nicht in ihr enges Weltbild passte, verdächtig erschien.

Er fragte noch eine Weile weiter, aber ohne noch etwas Interessantes zu erfahren. Aus Gewohnheit hatte er sich so gesetzt, dass er die Straße im Auge behielt. Plötzlich sah er einen grauen Schatten vorbeigleiten. Er ging zum Fenster, blickte hinaus und sah eine große, schwarze Limousine, wie er sie aus seiner Zeit in Chicago kannte, vor Millers

Haus halten. Hastig verabschiedete er sich, dankte und ging hinaus. Drei Männer in geschäftsgrauen Anzügen, Notebook-Taschen in der Hand, stiegen aus dem Wagen, blieben stehen und blickten ratlos auf den abgesperrten Eingang und den Polizeiposten. Sie fragten ihn etwas, aber der schüttelte den Kopf, sah dann, offenbar erleichtert, Krüger herbeieilen und rief ihm zu: „Chef, die Herren sprechen kein deutsch." Ein wenig stolz, seine Englischkenntnisse anwenden zu können, wandte sich Krüger an die Herren. Sie stellten sich als Repräsentanten von General Powers vor, einem großen amerikanischen Energiekonzern. Sie hätten eine geschäftliche Verabredung mit Dr. Miller. Als sie von seinem Tod erfuhren, schienen sie bestürzt, gingen ein paar Schritte zur Seite und berieten sich in hektischem Flüsterton. Schließlich trat einer auf Krüger zu: „Dr. Miller hatte doch Kinder, sind die schon benachrichtigt?"

„Wieso interessiert Sie das?"

„Jetzt, wo er tot ist, möchten wir den Erben ein Angebot unterbreiten."

„Dazu kann ich Ihnen keine Auskunft geben. Aber darf ich Sie fragen, welcher Art die geschäftliche Verabredung war, die Sie mit ihm hatten?"

„Sie werden verstehen, dass wir über geschäftliche Dinge nicht reden möchten." Er zog eine Visitenkarte heraus und reichte sie Krüger. „Wir bleiben vorläufig in Ulm, sie können uns im Maritim erreichen. Wir sind sehr an der Aufklärung dieses – sie sagten Unfalls? – interessiert. Wenn jemand von der

Familie des Toten eintrifft, wäre es sehr freundlich, wenn Sie uns benachrichtigen." „Ich werde die Erben informieren, dass eine Delegation von General Powers dringend mit ihnen reden möchte." Die Manager stiegen wieder in die Limousine, die mit leisem Schnurren davonfuhr.

6

„Schmitz, Kriminalpolizei Ulm. Ich untersuche den Tod von Prof. Miller und habe mich vor einer halben Stunde angemeldet." – „Warten Sie, ich hole Sie unten ab," ertönte eine Stimme aus der Gegensprechanlage; sie klang genau so freundlich, weiblich, kompetent wie die Stimme des GPS im Einsatzwagen. Wenig später öffnete sich die Tür des Instituts für Brennstoffzellen, und eine große, geschmackvoll blondierte Frau stand vor Schmitz, musterte ihn mit einem kurzen Blick von oben bis unten, lächelte und streckte ihm die Hand entgegen. „Ich bin Angelika Borchert, wir haben eben miteinander telefoniert. Wir sind alle erschüttert über den Tod von Professor Miller. dass ausgerechnet er bei einer Explosion umkam, wo er doch immer so sorgfältig experimentierte." Schmitz folgte ihr eine Treppe hinauf ins Sekretariat, wobei er sich einen Schritt hinter ihr hielt, um sie unauffällig zu mustern: Eine schlanke Figur, ein gut geschnittenes Kleid; dazu trug sie Modeschmuck – große Ohrringe, Armreifen, eine Kette; bei einer anderen Frau hätte es aufdringlich gewirkt, aber zu ihr schien es zu passen. Er schätzte sie auf Mitte Vierzig; zu alt für ihn, aber er bewunderte schöne Frauen, die mit Anmut und Geschmack dem Alter trotzten.

„Kaffee?" fragte sie ihn, als sie ihn ins Vorzimmer des Direktors führte, der zur Zeit auf einer Geschäftsreise in Indien war. Als er bejahte, gab sie Anweisungen ins Telefon, und wandte sich ihm wieder zu. „Ich kannte Prof. Miller nicht so gut wie die meisten anderen hier. Ein Jahr, nachdem ich hier angefangen habe, wurde er ja pensioniert. Aber er war ein richtiger Wissenschaftler, und dazu ein Gentleman. Vielleicht war das ja die Art von Tod, die er sich wünschte? Bestimmt besser für ihn, als mit Neunzig in einem Altersheim zu verdämmern."

Schmitz musste an seine Mutter denken und nickte zustimmend. „Mag sein, aber er war doch noch sehr aktiv und hatte sein eigenes Labor im Garten. Wissen Sie, was er da machte?"

„Nichts Genaues, ich bin hier nur die Sekretärin. Irgendwas Verrücktes mit Brennstoffzellen, keiner schien das so richtig ernst zu nehmen. Prof. Kremer kann Ihnen bestimmt Genaueres sagen, wenn er zurückkommt. Oder reden Sie mit Herrn Haley, der kannte ihn auch gut."

Die Tür ging auf, und eine Assistentin in weißem Kittel brachte ein Tablett mit Kaffee, Milch, Zucker und einer Schale mit Keksen. ‚Hier ist die Welt noch in Ordnung,' sagte sich Schmitz. Die Sekretärin in seiner Abteilung machte nur in äußersten Notfällen Kaffee, und dann in einer Qualität, dass man sie so schnell nicht wieder darum bat.

Als Frau Borchert ihm den Kaffee eingoss, streifte sie den Ärmel ihres Kleides zurück und gab den Blick auf ihre Uhr frei, eine Rolex. Sie lachte, als sie seinen überraschten Blick bemerkte. „Eine gute Imitation, nicht wahr? Ich habe sie in Bangkok gekauft, für zwanzig Dollar, wollen Sie sehen?" Sie streifte die Uhr ab und reichte sie ihm. Schmitz hatte schon manche Rolex in der Hand gehabt; allein im letzten Jahr waren bei einer Einbruchserie in Juweliergeschäfte an die zwanzig Rolex gestohlen worden, die sich dann im Rücksitz eines Autos versteckt wiederfanden. Er hätte schwören können, dass die hier echt war, aber bei wirklich guten Fälschungen half nur die Überprüfung der Seriennummer. „Gute Arbeit," sagte er bewundernd, „bringen Sie mir das nächste Mal auch eine mit, vielleicht eine Explorer, die ist doch schick, oder?"

„Aber sicher," lächelte sie ihn an, „wenn ich das nächste Mal in Asien bin. Es kann nie schaden, sich mit der Polizei gut zu stellen."

Er nahm sich einen Schokoladenkeks und spülte mit dem Kaffee nach. „Um auf Miller zu kommen – hatte er nach seiner Pensionierung noch Kontakte zu diesem Institut?"

Sie blickte ihn über den Rand ihrer Tasse an. „Nun ja, Prof. Kremer ging des Abends manchmal zu ihm und experimentierte mit ihm. Aber in letzter Zeit nur selten, er ist halt viel auf Reisen. Miller selbst hat sich hier kaum noch blicken lassen."

„Aber er kann doch nicht völlig allein experimentiert haben, er brauchte doch auch Apparaturen und Chemikalien. Wo kamen die her?"

„Kremer hat ihm bei seinem Ausscheiden einige Sachen geschenkt, er war da sehr großzügig. Wenn Miller Chemikalien brauchte, rief er mich an oder schickte mir ein Fax, und ich habe die Sachen dann für ihn bestellt. Kremer hat ihm einen Freibetrag von fünftausend Euro pro Jahr gegeben; was darüber ging, zahlte Miller aus eigener Tasche. Aber fragen Sie doch Prof. Kremer, wenn er kommt. Er war der einzige, der engeren Kontakt mit ihm hatte."

„Und dieser Herr, den Sie eben nannten?"

„Haley? Der kannte ihn gut von früher, aber die beiden mochten sich nicht. Aber warum fragen Sie das denn alles, es war doch ein Unfall, oder nicht?"

Eine Unsicherheit – oder gar Angst? – schien sich in ihren Augen zu spiegeln, aber dann hob sie den Kaffee an die Lippen, schloss die Augen, trank, setzte die Tasse ab und blickte ihn wieder lächelnd an.

„Höchstwahrscheinlich, aber wir müssen alle Möglichkeiten überprüfen. Also gut, dann rede ich jetzt mit Herrn Haley; gibt es sonst noch jemanden, der ihn gut kannte?"

Sie zögerte einen Moment; „Reden Sie noch mit Frau Voß," sagte sie dann.

Zu Schmitzs Erleichterung sprach Haley fehlerfreies Deutsch, wenn auch mit starkem amerikanischen Akzent. Der große, grobknochige Mann bot ihm einen Hocker zwischen Stapeln von Zeitschriften, Artikeln und Fotokopien an. Das kleine Büro war offenbar nicht auf Besucher eingerichtet. Ehe er etwas sagen konnte, legte Haley los: „Ich weiß, warum sie hier sind. Das Labor von Miller ist explodiert, und Sie glauben nicht, dass es ein Unfall war. Ich glaube es auch nicht. Wenn Miller selber experimentierte, war er extrem sorgfältig, und damit Kohlenstoff explodiert, muss man sich schon Mühe geben, Sorglosigkeit reicht dafür nicht."

„Sie wissen, woran er arbeitete?"

„Klar, das wissen die meisten hier. Er wollte eine Brennstoffzelle bauen, die Kohlenstoff verbraucht. Eine verrückte Idee, es kann nicht funktionieren, die Aktivierungsenergie ist viel zu hoch. Natürlich, wenn es klappte, wäre es genial. Es würde alle Energieprobleme für die nächsten tausend Jahre lösen, aber es kann nicht gehen."

Schmitz konnte nur mit Mühe folgen; der Sinn eines Satzes ging ihm erst auf, wenn der nächste schon halb vollendet war. Warum sprach dieser Mann, der laut der Sekretärin doch schon seit fünfzehn Jahren in Deutschland lebte, mit so einem schaurigen Akzent? In der Hoffnung, seinen Redestrom zu bremsen, fragte er betont langsam:„Aber Miller glaubte offenbar doch daran?"

„Ich weiß nicht, ob er wirklich daran glaubte, er brauchte ein große Aufgabe für seine Jahre nach der Pensionierung, und da kam ihm diese fixe Idee gerade recht. Aber er ging schon sehr systematisch ran, dass muss man ihm lassen. Er wollte einfach die Fortschritte in der Reaktionskinetik nutzen, die es in den letzten dreißig Jahren gab. Er rechnete Reaktionswege auf dem Computer aus, wollte eine autokatalytische Reaktion in Gang setzen. Aber manche Sachen gehen eben nicht, ganz gleich, was man versucht."

Schmitz strich sich mit der Hand über die Stirn. Dieser Akzent war zwar nicht ganz so schlimm wie Schwäbisch, aber das Tempo war doppelt so hoch. „Wenn es kein Unfall war, wie Sie meinen, was war es dann?"

„Was weiß ich? Jemand wollte sich an ihm rächen, oder auch nur einen Streich spielen. Wenn Kohlenstoff brennt, gibt es leicht Kohlenmonoxid, und das ist tödlich."

„Hatte er denn Feinde?"

„Bestimmt jede Menge; er war ein absoluter Egoist und kümmerte sich einen Dreck um andere."

„Sie sind offenbar auch nicht gut auf ihn zu sprechen?"

„Nein, bin ich nicht, aber für den Abend habe ich ein perfektes Alibi." Er grinste breit und gab den Blick auf zwei Reihen großer, unregelmäßiger Zähne frei. „Ich war mit meiner Frau im Theater, wir haben Freunde getroffen, und hinterher waren wir noch in einer Bar, bis drei Uhr morgens."

„Aber was haben Sie denn gegen ihn?"

„Gegen Miller? Er hat meine Karriere ruiniert."

„Ihre Karriere? Wieso?"

Haley holte tief Luft und schien das Tempo seines Redeflusses noch zu steigern. „Ich war sein Doktorand und hatte ein schönes Thema über leitende Flüssigkristalle, das Zeug, aus dem man heute Flachbildschirme macht. Nach der Promotion hätte ich mir aussuchen können, für welche Hi-Tech Firma ich arbeiten wollte. Aber als ich gerade ein Jahr daran arbeitete und die ersten Ergebnisse hatte, kam diese Kalte Kernfusion auf – Sie haben davon gehört?“

Schmitz erinnerte sich vage an einen wissenschaftlichen Skandal aus den achtziger oder neunziger Jahren und nickte.

„Die ganze Geschichte war Schwachsinn, aber Miller meinte, das könnte eine ganz große Sache sein, bildete ein Team von drei Leuten, und ich musste mitmachen, ob ich wollte oder nicht. Wenn das wenigstens eine spannende Arbeit gewesen wäre, aber wir saßen die meiste Zeit nur rum und beobachteten diese blöden Zellen. Stundenlang stiegen nur kleine Bläschen auf, und dann wurden sie plötzlich aktiv, wie wir es nannten: Die Temperatur stieg an und der Wasserstoff blubberte nur so. Wir sollten radioaktive Strahlung messen, aber es kam nie etwas. Drei Wochen lang habe ich mich einfach krank gemeldet, als ich die Nachtschicht hätte übernehmen sollen, aber dann machte ich weiter mit, es wäre sonst nicht fair gewesen gegenüber den andern. Plötzlich wurde angeblich Tritium in der Zelle gefunden – jemand muss es reingeschüttet haben, aber natürlich hat es keiner zugegeben. Jedenfalls rief die Universität gleich eine Pressekonferenz ein, und einige Wochen lang war er berühmt. Aber dann platzte die ganze Sache, und er verschwand einfach an eine Universität in Deutschland und ließ uns zurück. Nach ein paar Monaten waren die Mittel, aus denen ich bezahlt wurde, aufgebraucht, und ich musste mir einen Job suchen, um zu überleben. Wenn Kremer mir hier nicht diese Ingenieurstelle verschafft hätte, würde ich heute bei MacDonald Hamburger braten."

„Kremer war doch auch bei Miller, wieso hat seine Karriere denn keinen Schaden genommen?"

„Kremer war schon promoviert; es stand fest, dass er diesen Laden hier übernehmen würde. Er wollte vorher noch etwas Auslandserfahrung sammeln, und Miller hatte damals einen sehr guten Ruf. Bei Kremer hat nur das Liebesleben gelitten. Erst ging er ein paar Wochen mit der Tochter von Miller aus, aber die hat ihn dann abserviert; da steckte bestimmt auch der Alte hinter. Dann war er hinter einem bildschönen Mädchen her, einer Venus in Jeans. Nach Wochen hatte er sie endlich zu einem Date überredet, aber dann musste er zwei Stunden vorher absagen, weil Miller eine seiner genialen Ideen hatte, und wir die Zelle umbauen mussten. Eine zweite Chance hat ihm die Frau nicht gegeben, die hatte es nicht nötig. "

„Wieso hat er Miller dann an dieses Institut geholt?"

„Er sagte mir damals, der Alte könnte Schwung in diesen Laden bringen, und damit hat er auch Recht behalten. Aber ich glaube, in Wirklichkeit hatte er ein schlechtes Gewissen, weil er damals das Tritium in der Zelle gefunden hatte. Wahrscheinlich war er eingeschlafen, und irgend jemand hat das Zeug reingeschüttet, um Miller zu blamieren."

„Könnte es denn nicht Kremer selbst gewesen sein?"

„Nein, glaube ich nicht; natürlich hätte er das tun können, aber warum? Außerdem hat er Miller immer verteidigt und der Universität die Schuld an dem Skandal gegeben. Miller hatte die Experimente erst wiederholen wollen, ehe er an die Öffentlichkeit trat, aber der Rektor rief sofort die Presse, ehe wir den Befund überprüfen konnten."

Während der letzten Worte hatte das Handy von Schmitz gebrummt, eine SMS. Er zog es aus der Tasche und warf einen Blick auf das Display. Eine Nachricht von Krüger: *positiv; Besprechung um 15:00.* Es war Zeit, die Befragung in diesem Institut für heute zu beenden. Diese Frau Voß, mit der er noch reden sollte, würde ihm schon nicht weglaufen, und wirklich wichtige Informationen könnte er wohl nur von Prof. Kremer selbst bekommen. Er wandte sich wieder Haley zu: „Also gut, lassen wir das Thema. Aber um nochmal auf Millers Tod zurückzukommen: Fällt Ihnen irgend jemand ein, der Interesse an seinem Tod haben könnte?"

„Keine Ahnung." Haley zuckte mit den Schultern. Plötzlich lachte er bitter auf: „Es sei denn, der alte Bastard hätte es tatsächlich geschafft, eine Brennstoffzelle zu bauen, die mit Kohlenstoff läuft, dann hätte die ganze Welt ein Motiv, ihn umzubringen."

„Wieso dass?“

„Na hören Sie, so eine Erfindung wäre unheimlich viel wert. Zwanzig Millionen, dreißig Millionen? Wenn die Zelle erst mal in Serie ginge, könnte man Milliarden damit verdienen, da würde selbst Bill Gates vor Neid erblassen!“

7

Reis mit Gemüsepampe des Mittags, Gemüsepampe mit Reis des Abends, und zum Frühstück trockener Toast, süße Marmelade und überzuckerter Tee. Lustlos stocherte Kremer in dem braun-weißen Gemisch auf seinem Teller herum, das sein Mittagessen darstellte. Warum hatte er sich nur von seinen indischen Kollegen überreden lassen, im Gästehaus des Forschungsinstituts zu wohnen? Er hatte es schon am ersten Abend bereut, als er die riesige tote Kakerlake in seinem Kleiderschrank entdeckte. Sicher, das Stadtzentrum mit den großen internationalen Hotels lag zehn Kilometer entfernt, und jeden Morgen mit einem der kleinen, dreirädrigen Taxis, deren Fahrer nur selten einige Brocken Englisch sprachen, hierhin zu fahren, wäre lästig gewesen; aber jetzt, nach fünf Tagen als Zwangsvegetarier, hätte er für ein Steak und ein Glas Wein noch viel längere Strecken zurückgelegt. Vielleicht konnte er wenigstens die Einladung für heute Abend absagen und stattdessen in die Stadt fahren? Er hatte ja gewusst, dass Brahmanen kein Fleisch und keinen Alkohol zu sich nehmen, aber dass alle leitenden Wissenschaftler, gleich welcher Kaste, es genau so hielten, hatte er nicht erwartet. Es sei Zeichen einer geistigen Renaissance Indiens, hatte man ihm auf seine vorsichtige Frage geantwortet. Ihm hätte es im dekadenten Indien der englischen Kolonialzeit besser gefallen, als um fünf Uhr die Frauen Tee und die Männer den ersten Gin-Tonic tranken.

Und was war mit Miller? Warum hörte er nichts? Zu allem Überfluss war heute morgen auch noch das Internet ausgefallen, so dass er weder seine e-mail abrufen noch Nachrichten lesen konnte. Wieso passierte so was in dem Land, in dem es angeblich von genialen Programmierern wimmelte, in das die großen Konzerne ihre Software-Entwicklung auslagerten; die sollten hier doch wenigstens das Internet am Laufen halten können. Er wurde nicht schlau aus diesem Land, in das er ja auch wegen der billigen Arbeitskräfte gereist war. In seinem Institut für Brennstoffzellen standen einige große Testserien für Katalysatoren an; dies war zwar nur eine Routinearbeit, aber sie erforderte konstante Überwachung. In Deutschland hätte er dafür mehrere Ingenieure einstellen müssen für teures Geld; in Indien konnte er die Arbeiten für einen Bruchteil der Kosten durchführen lassen. Das Institut hier hatte etwa hundert Wissenschaftler, etwa zehn hatte er kennengelernt, und die waren von höchst unterschiedlicher Qualität. Wie hatte es jemand wie Dr. Sangaranan geschafft, Direktor zu werden? Sicher, er war sehr zuvorkommend, kultiviert – er kannte sich besser in der westlichen Literatur aus als Kremer selbst – und er verhandelte auch recht geschickt. Aber wenn es zu Sachfragen kam, wich er freundlich aus und verwies ihn an seinen Stellvertreter. Der schien zwar kompetent zu sein, war aber kaum zu verstehen: er redete ein grässliches Englisch, schnell und mit starkem Akzent. Wenn man ihn bat, langsamer zu reden, tat er das zwar zunächst, aber nach wenigen Minuten war er wieder im alten Rhythmus. Heute Nachmittag sollte er mit ihm den Vertrag aushandeln, eigentlich unter vier Augen, aber er hatte darauf bestanden, dass der Institutsdirektor, der eine würdevolle Imitation von Oxford-Englisch sprach, daran teilnahm. ‚So wichtige Gespräche erfordern doch Ihre Gegenwart,' hatte er ihm geschmeichelt.

Kremer hatte beschlossen, eine erste Testserie hier in Indien durchführen zu lassen und sie in seinem Institut in Ulm zu überprüfen. Alles Andere war zu riskant. War die erste Serie gut gelaufen, würde er auch den Rest des Auftrags nach Indien geben. Aber vielleicht kam es ja gar nicht mehr dazu? Wenn Miller seine Kohlenstoffzelle an General Powers verkaufte, konnte er noch dieses Jahr sein Institut schließen. Die festangestellten Mitarbeiter würde man an andere Landesinstitute versetzen, die anderen entlassen – und was wurde aus ihm? Sicher, er hatte die Professur an der Uni, auf die konnte er sich dann zurückziehen, aber die bestand aus einem Büro, einem leeren Zimmer für eventuelle Mitarbeiter, seinem – zugegebenermaßen recht passablen – Gehalt, und 5000,- Euro im Jahr an Sachmitteln. Was sollte er damit anfangen? Ein paar Vorlesungen in der Woche halten, den Studenten die brillante Konstruktion der Miller-Zelle erklären, und ansonsten auf seine Pensionierung warten?

Plötzlich stand er auf, legte die Gabel ab und schob den Teller heftiger als beabsichtigt zur Mitte des Tisches. Dieser Fraß war für einen zivilisierten westeuropäischen Magen ungenießbar. Sein Blick kreuzte den eines graubärtigen Inders in einem langen weißen Gewand, mit dem er sich gestern Mittag unterhalten hatte. Er kam aus Bombay, war Physiker, aber schon seit Jahren pensioniert. Jetzt arbeitete er in der Firma seines Sohnes, der Sensoren für Glukose entwickelte, die man Diabetes-Patienten implantieren könnte – potentiell ein riesiger, lukrativer Markt. Auch er wollte hier einige Testserien durchführen lassen und stand kurz vor dem Abschluss der Verhandlungen; sein Sohn kam morgen zur Vertragsunterschrift. „Schmeckt Ihnen unser vegetarisches Essen nicht?" fragte er Kremer.

„Doch, doch, ich habe nur keinen Appetit; ich habe zu viel zum Frühstück gegessen."

„Mein Sohn übernachtet immer im Stadtzentrum, wenn er hierhin kommt. Er hat in England studiert, und hält es ohne Steak und ein Glas Bier nicht aus."

Kremer verabschiedete sich rasch und ging hinaus. Warum hatte er dem freundlichen Alten nicht einfach gesagt, dass er dieses Essen leid war? Vielleicht hätte er ihm sogar ein Restaurant in der Nähe empfehlen können. ‚Manchmal bist Du einfach zu feige, die Wahrheit zu sagen,' ging ihm durch den Kopf. Plötzlich zuckte er zusammen und blieb abrupt stehen, so dass ein hinter ihm gehender Inder fast gegen ihn gestoßen wäre. Feigheit, war dass nicht der Schlüssel zu seinem Leben? War es damals nicht feige gewesen, das Tritium in die Zelle zu kippen? – Aber nein, was hätte er denn damals Miller sagen sollen? dass er keine Lust mehr hatte, nächtelang auf Zellen mit träge aufsteigenden Gasbläschen zu starren? dass er wegen dieser Experimente, die mehr mit Alchemie und Vodoo zu tun hatten als mit Wissenschaft, die einzige Chance verloren hatte, die Frau seiner Träume zu erobern? dass Miller, wenn er wirklich an die Kalte Kernfusion glaubte, gefälligst selbst diese wirren Ideen ausführen sollte, mit denen er alle paar Tage ankam? Der hätte ihn kommentarlos gefeuert und einen Doktoranden an die Arbeit gestellt.– Und jetzt? War es nicht feige, sich ein perfektes Alibi zu verschaffen und alles Weitere Leuten zu überlassen, die er nicht einmal kannte? Aber jetzt ging es ja nicht nur um sein Brennstoffzellen-Institut, es ging um die Welt, so wie er sie kannte. Es ging um Europa: Wenn General Powers die Patente für Millers Zelle erhielte, würden sie innerhalb weniger Jahre den Markt mit Elektroautos überschwemmen, und die europäische Autoindustrie, von der jeder fünfte Arbeitsplatz abhing, konnte dicht machen. Westeuropa würde verarmen, und die Wirtschaft Russlands, die doch auf den Export von Öl und Gas angewiesen war, würde zusammenbrechen, am Ende gar die Kommunisten wieder an die Macht kommen. Und was wäre mit den islamischen Ländern? Die Araber blieben auf ihrem Öl sitzen, die konservativen, amerikafreundlichen Regimes würden hinweggefegt und der ganze Orient in Aufruhr geraten – das wäre schlimmer als alles, was sich heute in Irak oder Palästina abspielte. Nein, er war nicht feige, wenn er es recht bedachte, war er ein Held, der die Welt vor dem Chaos rettete! Freilich ein Held, der sein Ziel durch List erreichte, nicht durch die tumbe Tapferkeit.

Warum hatte Miller ihm denn verheimlicht, dass er das große Rätsel gelöst und einen Katalysator gefunden hatte? Schließlich hatte er ihn doch jahrelang unterstützt, ja ihm gelegentlich bei den Experimenten geholfen. Natürlich hatte er dies alles für eine interessante Spielerei gehalten, für die Freizeitbeschäftigung eines alten Monomanen, der auch nach seiner Pensionierung noch dem Traum von einer großen Entdeckung nachjagte. Warum hatte Miller ihn nicht direkt angerufen, als die Kohlenstoff-Zelle aktiv wurde? Sie hätten das mit Champagner begießen und dann die Zelle an seinem Institut zur Marktreife bringen können. Das hätte freilich zwei, drei Jahre gedauert, und Miller war alt. Das war wohl der Grund: Miller wollte schnell Kasse machen und das Leben eines reichen Mannes genießen, so lange er es noch konnte. Wahrscheinlich hatte er Angst vor dem Tode, obwohl er für sein Alter außergewöhnlich fit war. Nicht einmal das Rauchen schien seiner Konstitution etwas anhaben zu können.

Kremer ging hinüber ins Forschungszentrum, vorbei an den Frauen, die mit Reisigbesen den Eingang säuberten, hinauf auf die erste Etage in den kleinen Raum, den man ihm als Büro zur Verfügung gestellt hatte. Er setzte sich an den Rechner und versuchte mit unruhigen Händen, ins Internet zu gelangen. Vergeblich; lediglich das hausinterne Netz schien wieder zu funktionieren. Er fluchte und sah auf die Uhr. In einer halben Stunde fingen die Verhandlungen an, was sollte er so lange machen? Wenn er hier sitzen bliebe, würde er alle fünf Minuten nach dem Internet sehen und durchdrehen. Plötzlich fiel ihm ein, dass er gestern, als man mit ihm zum Abendessen hinausfuhr, einen Weinladen in der Nähe entdeckt hatte. *Wine and Spirits* hatte in großen roten Lettern über einem kleinen Schaufenster gestanden, und er hatte sich vorgenommen, heute wenigsten Wein zu kaufen, am besten einen ganzen Vorrat. Wenn er sich beeilte, konnte er er dies noch vor den Verhandlungen erledigen. Er hastete aus dem Zimmer und die Treppe hinunter. Die staubige Straße lag in gleißender Sonne. Er setzte die Sonnenbrille auf und eilte weiter, aber sein Schritt verlangsamte sich in der Hitze, ohne dass er es wollte. Nach fünf Minuten kam er an eine Kreuzung; jetzt musste der Laden nach wenigen Hundert Metern auf der linken Seite kommen, und tatsächlich, da war er. Er trat in den kleinen Raum ein; Schweiß sammelte sich zu großen Tropfen auf seiner Stirn, unter seinen Achseln, und rann langsam hinab. Er setzte die Brille ab; als seine Augen sich an das Halbdunkel gewöhnten, gewahrte er Regale mit Flaschen und hinter einer Theke einen kleinen braunen Mann mit Turban, der ihn wortlos anblickte. Er suchte die Regale ab: Schottischer Whisky, irischer, amerikanischer, dann reihenweise Gin, Rum, Wodka – das war alles gut, um sich sinnlos zu besaufen, oder bestenfalls mit Eis und Soda zu genießen. Irgendwo musste doch Wein stehen. Ob der Verkäufer etwas Englisch verstand? „Haben Sie Wein?“ fragte er ohne viel Hoffnung, verstanden zu werden. Der Mann machte eine Kopfbewegung, die Kremer als ‚ja‘ zu interpretieren gelernt hatte, griff in ein Regal, holte zwischen dem Whisky zwei Flaschen heraus und stellte sie auf die Theke. Kremer nahm sie in die Hand: ein Weißwein, ein Rotwein, beide aus Nordindien. „Haben Sie noch andere?“ Diesmal eine verneinende Kopfbewegung. Seufzend ließ er sich zwei Flaschen Rotwein einpacken; weißer wäre ihm lieber gewesen, der war wahrscheinlich weniger süß, aber es gab keinen Kühlschrank in seinem Gästezimmer.

Er ging ins Gästehaus zurück, verstaute die Weinflaschen im Kleiderschrank und machte sich wieder ins Forschungsinstitut auf. Als er in sein Büro trat, war es fast schon Zeit für die Verhandlungen. Der Bildschirm seines Rechners war dunkel; er tippte mit dem Zeigefinger auf die Leertaste, um ihn aus dem Ruhezustand zu wecken. Langsam wurde der Schirm hell, und die Homepage seines Instituts für Brennstoffzellen erschien. Das Internet war wieder da! Er zögerte; sollte er schnell seine e-mail lesen, ob da irgendetwas über Miller stand, oder war es besser, erst die Gespräche durchzustehen und sich dann Gewissheit zu verschaffen? Die Entscheidung wurde ihm abgenommen; es klopfte an seine Tür. Der Direktor persönlich holte ihn ab und geleitete ihn ins Konferenzzimmer.

Die Verhandlungen zogen sich hin, nur unterbrochen von einer hübschen, saribekleideten Sekretärin, die ihnen jede Stunde frischen Tee servierte. Ein großer Ventilator rotierte träge an der Decke und ließ die heiße Luft zirkulieren, ohne Erleichterung zu verschaffen. Kremer hatte Schwierigkeiten, sich zu konzentrieren; das Staccato des stellvertretenden Direktors ermüdete ihn; mehrmals musste er Sangaranan um Erläuterungen bitten und erhielt dann eine höfliche Übersetzung in imitiertem Oxford-Englisch. Die Inder wollten sofort den ganzen Auftrag und machten ein wirklich günstiges Angebot, aber Kremer bestand auf einer ersten Testserie. Da man sich über den Rahmen zunächst nicht einigen konnte, sprach man erst einige technische Einzelheiten durch, ehe man wieder zum Streitpunkt zurückkehrte. Schließlich kam man überein, dass die indische Seite zunächst 20% des Auftrages bekommen sollte zu einem etwas höheren Preis, als dem reduzierten Umfang entsprach; die deutsche Seite würde eine Absichtserklärung abgegeben, den Rest des Auftrags ebenfalls an das indische Institut zu vergeben, wenn der erste Teil zur beiderseitigen Zufriedenheit ausgeführt war. Erleichtert rief man die Sekretärin und einen Rechtsexperten herein und entwarf einen vorläufigen Text. Den Rest würden die Anwälte erledigen. Lächeln, Händeschütteln, gute Wünsche für eine jahrelange Zusammenarbeit, noch einen Tee? Dann vielleicht eine Cola? Ein Wasser? Nein? Dann also bis später.

Erschöpft, aber trotzdem zum Zerreißen gespannt, ging er in sein Büro zurück und setzte sich vor den Rechner. Sein Herz schlug schnell, unregelmäßig. Die Startseite seines Instituts erschien wieder auf dem Bildschirm. Er öffnete den Mailserver, tippte Namen und Passwort ein. Zehn neue Mails, davon drei aus seinem Institut. ‚Miller gestorben – Miller von Explosion getötet – Miller tot ‘lauteten die Betreffzeilen. Er lehnte sich abrupt in seinen Stuhl zurück. Der Bildschirm verschwamm vor seinen Augen; das Blut schien aus seinem Gehirn zu entweichen, um in einer großen Welle zurückzukehren. ‚Ich habe meinen Vater getötet,‘ schoss ihm durch den Kopf. Vater – lächerlich, wie kam er nur darauf? Spielte sein Hirn verrückt in dieser Hitze? Tatsache war: Miller war ein alter Bastard, der nur seinem Ehrgeiz folgte und sich nicht einen Deut um den Rest der Welt kümmerte. Sein Tod war ein notwendiges Opfer, das den Tod von Tausenden, das Elend von Millionen verhinderte. Aber trug er selbst, Kremer, überhaupt Schuld an Millers Tod? Es war ja nicht abgesprochen, dass man ihn töten würde – aber recht besehen war das die einzige Lösung, und bei dem, was auf dem Spiel stand, zählte ein Menschenleben nichts.

Nein, er hatte gewusst, dass man Miller umbringen würde, davon konnte er sich nicht freisprechen, obwohl er es sich nie eingestanden hatte. Und was war jetzt, würden ihn die Furien heimsuchen und mit Gewissensbissen quälen? Oder konnte er ruhig, ja mit geheimen Stolz, weiterleben in dem Bewusstsein, die Welt vor dem Chaos bewahrt zu haben? Sollte er sein Institut weiterleiten, als ob nichts geschehen wäre, oder sollte er einfach das Geld nehmen, das man ihm für seine Informationen gezahlt hatte, untertauchen, ein neues Leben anfangen? Und was war mit Millers Patentschrift, da stand doch drin, wie die Zelle funktionierte?

Gerade als er auf die erste Mail klickte, um Genaueres über Millers Tod zu erfahren, klopfte es an die Tür, und Dr. Sangaranan trat ein. „Sind Sie so weit? Mein Chauffeur wartet unten. Meine Frau hat den ganzen Tag für Sie gekocht; sie macht das beste Gemüsecurry von ganz Chennai! Sie werden begeistert sein! Unterwegs müssen wir noch halten und Coca Cola kaufen – ich weiß, dass Sie zum Abendessen nicht so gerne Tee trinken. Mögen Sie lieber Coca Cola Classic oder Diet Coke?“

8

Kurz vor 15:00 kam Schmitz im Polizeipräsidium an. Er parkte seinen Wagen im Innenhof des großen Renaissancebaus und ging durch die widerhallenden Gänge in das Zimmer von Krüger. Der saß an seinem Schreibtisch und telefonierte auf Englisch. Als Schmitz eintrat, unterbrach er sich, deckte die Muschel des Hörers mit der Hand ab und flüsterte: „Warte doch einen Moment draußen, ich bin gleich fertig." Warum tat der so geheimnisvoll? Missmutig ging Schmitz wieder hinaus und lauschte an der Tür. Krügers Englisch, auf das er doch so stolz war, kam nur stockend: Er unterbrach sich, suchte nach Worten, geriet gar ins Stottern. Plötzlich wechselte er ins Deutsche und redete nun übertrieben schnell. Kurz darauf war das Gespräch auch schon zu Ende. Mit zwei Schritten trat Schmitz ans Fenster auf der anderen Seite des Ganges und blickte scheinbar gelangweilt auf die Baustelle vor dem Präsidium, als Krüger ihn auch schon hereinholte. „Das war die Tochter des Ermordeten, " vertraute er ihm an, „sie ist Professorin für Biologie in Yale. Sie nimmt den nächsten Flug nach Frankfurt und kommt morgen Nachmittag hier an. Übrigens spricht sie ein bisschen Deutsch."

„Steht denn wirklich fest, dass es sich um einen Mord handelt?"

„Klar, der Chef der Feuerwehr hat zweifelsfrei Sempex nachgewiesen. Er hat ein ganzes chemisches Labor von der Bundeswehr angeschleppt, aber die

Spurensicherung wird es bestimmt als ihre eigene Meisterleistung darstellen. Komm geh'n wir, es ist Zeit."

Als sie in den kleinen Konferenzraum traten, saßen schon der Polizeipräsident, der Chef der Spurensicherung, eine Sekretärin und der junge Kollege Stöckle, der einen Teil der Routinearbeiten übernommen hatte, um einen runden Tisch. Zunächst sprach der Präsident ein paar einleitende Sätze und übergab den Vorsitz dann Schmitz, den er mit der Leitung des Falles beauftragt hatte. Aus den Untersuchungen ergab sich folgender Sachverhalt:

Der Feuerwehrmeister hatte richtig vermutet, die Explosion war durch eine kleine Ladung Semtex verursacht worden, die sich offenbar in einer größeren Menge Kohlenstoff befand. Es war unklar, wie sie ausgelöst worden war, denn es hatten sich keine Spuren eines Zünders gefunden. Durch die Explosion war Miller offenbar bewusstlos geworden, der Tod war durch das Kohlenmonoxid eingetreten, das sich in dem Schwelbrand des Kohlenstoffs gebildet hatte. Der Zeitpunkt des Todes wurde gegen Mitternacht vermutet, den genauen Wert würde man morgen von den Medizinern erfahren.

Offenbar hatte Miller in seinem Labor an einer neuartigen Brennstoffzelle gearbeitet; eine entsprechende Patentschrift fand sich in einem kleinen Safe in seinem Büro, der leicht zu öffnen war. Im Büro befand sich auch ein Rechner, den man sichergestellt hatte und noch genauer untersuchen musste.

Bei flüchtiger Durchsicht hatte man auf der Festplatte nur Standardprogramme sowie belanglose Korrespondenz und e-mail gefunden. Seine Favoriten im Internet waren die elektronische Bibliothek der Universität Ulm, Foren über den Aktienmarkt und über Astronomie, und ein Portal zu pornographischen Fotos; andere Seiten schien er in der letzten Woche nicht besucht zu haben. Die technische Einrichtung des Labors hatte man nicht weiter untersucht; diese Aufgabe würden Experten aus Stuttgart übernehmen. Auf dem Grundstück war eine Wache postiert.

Außer der Tochter in Yale hatte Miller einen Sohn, der zur Zeit in München lebte, wo er bei einer kleinen Software-Firma arbeitete. Stöckle hatte mit ihm telefoniert; er schien verstört, als er vom Tod seines Vaters hörte. Er und seine Schwester würden im Laufe des nächsten Tages eintreffen. Miller war geschieden; seine Ex-Frau lebte in der Nähe von San Francisco, aber man hatte sie noch nicht erreichen können. Bei einer Ulmer Bank hatte er ein Konto mit ca. 500 000 Euro in Wertpapieren. Offenbar hatte er auch noch Geld in den USA angelegt; von dort trafen jeden Monat etwa 4000 Euro ein; dazu kam noch eine kleine Rente vom Institut für Brennstoffzellen. Sein Haus hatte er bar bezahlt. Nach seinen Kontoauszügen zu urteilen schien er genügsam gelebt zu haben, allerdings war er mehrmals im Jahr verreist, denn es fanden sich größere Überweisungen an ein Reisebüro. Stöckle würde der Sache nachgehen und sich die Reisedaten geben lassen; außerdem würde er mit den beiden Ärzten reden, an die Miller in den letzten zwei Jahren Geld überwiesen hatte. Doch waren die Rechnungen so niedrig gewesen, dass es sich kaum um größere Krankheiten handeln konnte. Ein Testament hatte sich bisher nicht gefunden, aber es gab Korrespondenz mit einem Anwalt, den man danach fragen würde.

Engeren Kontakt schien er nur zu Kremer und zu der Lehrerin gehabt zu haben, die ihn gefunden hatte. Sie lag noch zur Beobachtung im Krankenhaus, würde aber noch am Abend entlassen. In seinem Dorf war er wenig beliebt, obwohl er einen größeren Betrag zur Restauration der Kirche gespendet hatte, die er nach der Neueinweihung nie wieder besucht hatte. Man betrachtete ihn als Eindringling, der nicht in den Ort passte.

Als Hinweise auf den oder die Täter gab es bisher nur die verdächtigen Autos mit den Wiesbadener Nummern, die der Nachbar beobachtet hatte. Das Kennzeichen WI-SH 90 gehörte einem großen Autoverleih, der seine Zentrale in Wiesbaden hatte. Der Wagen war vor einer Woche bei der Ulmer Zweigstelle für drei Tage ausgeliehen worden. Der Kunde hatte bar bezahlt, mit einem merklichen slawischen Akzent geredet und einen deutschen Führerschein auf den Namen Voinovic vorgelegt, in Frankfurt ausgestellt. Vermutlich war er gefälscht, jedenfalls hatte eine Nachfrage in Frankfurt nichts ergeben. Wenn die Beobachtungen des Nachbarn stimmten, sollte er noch andere Autos geliehen haben, was sich leicht überprüfen ließ. Vielleicht konnte man so eine Beschreibung des Verdächtigen bekommen; der Angestellte der Autoagentur hatte keine brauchbaren Angaben machen können.

Schmitz diktierte eine Zusammenfassung in das Mikrofon, das die Sekretärin vor ihn hinstellte. Als er fertig war, lächelte sie ihn aus großen grünen Augen an: „Wenn Sie sprechen, erkennt das Sprachprogramm meines Rechners fast jedes Wort. Ich wünschte, das wäre bei ihren Kollegen genau so. Bei denen muss ich immer zahllose *sch* aus dem Text entfernen, und *det* in *das* wandeln." Er lächelte zurück; ein hübsches Mädchen, schlank, schulterlange blonde Haare, frisch von der Schule, ursprünglich aus Magdeburg. Sein Über-Ich meldete sich: *Keine Liebesbeziehungen mit Kolleginnen oder Verdächtigen* hatte man ihm bei der Ausbildung eingeschärft. Solche Bedenken schien Stöckle nicht zu haben; täglich ging er unter irgendeinem Vorwand zu ihr ins Sekretariat und versuchte mit ihr zu flirten, aber sie ließ ihn jedesmal abblitzen. „Du hast ja völlig recht," sagte sie, wenn er ihr Komplimente machte, „aber ich muss jetzt leider arbeiten."

Nachdem sie die Fakten festgestellt hatten, musste Schmitz die Sekretärin leider hinausschicken, und es begann eine lebhafte Diskussion. Es lag auf der Hand, dass der Mord etwas mit der Brennstoffzelle zu tun hatte, alles andere wäre ein zu großer Zufall gewesen. Zudem musste die Tat von Experten sorgfältig geplant und ausgeführt worden sein. Wer konnte ein Interesse an Millers Tod haben? Die Spekulationen reichten von seinem Sohn bis zu arabischen Ölscheichs. Schließlich brach Schmitz die Sitzung ab. „Meine Herren, das reicht für heute. Wir brauchen einfach mehr Spuren. Also zurück an die Arbeit."

Stöckle sollte sich weiter um Mietwagen kümmern, schließlich war dies der einzige konkrete Hinweis. Krüger würde sich im Dorf umhören, Schmitz mit der Lehrerin reden, und danach wollten sich beide nochmal das Labor von Miller ansehen.

Beim Hinausgehen legte der Präsident Schmitz die Hand auf die Schulter. „Junge, das ist ein großer Fall, und ein schwerer dazu. Ich drücke Dir die Daumen. Für die Arbeit draußen fühle ich mich zu alt, aber ich werde gleich morgen früh mit Millers Anwalt reden. Den kenne ich gut, und wenn es ein Testament gibt, wird er mir unter der Hand sagen, was drin steht."

Auf dem Weg zu seinem Zimmer blieb Schmitz plötzlich stehen, wandte sich um und ging zu der grünäugigen Sekretärin, die überrascht von ihrer Arbeit aufblickte und ihn mit großen Augen ansah. „Sie können doch bestimmt auch im Internet recherchieren, oder?" „Klar kann ich das." „Dann recherchieren Sie doch mal die Firma General Powers. Wo sie sitzt, welche Geschäfte sie macht, ihre Tochterfirmen oder größere Beteiligungen an anderen Unternehmen, Geschäftspartner, mit denen sie verzahnt ist." „Mach ich gerne, mal was anderes als das Tippen von Berichten. Bis wann brauchen Sie die Recherche?" „Lassen Sie sich ruhig ein, zwei Tage Zeit; ich brauche genaue Informationen."

9

Sie lag wach, aber das Beruhigungsmittel wirkte noch. Ihr Verstand arbeitete klar, klarer denn je, schien ihr, aber er arbeitete in einer absoluten Ruhe, in einer Leere – in einem Vakuum, hätte Miller gesagt. Sie sah die traumatischen Szenen des Morgens vor sich: wie sie Frank gesucht und schließlich im Rauch des Labors gefunden hatte. Wie sie ihn rauszog, wieder zu beleben versuchte, merkte, dass er tot war. Aber es ließ sie alles unberührt, und wenn ihr Fuß sie nicht geschmerzt hätte, hätte sie alles für einen Traum halten können.

Obwohl sie sich selten mehr als zweimal die Woche gesehen hatten, waren die Stunden mit Miller ein Zentrum ihres Lebens geworden. Sicher, es war nicht immer die reine Freude mit ihm gewesen, und vor allem am Anfang hatte sie sich oft über ihn geärgert. Sie erinnerte sich an ihren dritten oder vierten Abend. Ihre Tochter hatte ein Jahr zuvor ein Kind bekommen, es war ihr erster Enkel. Begeistert hatte sie ihm von den kleinen Händen erzählt, die nach ihren Fingern gegriffen hatten, von den hellen Augen, die er von seiner Mutter geerbt haben musste, von dem süßen Plärren, wenn er gestillt werden wollte. Nach fünf Minuten hatte er sie gelangweilt unterbrochen: „Ich weiß, alle Frauen in Deinem Alter haben entzückende Enkelkinder. Die nächste Generation wird die Krone der Menschheit werden.“ Dann hatte er abrupt das Thema gewechselt und ihr von dem Roman erzählt, den er gerade las, in dem die

Azteken Spanien entdecken und erobern: Sie sind entsetzt von der Inquisition und vom symbolischen Kannibalismus des Abendmahls und errichten im Zentrum von Toledo eine Pyramide, auf der sie katholische Priester dem Sonnengott opfern. Sie wollte damals aufstehen, ihn einen verknöcherten, gefühllosen Alten schimpfen und ihn einfach sitzen lassen, aber etwas hielt sie zurück: Miller war interessanter, lebendiger, aber auch verstörender als die Männer, die sie sonst kannte, Kollegen meist, die es sich in der Routine ihres Berufes und ihrer Familie bequem gemacht hatten. Später hatte sie sich seiner sarkastischen Art angepasst und sogar Spaß daran gefunden. „Stell Dir vor," hatte sie ihm ein paar Monate später erzählt, „mein Enkel hat sein erstes Wort gesagt: Auto! Vielleicht lernt er ja auch noch, Mama und Papa zu sagen." „Wie ich die heutige Jugend kenne, wird er seine erste SMS verschicken, ehe er den ersten ganzen Satz spricht," hatte er erwidert. Dann hatten sie beide gelacht und den nächsten Opernbesuch in Stuttgart geplant.

Auch wenn Miller wenig Gefühl zeigte, konnte er manchmal durch seine Einfühlsamkeit überraschen. Eines Abends hatten sie über englische Literatur diskutiert, und sie hatte erzählt, wieviel besser ihr Thackerey gefiel als der behäbige Dickens. Sie waren nie wieder zu diesem Thema zurückgekehrt, aber Monate später überraschte er sie zu Weihnachten mit einer Originalausgabe der Zeitung, in der das erste Kapitel von *Vanity Fair* erschienen war. Daneben war ihr die ledergebundene Ausgabe von

Goethes Gedichten, die sie ihm damals schenkte, fast schäbig vorgekommen. Selbst an ihren Enkel hatte er gedacht und ein kleines, intelligenzanregendes Spiel für ihn ausgesucht. Sie hatte ihre Rührung verbergen müssen und ihm nicht gesagt, dass das Kind schon fünf solcher Spiele besaß.

Die Tür ging auf, eine Krankenschwester trat ein und unterbrach ihre Gedanken. „Besuch für Sie, ein Herr von der Kriminalpolizei," sagte sie und wandte sich dann an den Mann, der hinter ihr wartete: „Aber machen Sie nicht zu lange, sie ist eben erst aufgewacht und noch schwach."

Ein schlanker, hochgewachsener Mann trat ein, auffallend blaue Augen, etwa Mitte Dreißig schätzte sie. Kriminalbeamte kannte sie nur aus dem Fernsehen, und seit Jahren sah sie keine anderen Krimis mehr als den dicken *Bullen von Tölz*. Außer Beruf und Alter schien der in Jeans, offenem Hemd und lässigem Jackett gekleidete Polizist mit seinem bayrischen Kollegen nichts gemein zu haben; er würde kaum bei seiner Mutter wohnen und sich von ihr bekochen lassen. Normalerweise hätte sie lächeln müssen bei dieser Vorstellung, aber ihr Inneres blieb unbeteiligt, auch bei dem Gedanken: ‚Wenn ich zwanzig Jahre jünger und zehn Kilo leichter wäre, könnte er mir mehr als gefallen.'

Er stellte sich freundlich vor, zog einen Stuhl heran, setzte sich und fragte sie nach den Ereignissen des Morgens. Sie berichtete mit einer ihr selbst ungewohnten Präzision und beantwortete seine Fragen mit einer Sachlichkeit, als handele es sich um englische Grammatik. Schließlich erklärte er ihr, dass man aus versicherungsrechtlichen Gründen untersuchen müsse, ob es sich nicht um Brandstiftung handle; ob ihr irgendetwas Verdächtiges aufgefallen sei. „Aber ja," sagte sie, „gestern Abend schien mir, als hätte ich jemanden in seinem Garten gesehen. Das war die Zeit, in der Miller oft in einem Gasthof zu Abend aß; außerdem schien mir die Person kleiner zu sein als er. Aber ich konnte sie nur flüchtig sehen, von meinem Haus aus kann man nur eine Ecke des Gartens einsehen." Mehr konnte sie dazu nicht sagen.

Ein verdächtiges Auto war ihr auch aufgefallen. „Wissen Sie, ich wohne in einer ruhigen Gegend, man kennt die Leute und mit der Zeit auch ihre Autos. Natürlich bekommt schon mal jemand Besuch, aber der fährt dann nicht mehrmals langsam um den Block und hält dann eine halbe Stunde an einer Ecke, ohne auszusteigen."

„Die Autonummer? Nein, wie sollte ich mir die denn merken. – Doch! Es war eine Wiesbadener Nummer, und mir viel auf, dass man damit viele nette Kombinationen bilden kann. WI-RD 13, war die Nummer. Ein bisschen jung für einen Autofahrer, fand ich."

Von den beiden Kindern Millers wußte Sie, hatte sie aber nicht kennengelernt. Der Sohn hatte ihn vor etwa einem Jahr und dann wieder vor ein paar Wochen besucht, aber sie hatten wohl kein besonders gutes Verhältnis. Freunde schien Miller keine gehabt zu haben, bis auf Kremer, den sie mal bei einem Glas Wein in Millers Wohnung kennengelernt hatte. „Das Verhältnis zwischen ihnen war kollegial und freundlich, aber nicht herzlich, schien mir. Obwohl es ja Kremer war, der Miller angestellt hatte, und nicht umgekehrt, behandelte er Kremer – wie soll ich sagen – mit einer Art von freundlicher Herablassung, während Kremer ihm fast mit Hochachtung begegnete. Als Kremer gegangen war und wir beim vierten oder fünften Glas Wein saßen, sprach ich Frank darauf an: ‚Du behandelst Kremer wie einen netten, fleißigen, aber minderbegabten Jungen, und der lässt sich das auch noch gefallen. Er war doch Dein Chef, oder?‘ Er lachte damals und sagte: ‚Behandele ich ihn wirklich so? Na ja, das mag sich jetzt arrogant anhören, aber ich bin einfach der bessere Wissenschaftler. Aber Kremer hat auch seine Qualitäten: Er ist ein sehr guter Administrator, besser als ich einer wäre.“

„Hat Kremer nicht Miller auch bei seiner Brennstoffzelle geholfen?“

„Ja, das stimmt. Kremer hat Frank bei seiner Arbeit unterstützt, wohl vor allem finanziell, aber gelegentlich haben sie auch gemeinsam experimentiert. Ich fand das sehr großzügig von ihm, aber Frank meinte nur: ‚Mag sein, aber manchmal frage ich mich, ob er das nur tut, weil er mir gegenüber ein schlechtes Gewissen hat.‘ Als ich nachfragte, wich er mir aus und meinte, das wären alte Geschichten.“

Sie hatte erwartet, der Kommissar würde sich Notizen machen, aber er hatte nur konzentriert zugehört. Lediglich die Autonummer hatte er sich auf einen kleinen Zettel notiert, den er nach kurzer Suche in seinem Jackett gefunden hatte. Jetzt verabschiedete er sich freundlich von ihr, und ließ sie wieder allein, allein mit ihren Gedanken.

Sie war jetzt fast sechzig Jahre alt, in drei Jahren konnte sie sich pensionieren lassen. Trotz ihrer Leibesfülle war sie bei guter Gesundheit und hatte eine Lebenserwartung von etwa dreißig Jahren. Was sollte sie anfangen mit dem Drittel ihres Lebens, das noch vor ihr lag? Irgendwo hatte sie gelesen, dass es in den USA für eine ledige Sechzigjährige wahrscheinlicher sei, einem Lustmörder zum Opfer zu fallen, als einen neuen Lebenspartner zu finden. Gut, das war Amerika, aber sehr viel besser sahen die Chancen in Europa auch nicht aus. Natürlich hatte sie einige Freundinnen, darunter auch Singles wie sie, mit denen sie sich traf, und mit denen sie auch in Theater oder Konzerte gehen konnte, aber es wäre nicht dasselbe, wie es mit Frank gewesen war. Sie hatte ihre Tochter, die regelmäßig sonntags bei ihr anrief, und ein oder zweimal im Jahr war sie dort für ein paar Tage ein willkommener Gast, vor allem wenn sie abends auf den Kleinen aufpasste, damit das junge Paar ausgehen konnte; aber ansonsten lebte jeder sein eigenes Leben. Sie konnte sich neue Hobbies zulegen, Yoga-Kurse machen oder irgendetwas Kreatives: malen oder töpfern. Aber da würde sie nur andere Frauen treffen, die in derselben Lage waren wie sie, die Tristesse wiederfinden, der sie zu entkommen suchte. Und was war mit den Männern in ihrem Alter? Die konnten doch nicht alle glücklich verheiratet sein, oder frühzeitig von Lungenkrebs und Herzinfarkt hinweggerafft werden? Sollte sie eine Anzeige aufgeben: Junggebliebene Sechzigjährige, Rubensfigur, sucht Lebenspartner? Eine ihrer Kolleginnen hatte es einmal mit einer Anzeige versucht und hinterher lustige Geschichten erzählt von kränklichen Greisen, die versorgt werden wollten, oder von verbitterten Alten, wie ihrem Nachbarn von schräg gegenüber. Die attraktiven Männer in ihrem Alter, so es sie denn überhaupt gebe, meinte die Kollegin resigniert, würden sich jüngere Frauen suchen; die hätten auch bei den frischgeschiedenen Vierzigjährigen gute Chancen.

Warum hatte ihr Mann damals sterben müssen bei dem Unfall? Warum war er nicht fünf Minuten früher oder später losgefahren, er wäre dem Lastwagen mit dem übermüdeten Fahrer nie begegnet. Warum war sie so dumm gewesen und hatte versucht, Miller zu verführen? Ohne den Streit wäre sie vielleicht bei ihm gewesen und hätte ihn gerettet. Langsam ließ die Wirkung der Spritze nach, und die Leere in ihrem Innern füllte sich mit Verzweiflung.

10

Walter Schmitz hatte das GPS in seinem Wagen eingeschaltet und unterhielt sich mit der freundlichen Frauenstimme.

„Die nächste Straße links, und dann fünfzig Meter geradeaus," tönte es sanft aus dem Lautsprecher.

„Aber sicher mein Engel, mach ich sofort."

„Jetzt rechts abbiegen und dann geradeaus bis zur nächsten Ampel."

„Ja, mein Herz, ich tu doch alles was Du sagst."

Als sie ihn in eine Straße dirigierte, die wegen einer Baustelle gesperrt war, sagte er: „Nein, mein Liebling, da irrst Du Dich. Ich fürchte, Du bist nicht ganz auf dem Laufenden," und schaltete das Gerät aus. Wenig später hielt er vor Millers Haus, wo er sich mit Krüger treffen wollte. Gegenüber parkte schon ein anderes Auto, aus dem ein Mann gelangweilt zu ihm hinüberblickte. Das Kennzeichen war nicht aus Wiesbaden sondern aus Ulm. Er ging hinüber und klopfte gegen die Windschutzscheibe. Als der Mann sie herunterdrehte, hielt er ihm seinen Ausweis unter die Nase und sagte: „Darf ich Sie fragen, was Sie hier machen?"

Ein bekanntes Gesicht blickte ihn an: „Aber gerne, Walter, ich beobachte das Haus schon seit fünf Stunden und bin für jede Abwechslung dankbar. "

„Ach Eugen, Du bist's. Du ermittelst ja völlig unauffällig heute. Für wen?"

„Mich hat eine amerikanische Firma mit der Observation beauftragt, ich glaube, Du hast die Herren heute morgen getroffen. Ich soll mich bei denen melden, falls irgendetwas passiert oder irgendjemand kommt, der nicht von der Polizei ist. Bisher war alles tote Hose. Im Garten steht übrigens ein Kollege von Dir, der langweilt sich bestimmt genau so wie ich. Allerdings werde ich wohl besser bezahlt." Er blickte auf seine Uhr. „In drei Stunden werde ich abgelöst. Hast Du sonst noch Fragen?"

Schmitz schüttelte den Kopf, ging in den Garten und wechselte ein paar Worte mit dem Kollegen. „Nein," sagte der, „ich habe nichts Auffälliges bemerkt. Aber ich weiß jetzt, was es heißt, das Gras wachsen zu hören."

Kurz darauf kam Krüger und schimpfte: „Bis auf die blöden Autos hat hier kein Mensch irgendetwas bemerkt. Die hocken wohl den ganzen Abend vor dem Fernseher, schauen sich Krimis an und sehen nicht, was um sie herum passiert. Immerhin, ich habe noch ein Autokennzeichen rausgefunden."

„Lass mich raten: von einem jugendlichen Autofahrer, der bald seinen dreizehnten Geburtstag feiert." Sie lachten, tauschten sich noch ein wenig aus und gingen dann in das Blockhaus, das Miller als Labor diente.

Ein Geruch von kaltem Rauch hing in der Luft. Das Licht funktionierte nicht, und so ließen sie ihre Taschenlampen durch den Raum schweifen. Eine dünne Schicht von Ruß und Asche bedeckte den Boden, den großen Labortisch in der Mitte, die Schränke und Regale ringsum. Die Balken der hinteren Wand waren angekohlt, und dort hatte die Feuerwehr mit Schaum gelöscht. Der Labortisch, eine solide Marmorplatte auf dicken Gummiwülsten, war unversehrt, aber auf einer Seite lag ein Haufen verbrannter, verformter, geschmolzener Apparatur. Die Geräte auf der anderen Seite schienen kaum gelitten zu haben. Schmitz ließ den Strahl seiner Lampe an einem langen Rohr entlang gleiten. „Dies muss wohl der Laser sein," brummte er. „Hast Du eine Ahnung, wozu man bei einer Brennstoffzelle einen Laser braucht?"

„Nein, ich dachte immer, Brennstoffzellen bestehen aus zwei großen Platten mit Säure dazwischen; jedenfalls habe ich das so auf der Schule gelernt. Aber mir kommt da ein Gedanke: Wir wissen doch nicht, wie die Explosion ausgelöst worden ist. Könnte der Mörder nicht den Laser installiert und als Zünder benutzt haben? So ein Laser in einem Labor ist doch etwas Normales, und wenn der Chef der Feuerwehr nicht zufällig ein Experte von der Bundeswehr gewesen wäre, hätten wir das Semtex vielleicht nie nachgewiesen und alles für einen Unfall gehalten."

„Ist das nicht ein bisschen umständlich, extra einen Laser zu installieren? Außerdem hätte er doch Miller auffallen müssen, oder der Laser müsste direkt mit dem Lichtschalter verbunden sein, so dass die Explosion gleich losging, als er das Licht einschaltete. Schauen wir uns die Sache doch mal an."

Sie gingen zum Laser, untersuchten die Halterung und verfolgten die Kabel, die von dem Rohr ausgingen. Eins ging zu einer großen Steckdose an der Seite des Tischs, ein anderes zu einem Schalter. Die ganze Installation war solide befestigt und offenbar schon Monate an ihrem Platz, also offenbar von Miller selber installiert.

„Wenn der Täter die Apparatur kannte, konnte er ja einfach den Laser als Zünder benutzen; er brauchte die Ladung nur am Ende des Strahls anzubringen," meinte Krüger.

„Dann muss er sich aber sehr gut ausgekannt haben. Das schränkt den Kreis der Täter erheblich ein. So weit wir wissen, kannte nur Kremer die Zelle. Schade, dass er so ein gutes Alibi hat."

„Er muss es ja nicht selbst gemacht haben. Vielleicht hat er ja jemanden beauftragt, den Unbekannten mit den Autos zum Beispiel."

„Nehmen wir ihn in die Mangel, wenn er kommt. Wenn er nicht selber dahintersteckt, wird er zumindest wissen, wer die Anlage hier sonst noch kannte."

Sie ließen ihre Lampen weiter durch das Labor streifen. Langsam und systematisch tasteten sie den Tisch, die Wände, den Boden, die Decke ab. Plötzlich stieß Krüger einen Pfiff aus und ließ seinen Strahl auf einem kleinen Apparat an der Decke ruhen, der in der Ecke zwischen zwei Balken versteckt schien. „Schau mal, was wir hier haben."

Schmitz trat heran: „Noch ein kleiner Laser?"

„Nein, dass sieht aus wie eine Webcam."

„Eine Webcam? Was wollte er denn damit?."

„Man kann sie zum Überwachen benutzen; mein ältester Sohn hat so ein Ding."

„Und damit überwacht er Euch?"

Krüger räusperte sich verlegen. „Weißt Du, meine Frau und ich machen gerade diese Diät. Mein Sohn meinte, wir würden uns bestimmt nachts an den Kühlschrank schleichen, um heimlich zu essen. Deshalb hat er in der Küche so ein Ding installiert."

„Ist ja rührend, Euer Sohn. Aber wie funktioniert das denn in der Praxis? Wenn der Computer alles aufspeichert, ist die Festplatte doch direkt voll, oder man muss alles umständlich auf Bändern speichern."

„Mein Sohn hat mir das erklärt," – jetzt schwang ein wenig Stolz in Krüger Stimme – „er hat die Kamera so eingestellt, dass sie jede Minute ein Foto macht und es mit dem letzten vergleicht. Nur wenn die beiden Bilder verschieden sind, beginnt die Kamera zu filmen und speichert alles ab. Sobald nichts mehr passiert, hört sie wieder auf."

„Mit anderen Worten: Wenn Du es schaffst, innerhalb einer Minute in die Küche zu rennen, den Kühlschrank zu öffnen, eine Wurst und ein Bier herauszuholen, dann merkt Dein Sohn nichts. Und Du meinst, Miller könnte so seine Apparatur überwacht haben? Aber warum? Hatte er Angst vor Einbrechern?"

„Wer weiß, vielleicht wollte er auch nur seine Experimente filmen. Schauen wir uns die Sache doch mal an."

Von der Kamera führte eine Leitung zu einem von drei Computern, die auf einer langen Schreibtischplatte an der Wand standen. Schmitz tippte mit dem kleinen Finger auf die Leertaste; der Bildschirm wurde langsam hell und zeigte eine Macintosh-Oberfläche. „Was meinst Du," fragte Schmitz, „schauen wir selber nach? So schlau wie die Stuttgarter Kollegen sind wir doch auch!"

„Klar, sogar viel schlauer; alles, was jenseits der Alb wohnt, sind doch keine Schwaben mehr."

Schmitz holte ein Papier-Taschentuch aus seiner Hose, wischte sorgfältig den Staub von der Tastatur, öffnete ein Fenster auf dem Bildschirm, gab ein paar Befehle ein, und es erschien eine Liste der Dateien aus den letzten zehn Tagen – allesamt Filme, aber nur ein längerer, vom Abend vor dem Brand! Er pfiff leise durch die Zähne. „Das könnte spannend sein; schauen wir mal."

Der Film zeigte eine Weitwinkel-Aufnahme des Labors, in der Mitte die große Brennstoffzelle; dann hörte man, wie sich eine Tür öffnete, und eine in Jeans und schwarzem Pullover gekleidete Gestalt, eine Stoffmaske übers Gesicht gezogen, trat von hinten an die Apparatur, ging langsam um sie herum und machte sich, die Hände in Plastikhandschuhen, an ihr zu schaffen. Er wandte dabei den Rücken zur Kamera, so dass man nicht genau sehen konnte, was er tat. Plötzlich hielt er inne, kratzte sich heftig am Kopf und blickte dann um sich. Als er seinen Kopf zur Kamera wandte, hielt Schmitz den Film an. Durch die Löcher der Maske sah man zwei braune Augen, von weisser Haut umrandet. „Das bringt nicht viel," flüsterte Krüger, „jeder zweite Mensch hat braune Augen." Schmitz ließ den Film weiter laufen. Der Mann wandte sich wieder der Apparatur zu, und einige Minuten lang sah man nichts als seinen breiten Rücken. Dann kratzte er sich wieder am Kopf, einmal, zweimal, schließlich schlüpfte er mit seiner Hand unter die Maske und fuhr sich unter dem Stoff durch die Haare. „Hat der Läuse?" fragte Schmitz leise. „Dem ist wohl einfach heiß, bestimmt schwitzt er vor Aufregung." Wieder passierte eine ganze Weile nichts, dann kratzte der Mann sich wieder und stieß einen unterdrückten Fluch aus. Schmitz hielt an und spielte den Fluch mehrmals ab. „Verstehst Du das? Deutsch ist das nicht – irgendwas Slawisches?" – „Ich tippe auf Polnisch oder ex-Jugoslawisch." – „Immerhin, eine Stimmenanalyse könnte was bringen." – „Aber dazu müssen wir ihn erst mal haben." Sie blickten weiter auf den breiten Rücken, hinter dem sich irgendetwas abspielte, unterbrochen von gelegentlichem Kratzen und leisen Flüchen. „Das hieß matrina," flüsterte Schmitz, „serbo-kroatisch für Mutter." – „Der hat wohl einen Ödipuskomplex." Die Zeit verstrich. Endlich schien er mit der Zelle fertig zu sein und ging zum Laser hinüber, den er erst grob justierte. Dann zog er eine kleine Lampe heraus, befestigte sie an dem Laser, schaltete sie ein, und man sah einen feinen Strahl, der einen kleinen roten Fleck auf der Zelle bildete. „Also doch der Laser, jetzt justiert er ihn." Er ging mehrmals zwischen Laser und Zelle hin und her, maß mit Lineal und einer kleinen Wasserwaage nach, und schien schließlich zufrieden. Er richtete sich auf, kratzte sich wieder, blickte dann in alle Richtungen um sich. Plötzlich zog er die Maske ab, trocknete sein Gesicht mit dem Ärmel seines Pullovers und fuhr sich durch die Haare. Als er sich in Richtung Kamera wandte, hielt Schmitz das Bild an und vergrößerte es solange, bis das Gesicht den Bildschirm füllte. Einen Moment lang blickten sie es schweigend an, dann begannen fast gleichzeitig, leise zu lachen. „Ist das kein schönes Fahndungsfoto?" flüsterte Schmitz. „Wunderbar; ich wette, der ist einschlägig bekannt, und morgen haben wir ihn." Sie schauten sich noch den Rest des Films an: das hastige Überziehen der Maske, nochmalige Kontrolle der Justierung, und dann verschwand die Gestalt vom Schirm. „Also auf ins Revier, geben wir die Fahndung raus, und dann noch schnell ein Bier auf den Erfolg." – „Klar, Walter, ich ruf noch schnell meine Frau an und sage ihr, dass ich später komme."

11

Das Brummen eines vorbeifahrenden Lieferwagens weckte sie auf. Sie reckte ihren Kopf und blickte auf den Wecker: kurz nach acht. Das Schlafmittel hatte gewirkt. Zur Schule brauchte sie heute nicht; bis Ende der Woche war sie krank geschrieben. Sie stand auf, zog ihren Morgenrock über und blickte aus dem Fenster. Links, direkt vor Millers Haus, stand ein großer brauner Lieferwagen von UPS. Leicht humpelnd ging sie zur Haustür und hinaus zum Gartentor, um die Zeitung zu holen. Als sie in Richtung des Lieferwagens blickte, sah sie zwei Männer in brauner UPS Uniform, die mit einem dritten Mann beschäftigt schienen. Es sah fast so aus, als wollten sie ihn in den Wagen sperren. Während sie sich wunderte, was sich da abspielen mochte, bemerkte sie einer der beiden Uniformierten und sagte etwas zu seinem Kollegen. Dann kam er auf sie zu, einen Zettel in der Hand, die Mütze tief ins Gesicht gezogen. Offenbar wollte er sie nach einer Adresse fragen. Dann ging alles ganz schnell: Der Mann trug eine Stoffmaske unter seiner Mütze, drückte etwas Hartes gegen ihre Rippen, drängte sie in den Hausflur zurück und schnarrte mit offensichtlich verstellter Stimme: „Schrei nicht, sonst bringe ich Dich um. Wenn Du vernünftig bist, passiert Dir gar nichts."

Er schob sie ins Wohnzimmer. „Setz Dich,"befahl er und schubste sie zu einem Sessel. Sie gehorchte und konnte den Mann nun zum ersten Mal richtig sehen: mittelgroß, unauffällig; die Uniform passte perfekt, und wenn nicht die Maske vor dem Gesicht gewesen wäre, hätte sie erwartet, dass er ihr ein elektronisches Tablett entgegenstreckte, um sich den Empfang der Ware bestätigen zu lassen. In der Rechten hielt er wirklich eine Pistole auf sie gerichtet, mit einem Schalldämpfer, wie im Fernsehen. Er schien angespannt, aber nicht sonderlich nervös. Er stellte sich so, dass er sowohl sie als auch die Haustür beobachten konnte. Sie wollte etwas sagen, aber mit einem rauen: „Still" und einem Wink mit seiner Pistole schnitt er ihr das Wort ab. Kurz darauf kamen noch drei Maskierte herein, einer ebenfalls in UPS Uniform, die anderen in Jeans und schwarzen Lederjacken, und schoben einen Polizisten und einen kleinen untersetzten Mann in grauem Anzug vor sich her. Der Polizist musste sich mit hoch erhobenen Armen in die Mitte des Zimmers stellen. Einer der Banditen zog ihm die Uniform aus und schlüpfte dann selbst hinein. Er war etwas zu dick und musste die Hose unter dem Gürtel offenlassen, aber als er die Jacke darüber anzog, sah er aus wie ein netter Dorfpolizist, der sich zum Scherz eine Maske übergezogen hatte.

Einer der Männer in Jeans schien das Kommando zu haben. Er ließ die drei Opfer auf Sesseln festbinden und zischte dann ‚Telefon'. Einer nahm das Telefon von der Kommode und schnitt das Kabel durch, ein anderer verschwand und durchsuchte die anderen Räume. Als er zurückkam, zuckte der Anführer kurz mit dem Kopf in Richtung Tür und verschwand mit zwei anderen. Einer der UPS-

Uniformierten blieb zurück. Er zog sich einen Sessel heran, setzte sich und ließ die Pistole auf seinem Oberschenkel ruhen, den Lauf vage in Richtung seiner Gefangenen.

Schweigen; von der Straße drang kaum ein Laut herein, die Erwachsenen waren bei ihrer Arbeit, die Kinder in der Schule und die wenigen Mütter, die nicht arbeiteten, genossen die erste ruhige Morgenstunde. Hilde Beck saß reglos im Sessel. Ihre Blase drückte – sie hatte ja keine Zeit gehabt, nach dem Aufstehen wie sonst zur Toilette zu gehen. Vorsichtig blickte sie sich um. Ihr Entführer saß ruhig, fast gelangweilt, hielt aber die große Pendeluhr an der Wand genau so im Auge wie seine drei Gefangenen. Der Mann im grauen Anzug schien zusammengesunken; Schweiß lief über seine Stirn, und sein linkes Bein wippte unaufhörlich; der Polizist, nur mit einem Tanga-Slip bekleidet, bot ein Bild des Jammers. Sie blickte auf die Uhr; seit man sie aus dem Schlaf gerissen hatte, waren keine fünf Minuten vergangen. Eine Spruch kam ihr in den Sinn, der überhaupt nicht in diese Lage passte: ‚Die Arbeit dehnt sich aus, bis sie die vorhandene Zeit ausfüllt.' Es war eine Umkehrung dieses Satzes, die sie suchte: Was war, wenn es keine Arbeit, wenn es gar nichts zu tun gab? Dehnte sich dann die Zeit bis ins Unendliche aus?

Als sie das nächste Mal auf die Uhr sah, waren gerade mal drei Minuten vergangen. Ihre Blase drückte stärker, unwillkürlich rutschte sie im Sessel hin und her, was ihr ein unwilliges Brummen zuzog. Einige Minuten saß sie still, dann fasste sie sich ein Herz: „Ich muss auf die Toilette gehen.“ Ein energisches Kopfschütteln. „Bitte!“ Ein gefauchtes ‚Nein!‘ O Gott, das konnte doch noch Stunden dauern, so lange würde sie das nicht aushalten können. Oder ob man sie doch noch alle umbringen würde? Das gab eigentlich wenig Sinn - wozu, und falls doch, warum dann nicht gleich? Sie versuchte, an etwas anderes zu denken als an ihre Blase, an schöne Stunden mit Frank, an ihre Schule, an den Film, den sie sich heute Abend ansehen wollte, aber der Schmerz wurde brennender, ihr ganzes Bewusstsein schien sich darauf zu konzentrieren, er füllte sie aus und ließ keine anderen Gedanken zu. Was sollte sie tun? Ohne dass sie es wußte, begann sie zu wimmern. „Still!“ hörte sie ihren Bewacher zischen, aber sie hatte keine Kontrolle darüber. Schließlich schien es dem Maskierten zuviel. Er stand auf, und band sie los. „Geh schon,“ sagte er und wies mit der Pistole in Richtung Bad, „ aber lass die Tür auf.“ Langsam stand sie auf, ging ins Bad und wollte unwillkürlich die Tür hinter sich schließen, aber ein scharfes „Auflassen!“ hinderte sie daran. Sie setzte sich und blickte auf ihre Füße. Der Schmerz ließ langsam nach, als der Strahl ins Becken zischte, und ihre Gedanken kehrten wieder zu ihrer Lage zurück. In einem Film wäre das jetzt die Gelegenheit zu fliehen, oder heimlich Kontakt mit einem Nachbarn aufzunehmen, oder ein Polizist – vielleicht der nette Kommissar von gestern – hätte ihr Zeichen gegeben, dass das

Haus schon umzingelt war, und man nur auf eine gute Gelegenheit zum Eingreifen wartete. Aber dies war die Wirklichkeit, das Fenster hoch und unerreichbar selbst für eine sportlichere Frau als sie, und es zeigte nur die Blätter des großen Apfelbaums in ihrem Garten. Sie blieb etwas länger sitzen als nötig, aber ein energisches Zeichen mit der Pistole ließ sie aufstehen, zu ihrem Sessel zurückkehren und sich die Fesseln wieder anlegen lassen.

‚Was nützt einem die ganze Bildung und Erziehung,' schoss ihr durch den Kopf, ‚wenn man einfach nur auf die Toilette muss und nicht kann? Und was helfen sie gegen pure Gewalt, gegen den Lauf einer Pistole?' Sie blickte wieder zu ihren Leidensgenossen hinüber, aber die schienen nur noch tiefer in ihre Sessel gesunken zu sein. Sie schloss die Augen. Wenn sie nachts nicht schlafen konnte in ihrem großen Doppelbett, flüchtete sie sich in Tagträume; das hatte sie als Kind schon getan. Natürlich, an Schlaf war nicht zu denken in dieser Situation, aber irgendetwas musste sie doch tun, sie konnte doch nicht immer nur auf die Uhr oder auf den Revolver blicken. Also versuchte sie, ihr eigenes, privates Kino zu erfinden. Es fiel ihr nicht leicht, sich zu konzentrieren, aber nach einigen Minuten sah sie sich, wie sie Frank Miller aus seinem brennenden Labor zog. Er atmete noch, aber sein Puls war schwach und flatterte. Mit einer Hand wedelte sie ihm frische Luft zu, mit der anderen zog sie das Handy aus der Tasche und rief den Notdienst. Wenig später war er da: ein Notarzt und zwei Sanitäter, die Frank in den Krankenwagen trugen. Sie durfte mit einsteigen und hielt Franks Hand, während der Arzt ihm Sauerstoff gab. Später wartete sie vor dem Behandlungssaal, bis der Arzt heraustrat und ihr sagte: ‚Er hat viel Kohlenmonoxid eingeatmet, aber er hat eine gute Konstitution. Ich glaube, wir bekommen ihn durch. Aber zehn Minuten später, und es wäre zu spät gewesen.' Mit feuchten Augen drückte sie seine Hand.

‚Mein Gott, was denkst Du Dir denn da aus,' meldete sich eine innere Stimme, ‚das ist ja kitschiger als jeder Arztroman!' Sie öffnete die Augen und blickte um sich. Nichts schien sich geändert zu haben, aber eine gute Viertelstunde war verstrichen. Wie lang konnte das denn noch dauern? Sie horchte angestrengt, ob von draußen Tritte zu hören wären, oder ein Auto, aber nichts war zu hören außer der Pendeluhr und dem Gurren einer Taube, die sich wohl auf dem Sims des Badezimmerfensters niedergelassen hatte. Die Uhr schlug halb neun. Ihr Bewacher stand auf, ging einige Schritte auf und ab, blickte mehrmals Richtung Tür. Dann zuckte er mit den Schultern und setzte sich wieder in seine frühere Position.

Der Polizist hatte mit Sorge beobachtet, wie die dicke Frau ins Badezimmer ging. Hoffentlich machte sie keine Dummheiten; sie sah zwar nicht so aus, als wollte sie die Heldin spielen, aber bei solchen Weibern wußte man nie. Am Ende wurde sie hysterisch und drehte durch. Erleichtert sah er, wie sie zurückkam und sich wieder binden ließ. Ihm fröstelte; bis auf den Tanga-Slip war er nackt. Unwillkürlich richtete er seinen Blick hinunter, wo sich, schlaff und nutzlos, sein Penis unter dem dünnen Stoff abzeichnete. Täuschte er sich, oder hatte der Bandit wirklich seine Waffe darauf gerichtet? Er sah hinüber, und tatsächlich, der Lauf schien genau zwischen seine Beine zu zielen. Sein Bewacher musste seine Gedanken erraten zu haben. Er ließ ein kurzes Lachen hören, stand auf, kam auf ihn zu und hielt die Pistole direkt auf den Wulst in dem Tanga-Slip gerichtet. Der Polizist begann zu zittern, kalter Schweiß brach ihm aus. War das ein Sadist, der seine Geiseln aus purer Lust quälte? Mit Entsetzen sah er, wie sich der Lauf der Pistole auf seinen Penis senkte; kurz bevor er ihn berührte, lachte der Bandit wieder auf, zog die Pistole zurück, ging zum Sofa hinüber, ergriff eine Decke und schmiss sie dem Polizisten an den Kopf. Der zog sie um, so gut er konnte, und drückte sich, immer noch zitternd, in die Ecke seines Sessels.

Hilde Beck hatte nicht genau beobachten können, was sich da abspielte. Die Lehne des Sessels hatte den wichtigsten Teil der Szene verdeckt. Immerhin, es war nichts passiert, und dem Polizisten eine Decke zu geben, war doch fast freundlich. Sie schloss wieder die Augen. Jetzt saß sie an Franks Krankenbett; er atmete gleichmäßig. Die Farbe war in sein Gesicht zurückgekehrt und er sah aus, als ob er schliefe. Nur das Piepsen des Monitors störte die Stille. Plötzlich bewegte er sich leicht und schlug die Augen auf; sein Blick irrte an der Decke, an den

Geräten entlang und fiel dann auf sie. ‚Hilde, Du?' flüsterte er. ‚Ja, ich.' – ‚Was ist passiert?' Sie erzählte ihm, leicht errötend, wie sie ihn in dem brennenden Labor gefunden und an den Händen herausgezogen hatte. Er sah sie mit einer Wärme an, die sie bisher bei ihm nicht gekannt hatte. ‚Du hast mich gerettet,' sagte er und streckte die Hand nach ihr aus. Sie legte ihre hinein, und er hielt sie fest.

Das reichte jetzt aber an Krankenhausszenen, schließlich wollte sie sich nicht als seine aufopfernde Pflegerin sehen. Bei einem Video hätte sie jetzt auf den schnellen Vorlauf gedrückt, so aber sprang sie einfach zwei Wochen weiter. Frank war wieder genesen, so kräftig und männlich wie zuvor. Er hatte sie in die Oper nach Ulm eingeladen und anschließend zum Essen in ein Restaurant am Donauufer. Er war schweigsam und sarkastisch wie früher, aber jetzt schien er ihre körperliche Nähe zu suchen. Mal ließ er seine Hand auf ihrer Schulter ruhen, mal legte er sie flüchtig um ihre Hüfte, und sein Blick schien den ihren öfter zu suchen als sonst. Als sie nach Hause fuhren, legte er, kurz bevor sie ankamen, die Hand auf ihr Knie und fragte: ‚Kommst Du noch auf ein Glas zu mir? Ich habe einen Champagner kaltgestellt.'

Unterdessen saß der Detektiv unbeachtet in seinem Sessel und versuchte, das nervöse Wippen seines rechten Beines zu unterdrücken, aber es gelang ihm nicht. Wenn er seine Willenskraft zusammen nahm und für ein paar Sekunden damit aufhörte, wurde sein ganzer Körper unruhig, und er hätte aufspringen mögen. ‚Keinen Anstoß erregen, ' dachte er; ‚nur nicht auffallen.' Beruhte sein Erfolg als Detektiv nicht auch darauf, dass man ihn, klein, grau, dicklich wie er war, einfach übersah? Anfangs hatte das doch nach leicht verdientem Geld ausgesehen. Die Amerikaner hatten ohne zu zögern zugestimmt, obwohl er das Doppelte des üblichen Tarifs verlangt hatte – und jetzt saß er hier und fürchtete um sein Leben. Er hatte sich ja leicht reinlegen lassen, keinerlei Verdacht hatte er geschöpft, als der Lieferwagen von UPS hielt, der Fahrer ausstieg, um sich blickte, anscheinend nach einer Hausnummer suchte und dann auf seinen Wagen zu kam. Aber statt ihn nach einer Adresse zu fragen, hatte er eine Pistole auf ihn gerichtet, eine Maske heruntergezogen, ihm auszusteigen befohlen und ihn dann in dieses Haus geschleppt. Wenn man sie nur für ein paar Stunden festhielt und dann freiließ, war ja alles halb so schlimm – aber wenn nicht? Als Kind hatte er immer gebetet, wenn er Angst hatte, aber irgendwann, er wußte nicht warum, hatte er damit aufgehört. Sollte er jetzt auch einfach beten – aber glaubte er überhaupt an Gott? Egal, beten konnte nicht schaden, und es war besser, als auf sein zitterndes Bein zu achten. Lange nicht mehr benutzte Worte aus seiner Jugend fielen ihm ein: ‚In der Not rufe ich, Herr, zu Dir...'

Bei Hilde Beck meldete sich wieder die Stimme: ‚Natürlich gehst Du mit ihm ins Haus, und jetzt kommt der pornographische Teil,'. Das hatte man nun vom Germanistikstudium: selbst die eigenen Tagträume unterzog man einer literarischen Kritik. Seufzend wandte sie sich der Wirklichkeit zu. Wieder war eine viertel Stunde vergangen, aber wenn nicht die Uhr gewesen wäre, hätte sie geglaubt, die Zeit wäre stehengeblieben. Diese kitschigen Tagträume waren doch ganz praktisch in dieser Lage – ob die Schlaftabletten noch wirkten, dass sie einfach so abschalten konnte? Jedenfalls schien es ihr besser zu gehen als den beiden gefesselten Männern. Also würde sie sich jetzt eine Sexszene mit Frank vorstellen, schließlich hatte sie Übung darin.

Aber es gelang ihr nicht, sich zu konzentrieren: sie war jetzt zu unruhig, ihr war nicht nach Sex, oder vielleicht ließ einfach die Wirkung der Tabletten nach. Sie blickte wieder zur Uhr; jetzt saß sie hier schon fast ein Stunde gefesselt im Sessel. Irgendwann mussten diese Männer doch wiederkommen; für die war das doch auch gefährlich. Schließlich konnte ein richtiger Briefträger mit einem Päckchen kommen, oder der Polizist würde abgelöst. Was dann wohl passierte? Unruhig rutschte sie auf dem Sessel hin und her, und auch ihr Bewacher stand wieder auf und ging auf und ab. Plötzlich hörte sie Schritte in der Diele. Ihr Puls begann zu rasen. Würde man sie jetzt freilassen – oder am Ende doch töten? Wer wußte schon, was sich in kriminellen Gehirnen abspielte?

Nur einer trat ein, der Anführer. Er wies mit einer Geste zur Tür; ihr Bewacher deutete auf die drei Gefesselten, aber erhielt nur ein Schulterzucken zur Antwort. Erneut ein Wink zur Tür, und die beiden gingen hinaus. Kurz darauf hörte man ein Auto wegfahren, und dann war Stille.

Die drei Gefangenen blickten sich gegenseitig an: Gott sei Dank, sie hatten überlebt, und irgendwann würde man sie ja finden. „Was machen wir jetzt?," flüsterte Hilde. „Wir warten noch ein paar Minuten, bis sie weg sind, und dann schreien wir," kam die Antwort des Polizisten, der ein Zittern seiner Stimme nicht unterdrücken konnte, „irgendjemand muss uns doch hören." Sie blickten auf die Uhr; als fünf Minuten vergangen waren, begannen sie, laut um Hilfe zu rufen. Erst jeder für sich, dann, auf das Kommando des Polizisten, im Chor. Aber ihre Rufe verfingen sich in den schweren Vorhängen des Wohnzimmers, und ein Passant hätte lauschen müssen, um sie zu hören – und es gab keine Passanten. Nach einer Viertelstunde wurden sie heiser und beschlossen, sich abzuwechseln, jeder sollte fünf Minuten lang rufen. Das taten sie eine Stunde lang, dann erstarben ihre Stimmen zu einem Krächzen. Sie gaben auf, und wieder war nichts zu hören als das eintönige Ticken der Wanduhr.

12

Mit einem Seufzer ließ sich Christel auf ihn fallen, vergrub ihren Kopf an seinem Hals und biss in seine Schulter, so fest, dass es ihm wehtat und er leise aufschrie. Sie zog den Kopf zurück, blickte auf die Stelle, wo ihre Zähne sich eingegraben hatten, und küsste sie ab. Dann drehte sie sich um und kuschelte sich bei ihm ein. Er zog sie an sich und lachte: „Du musst einen Vampir unter Deinen Vorfahren haben."

„Klar," lachte sie mit, „Dracula war mein Urgroßonkel."Sie blieben aneinander geschmiegt und schwiegen eine Weile.

Er hatte Christel vor etwa zwei Jahren kennengelernt, als ein Sexualmord an einem Kind die Republik erschütterte, und alle Welt nach Triebtätern Ausschau hielt. Zwei Frauen hatten einen verdächtigen Mann in einem Gebüsch bei einem Spielplatz an der Donau beobachtet und die Polizei verständigt. Fast täglich liefen solche Meldungen ein; natürlich war nie etwas dran, aber man konnte sie schlecht ignorieren: Ein Aufruhr wäre durch die Bevölkerung und die Presse gegangen, wenn man nicht sofort auf solche Verdächtigungen reagiert hätte. Zudem konnte man ja nicht ausschließen, dass es sich wirklich um einen Unhold handelte.

Bei der Kripo herrschte damals Flaute – es war Sommer, und die Kriminellen genossen ihren wohlverdienten Urlaub. Also ging Schmitz mit einem Kollegen der Sache nach. Sie durchstreiften die Straßen um den Spielplatz, die umliegende Büsche, redeten mit den beiden Frauen, die den Verdächtigen beobachtet haben wollten, aber ohne Erfolg. Die Personenbeschreibung – männlich, mittelgroß, Schnurrbart, dreißig bis vierzig Jahre alt – war wenig präzise. Also befragten sie die anderen Erwachsenen auf dem Spielplatz, ob sie etwas beobachtet hätten. Christel saß auf einer Bank, ein Buch in der Hand, ihr zweijähriger Sohn spielte wenige Meter weiter im Sandkasten. Eigentlich war sie nicht sein Typ: ein bisschen zuviel Schminke, zu pummelig, die Haare eine Spur zu hell, aber sie hatte Charme, und als er mit ihr redete, baute sich eine erotische Spannung auf. Als sein Kollege und er die Befragungen ergebnislos beendet hatten, saß sie immer noch auf der Bank, anscheinend in ihr Buch vertieft. Er ging noch mal zu ihr hinüber, plauderte ein wenig, und dann verabredeten sie sich für den folgenden Vormittag in einem Café auf der anderen Seite der Donau.

Beim Kaffee hatten sie sich ausgetauscht. Schmitz erzählte, wie es ihn nach Schwaben verschlagen hatte, Christel, dass sie ursprünglich aus Heidelberg kam, Ärztin in einer Gemeinschaftspraxis war, zwei Kinder hatte und gerade eine Babypause machte; ihr Mann war Notar in München und kam jedes Wochenende nach Hause. Neben dieser oberflächlichen Konversation sprachen ihre Blicke und Gesten von anderen Dingen, und als sie den Kaffee ausgetrunken hatten, gingen sie in sein Appartement. Dort fielen sie übereinander her, als ob sie sexuell ausgehungert wären, was im Falle von Schmitz ja auch stimmte, bei ihr aber nicht, wie sie ihm in einer Atempause gestand: Ihr Mann schlief jeden Freitag Abend und Sonntag Morgen mit ihr. „Er ist darin genau so gewissenhaft wie in seinem Beruf, aber es macht mir trotzdem Spaß mit ihm."

Seitdem trafen sie sich jede Woche ein- bis zweimal, abgesehen von Ferien. Christel war nicht nur eine leidenschaftliche Geliebte, sondern auch eine kluge Frau, wie Schmitz bald merkte. Zwar stand der Sex bei ihnen im Vordergrund, aber dazwischen und danach redeten sie frei über alles, was sie gerade bewegte, sogar über seine Arbeit, und er lernte ihre Bemerkungen, ihr Urteil und ihre gelegentlichen Ratschläge schätzen. Nach drei Monaten war ihm klar, dass er sich in sie verliebt hatte und er ließ durchblicken, dass er sich durchaus mehr vorstellen könne als die gelegentlichen Treffs. „Ach Walter" hatte sie ihm gesagt, „Du bist lieb; ich mag Dich wirklich und weiß nicht, ob ich meine jetziges Dasein als Hausfrau und Mutter ohne Dich aushalten würde. Aber schau mal, mein wirkliches Leben ist doch bei meinem Mann und meinen Kindern. Du bist – wie soll ich es sagen – der Luxus in meinem Leben, der Kaviar auf meinem Butterbrot. Ich meine das keineswegs abwertend: Ohne ein bisschen Luxus ist das Leben öde. Zudem habe ich keinen Grund, mich von meinem Mann zu trennen, er ist nett, lieb, und ein guter Vater, wenn er da ist. Er verschafft mir zwar nicht mehr das große erotische Prickeln wie Du es tust, aber wer weiß, wie es bei uns beiden aussähe, wenn wir acht Jahr miteinander verheiratet wären. Es ist schön mit Dir so wie es ist, also freuen wir uns doch einfach darüber und genießen es."

Was konnte man dagegen schon sagen? Sie hatte recht. Er rührte nicht mehr an dieses Thema, aber die Stunden mit ihr blieben das Zentrum seines Lebens.

„Walter," sagte sie plötzlich leise.

Er horchte auf. ‚Walter'nannte sie ihn nur, wenn sie besorgt oder ihrer selbst nicht ganz sicher war.

„Walter, sag mal, hast Du nicht endlich was aus Bonn gehört?"

Also darum ging's; er hatte schon befürchtet, sie würde wieder Urlaub mit Mann und Kindern machen.„Nein, der Polizeipräsident ist wohl noch im Krankenhaus, und solange wird nichts entschieden."

„Aber weißt Du denn schon, was Du machst, wenn sie Dir die Stelle anbieten?"

Er drehte sich ihr ganz zu und nahm sie in die Arme. „Dann pack ich Dich mit in den Möbelwagen und wir ziehen an den Rhein."

Sie boxte ihn in die Rippen, so dass er sie wieder losließ. „Klar, und meine zwei Kinder und mein Mann kommen auch mit, die freuen sich schon drauf. Sei doch mal ernsthaft, Du musst Dir doch überlegt haben, was Du machst."

„Nein, ich weiß nicht, ich kann nicht in die Zukunft starren auf einen Punkt, der vielleicht nie kommt. Leben wir doch einfach in der Gegenwart

– und die ist doch gerade besonders schön, findest Du nicht?“ Er drückte sie wieder fest an sich, so dass er ihre Brüste spürte, und streichelte über ihren Rücken.

„Doch,“, seufzte sie, „aber manchmal macht man sich halt seine Gedanken.“ Dann genoss sie schweigend das Spiel seiner Finger auf ihrer Haut.

„Schimanski,“ sagte sie schließlich, „Du leitest doch die Untersuchungen zu dem Mord an dem amerikanischen Professor. Nicht dass ich nicht froh bin, dass Du hier bist, aber müsstest Du nicht eigentlich mit Deinen Leuten nach dem Mörder suchen?“

„Ich habe gestern Abend noch bis Mitternacht gearbeitet. Krüger musste nach Hause zu seiner Familie, dafür hält er heute morgen für mich die Stellung. Außerdem wissen wir schon, wer es war.“

„Ihr kennt schon den Mörder? Wie habt ihr den denn so schnell gefunden?“

„Der Professor hatte eine Videokamera in seinem Labor, die alles auf einen Computer speicherte. Da fanden wir einen Film, auf dem man sah, wie der Täter den Brand legte – übrigens sehr trickreich, mit einem Laser. Aus dem Film haben wir ein Foto genommen und ans BKA geschickt mit dem Hinweis, der Mann sei wahrscheinlich Experte für Sprengstoff. Eine Stunde später kam die Antwort: Es handelt sich um einen Serben, Dimitrovich heißt er, der schon seit fünfzehn Jahren hier lebt; sein Metier sind eigentlich Safes und Bankautomaten. Mit Gewalt oder gar mit Mord hat der noch nie zu tun gehabt. Er ist seit zwei Jahren aus dem Knast und man dachte eigentlich, er habe sich zur Ruhe gesetzt."

„Aber das ist ja super, dann ist der Fall ja gelöst! Habt Ihr ihn schon verhaftet, kennt Ihr das Motiv?"

„Nein, der Haftbefehl wird heute morgen ausgestellt; aber er wird schon observiert. Er lebt brav bei seiner Familie in Frankfurt und weiß von nichts. Aber gelöst ist der Fall damit noch nicht. Der Mann ist bestimmt von jemandem beauftragt worden, sonst hätte er ja gar kein Motiv. Er hat ja überhaupt nichts gestohlen."

„Wer könnte denn ein Motiv haben – und genügend Geld, um einen Killer zu bezahlen?"

„Es könnte mit der Brennstoffzelle zu tun haben, die dieser Professor erfunden hat." Er erzählte von dem Patent für die Kohlenstoffzelle, das sie gefunden hatten.

„Oh Gott,"sagte sie, als er geendet hatte, „dann ist ja die halbe Welt verdächtig!"

„Wieso das?"

„Aber Schimanski, überleg doch mal, was für eine Revolution so eine Zelle wäre, und wer alles ein Interesse hätte, das zu verhindern. Angefangen von der Tankstelle an der Ecke bis zu den Ölkonzernen, den Arabern, ganz zu schweigen von Bush und seinen texanischen Ölcowboys! Überleg doch mal, wieviel Geld auf dem Spiel steht!"

„Na ja, das haben wir uns auch schon gesagt. Aber wer auch immer den Auftrag gegeben hat, muss sich mit der Apparatur ausgekannt und dem Täter alles genau beschrieben haben. Auf den Trick mit dem Laser wäre der alleine nie gekommen. Und wenn es den schönen Film nicht gäbe, würden wir immer noch raten, wie der Sprengstoff gezündet wurde. Bisher wissen wir nur von einem, der die Apparatur kannte, ein Dr. Kremer, Leiter eines Instituts für Brennstoffzellen hier in Ulm. Aber der ist gerade in Indien und hat das beste Alibi."

„Na wunderbar, so würde ich das auch machen: einen Killer beauftragen, nach Indien reisen und erst wiederkommen, wenn alles vorbei ist."

„Und wie würdest Du einen Killer auftreiben? Die stehen nicht in den gelben Seiten, und über Google findest Du sie auch nicht. Man muss sich da schon sehr gut auskennen in dem Milieu. Wenn Du als normaler Mensch versuchst, einen Killer zu finden, wirst Du reingelegt und ausgenommen. Trotzdem lassen wir die Konten von Kremer überprüfen, ob er viel Geld abgehoben hat in letzter Zeit, oder ob es Hinweise auf Konten im Ausland gibt. Aber es würde mich wundern, wenn wir was fänden."

„Aber was wollt Ihr den machen? Meinst Du, der Killer packt aus? Der hat doch nichts mehr zu verlieren."

„Vielleicht; wir könnten ihm zusichern, dass er nur wegen Brandstiftung mit Todesfolge angeklagt wird, wenn er aussagt. Mehr können wir ihm sowieso nicht nachweisen. Aber wenn er schlau ist, oder sich einen guten Anwalt nimmt, weiß er das auch.

Wir werden versuchen, das Geld zu finden, das er für den Auftrag bekommen hat. Aber das wird er auch nicht zu Hause liegen haben, oder sich auf sein Konto überweisen lassen. Wenn er dicht hält, und sich keine Spur vom Geld findet, wird es schwer."

„Das ist Deine erster richtiger Mord, Schimanski, nicht wahr? Ich drücke Dir jedenfalls ganz fest die Daumen. Wenn Du den löst, wirst Du bestimmt bald Polizeipräsident in Ulm – der jetzige ist doch schon über sechzig, Zeit für ihn, in Rente zu gehen."

„Was meine Karriere angeht, so ist es gut, dass wir den Mörder so schnell gefunden haben. Die Suche nach den Auftraggebern kann sich leicht auf die ganze Bundesrepublik oder, wenn Deine Spekulationen stimmen, auf die ganze Welt ausbreiten. Das wird dann das BKA oder Interpol übernehmen. Für mein Karriere ist es dann egal, ob die den Fall lösen oder nicht. Trotzdem werde ich natürlich alles tun, dass man den oder die wahren Mörder findet. Das war schon eine besonders feige Art, jemanden zu ermorden. – Scheint übrigens ein interessanter Typ gewesen zu sein, dieser Professor. Jeder gibt mir ein völlig anders Bild von ihm."

Er erzählte ihr einiges, was er über Miller erfahren hatte. Den Streit mit dem Nachbarn, den Krüger ihm ausführlich und mit süffisanten Kommentaren berichtet hatte, hob er bis zum Schluss auf.

Sie lachte; „Ja, bei Löwenzahn auf dem Rasen hört bei den Schwaben der Spaß auf. Das ist schlimmer, als eine vergessene Kehrwoche."

Sie schwiegen eine Weile. Dann legte sie ihre Hand auf seinen Bauch und begann, ihn sanft zu streicheln. Sie glitt hinüber zu seiner Hüfte, strich über den kleinen Fettwulst, der sich trotz Tennis und Joggen bei ihm gebildet hatte, und fuhr dann wieder zurück zu seinem Nabel, den sie mit den Fingerkuppen umkreiste. Seine Haut schien sich unter ihrer Berührung aufzuladen. Sie ließ ihre Hand tiefer gleiten, lauschte auf seinen Atem, der jetzt rascher ging, und merkte, wie er langsam seine Beine spreizte. Doch plötzlich meldete sich sein Handy, ließ einige Töne des *Kriminaltangos* hören, und wiederholte sie in rascher, lauter werdender Folge. Schmitz sprang aus dem Bett und fluchte. „Das kann nur dienstlich sein,“ fügte er hinzu, bevor er sich mit einem hastigen: „Ja, was gibt's?“ meldete. Er wechselte einige Worte mit dem Anrufer – offenbar Krüger – und wandte sich dann Christel zu. „Tut mir leid, der Nachtisch fällt heute leider aus. Jemand hat unseren Posten überfallen und das Haus des Toten von oben bis unten durchsucht. Ich muss sofort los.“

Er eilte ins Bad und kam wenige Minuten später mit feuchtem Haar wieder heraus. Als er seine Kleider vom Boden zusammensuchte, richtete sich Christel halb im Bett auf und blickte zärtlich zu ihm hinüber. „Sag mal, Schimanski, können wir nicht heute Nacht den Nachtisch essen, so gegen zwei?“

Überrascht blickte er hoch: „Ja klar, wenn Du kannst.“ Dann zog er sein Jackett über und stürzte hinaus. Merkwürdig, dachte er, während er die Treppen hinuntereilte. In den zwei Jahren, die sie sich kannten, hatten sie sich immer nur morgens getroffen, wenn ihre Kinder in der Schule oder im Kindergarten waren. Woher kam dieser plötzliche Sinneswandel?

Als er unten angekommen war, verfiel er in einen leichten Trott. Das Hauptkommissariat war nur einige hundert Meter von seiner Wohnung entfernt. ‚Aber natürlich,' fiel ihm plötzlich ein. ‚Sie will mich fester binden, damit ich nicht nach Bonn gehe.' Einen Moment blieb er verärgert stehen. Sie sollte einfach zu ihm kommen und ihn lieben, so wie er war. Ohne Hintergedanken, nicht, damit er etwas täte oder nicht täte. Aber dann eilte er weiter. Im Grunde war das nur ein Zeichen, dass sie ihn wirklich liebte. Es konnte ja nicht einfach für sie sein, des Nachts von zu Hause zu verschwinden. Wie machte die Frau das eigentlich alles: Einen Halbtagsjob als Ärztin, zwei Kinder, einen Ehemann, und dazu jede Woche ein oder zwei Treffs mit ihm?

13

Schmitz sprang in den Einsatzwagen, schaltete Sirene und Blaulicht ein, scheuchte ein paar Autos auf der Neuen Straße zur Seite und brauste die Unterführung hinunter Richtung B10. Glücklicherweise war um diese Zeit wenig Verkehr. Mit sanfter Stimme meldete sich sein GPS: „Sie fahren zwanzig Kilometer pro Stunde über der erlaubten Höchstgeschwindigkeit." Als er die Bundesstraße hinauffuhr Richtung Alb, steigerten sich die Zahlen, ohne dass die Frauenstimme ihre freundliche Gelassenheit verloren hätte: „Sie fahren vierzig, fünfzig, sechzig Kilometer..." Er grinste, schaltete das Gerät aus, bog in eine Landstraße ein und sah wenig später Krügers Wagen vor dem Haus der Lehrerin geparkt.

Offenbar war er erst kurz nach Krüger eingetroffen. Die Geiseln saßen noch erschöpft in ihren Sesseln. Am schlimmsten schien es den Kollegen getroffen zu haben. Fahl, nur mit einer knappen Unterhose bekleidet, eine Wolldecke über seiner Schulter, saß er zusammengesunken da und sah nicht einmal auf, als Schmitz den Raum betrat. Die Lehrerin blickte zu ihm hinüber, stand dann schwerfällig auf und verschwand in den hinteren Räumen. Wenig später kehrte sie mit einem Pullover zurück und reichte ihn dem Unglücklichen. „Hier, ziehen Sie den über, der hat meinem Mann gehört." Dann wandte sie sich Schmitz zu: „Was mich am meisten erschüttert ist, wie plötzlich das alles kommt. Es ist so, als ob es zwei Welten gäbe, ein friedliche, in der wir leben, und eine andere, dunkle, von der wir höchstens mal in der Zeitung lesen. Aber plötzlich bricht sie in unsere Welt ein, überfällt uns in unseren Häusern, ermordet unsere Freunde..." Plötzlich brach sie ab, ihr rundes Gesicht, das bisher so gefasst schien, verzog sich zu einer Grimasse, ein unkontrolliertes Schluchzen überfiel sie. Sie ging zwei Schritte auf Schmitz zu, hielt sich an ihm fest und legte den Kopf auf seine Schulter. Der stand einen Moment reglos da, dann umfasste er sie hilflos und murmelte: „Ist ja gut, ist ja gut. Seien Sie froh, dass die Ihnen nichts getan haben. Wir tun unser bestes, um das Böse in Schach zu halten."

Rapp, der Nachbar mit dem perfekten Garten, hatte die Geiseln gehört, als er mit seinem Hund Gassi ging. Das Tier war unruhig geworden, als sie an dem Haus vorbeigingen, und hatte gebellt, worauf laute Hilferufe erschollen. Krüger hatte gerade Rapps Befragung beendet, ging zu seinem Kollegen hinüber und legte ihm die Hand auf die Schulter: „Das war Dein erster großer Einsatz, nicht wahr?"– „Ja, und ich habe ihn gründlich vermasselt."– „Stimmt,"sagte Krüger trocken; nach einer Weile fügte er hinzu: „Aber Vorwürfe helfen jetzt keinem; das wird Dir bestimmt kein zweites Mal passieren. Also reiß Dich zusammen."

Plötzlich meldete sich der Detektiv: „Das sind ja rührende Szenen hier. muss ich auch in Tränen ausbrechen, ehe mich jemand beachtet? Ich muss dringend meine Zentrale anrufen und mich melden.

Mein Handy liegt im Wagen, kann ich es holen gehen?"

„Nein," sagte Krüger,„aber Sie können meins benutzen," und reichte ihm sein Handy. Dann wandte er sich Schmitz zu, der immer noch hilflos mit der schluchzenden Lehrerin im Arm dastand. „Komm Walter, das muss jetzt reichen."

Die Befragung der drei Überfallenen brachte nicht viel. Die Gangster waren in einem UPS-Wagen vorgefahren und hatten zunächst bei Millers Haus gehalten. Dort sprang einer in UPS-Uniform mit einem Päckchen im Arm aus dem Wagen, blickte um sich, als ob er eine Adresse suchte, ging dann zum Wagen des Detektivs hinüber und klopfte an die Windschutzscheibe. Als dieser sie herunterdrehte, fühlte er plötzlich eine Pistole an seiner Schläfe, und der nunmehr vermummte UPS-Bote forderte ihn unmissverständlich auf, auszusteigen. Etwa zur selben Zeit musste ein anderer an der Tür von Millers Wohnung geläutet haben; dort kam ihm der Polizist entgegen, der den Wagen hatte vorfahren sehen, ohne Verdacht zu schöpfen. Ehe er noch etwas sagen konnte, wurde er von hinten gefasst, und jemand presste eine Pistole gegen seine Rippen. Die beiden Geiseln wurden in den Lieferwagen verfrachtet, und dann fuhren sie wenige Meter weiter bis zum Haus der Lehrerin, wo alle unter der Obhut eines Banditen festgehalten wurden, während die anderen Millers Haus durchsuchten.

Keiner von den dreien konnte irgendwelche genauen Angaben über die Gangster machen, obwohl diese zumindest in den ersten paar Sekunden keine Masken getragen hatten. Aber alle Aussagen über Größe, Gestalt, Akzent blieben so vage, dass man sie bestenfalls verwenden konnte, etwaige Verdächtige auszuschließen; Hinweise auf mögliche Täter boten sie nicht. Da die Täter Handschuhe getragen hatten, würde die Spurensicherung wohl auch nichts finden.

Die beiden Kommissare gingen hinüber zum Haus von Miller, wo ein Kollege, der mit Krüger gekommen war, Wache stand. Sie gingen zunächst ins Labor. Allzu viel Schaden war nicht angerichtet worden. Die Bücher, die auf Regalen an den Wänden gestanden hatten, lagen in einem großen Haufen in einer Ecke; offenbar waren sie nach Notizen durchsucht worden. Die Festplatten der Computer und die Behälter mit CDs hatte Schmitz zur Untersuchung wegschaffen lassen – der Film auf der einen Platte war ja ein wichtiges Beweisstück. Die ruinierte Apparatur auf dem Labortisch schien unberührt; ob etwas fehlte, würde erst ein gründliche Untersuchung ergeben. Sie gingen hinüber in Haus. Im Arbeitszimmer waren ebenfalls alle Bücher durchsucht worden, dazu Stapel von Papieren und Notizen. Der kleine Safe war fachmännisch aufgebrochen worden, aber natürlich war er schon leer gewesen. In Wohn- und Schlafzimmer, ja selbst in der Küche, überall wo Bücher, Hefte oder CDs gestanden hatten, waren sie durchwühlt und dann zur Seite geworfen worden. Diverse Wertgegenstände, darunter einige Originalzeichnungen vom frühen Beuys, wie Schmitz mit Erstaunen feststellte, waren unbeachtet geblieben.

Die beiden Kommissare blickten sich an. „Saubere Arbeit," brummte Krüger, „das waren Experten." – „Wenn wir nicht ganz großes Glück haben, kriegen wir die nie. Zu dumm, dass wir die Kamera im Labor abschalten mussten, sonst hätten wir die auch gefilmt," antwortete Schmitz, „aber das wäre ja auch zu schön gewesen." Er überlegte: Dimitrovich, der Mörder – oder vielleicht auch nur Brandstifter – war verhaftet und wurde gegen 15:00 ins Präsidium geliefert; Kremer sollte etwa zur selben Zeit in Stuttgart ankommen; Stöckle würde in abholen und, wenn Kremer es zuließ, ihn direkt ins Präsidium bringen. Es sah also nach einem vollen Nachmittagsprogramm aus, aber bis dahin waren noch ein paar Stunden Zeit. Um die weiteren Untersuchungen hier konnte sich Krüger kümmern. Offenbar war nach technischen Informationen über die Brennstoffzelle gesucht worden, alles andere gab keinen Sinn. Der einzige Ort, wo er vielleicht einen Anhaltspunkt finden könnte, war das Institut für Brennstoffzellen. Da war doch diese Frau – er schlug sein Notizbuch auf – ja natürlich, Voß, mit der er noch reden wollte. Wenn Kremer erst mal da war, würde er seinen Angestellten Direktiven erteilen, was sie aussagen sollten. Schmitz gab ein paar Anweisungen, dann setzte er sich in den Wagen und fuhr zum Eselsberg.

14

Die Parkplätze für Besucher waren alle belegt, und so fuhr er um das Gebäude herum und parkte auf der Rückseite. Inmitten von Golfs und Astras stand da ein Porsche. Er stieg aus und schaute ihn sich genauer an: etwa zehn Jahre alt, bester Zustand. Wer konnte sich so einen Wagen leisten? Es hieß doch immer, die deutschen Wissenschaftler würden viel zu schlecht bezahlt? Kremer konnte der Wagen nicht gehören, der würde wohl kaum nach Indien reisen und ihn hier mit offenem Verdeck stehen lassen.

Über die Gegensprechanlage rief er direkt Frau Voß an, und wenig später holte ihn eine hübsche, mittelgroße Frau mit auffallend langen, braunen Haaren ab. Schmitz schätzte sie auf etwa vierzig, aber es konnten auch ein paar Jahre mehr sein. Ihm fiel Frau Borchert, die Chefsekretärin, ein. Ob Kremer die Frauen nach ihrer Schönheit ausgesucht hatte? Aber dann begegnete Ihnen auf dem Gang eine dicke Frau mit großporiger Haut, die als Frau Dr. Murkel begrüßt wurde, und er gab den Gedanken wieder auf.

Frau Voß führte ihn in ein längliches, aufgeräumtes Labor und ließ ihn auf einem Schemel Platz nehmen. „Tut mit leid, aber Stühle für Besucher habe ich nicht. Wir könnten auch in ein Besprechungszimmer gehen, aber hier sind wir ungestört. Sie wollen sicher mit mir über Frank Miller reden; also, was wollen Sie wissen?"

Sie war Chemie-Ingenieurin, so viel wußte Schmitz, und hatte mit Miller in den letzten Jahren vor seiner Pensionierung zusammengearbeitet. Trotzdem konnte sie nur wenig über die Kohlenstoff-Zelle sagen. „Wir waren ja die meiste Zeit mit der Wasserstoff-Sauerstoff-Zelle beschäftigt. Die ist marktreif, und es gab Firmenaufträge und eigene Weiterentwicklungen. Der Kohlenstoff war sein Hobby, die meisten würden sagen, seine Marotte. Er hat verschiedene Reaktionswege auf dem Computer berechnet, und wir haben ein wenig mit Eisen- und Kobaltkomplexen experimentiert. Dabei haben wir den Kohlenstoff wirklich zur Reaktion gebracht; rein wissenschaftlich gesehen war das eine kleine Sensation; er hat ein paar Artikel darüber geschrieben und war so nett, mich als Koautorin zu nennen, obwohl ich eigentlich nur ausgeführt habe, was er mir sagte. Aber die Ausbeute lag bei mageren fünf Prozent. Erst nach seiner Pensionierung hat er sich ganz dem Kohlenstoff gewidmet."

„Es besteht der Verdacht, dass er ermordet wurde, und das dies irgend etwas mit seiner Arbeit zu tun hat. Können Sie sich vorstellen, dass jemand ihn töten wollte? Hatte er Feinde?"

Sie überlegte einen Augenblick und sagte dann: „In einem Psychologiebuch habe ich einmal gelesen, das Bewusstsein sei wie ein Scheinwerfer, der die Außenwelt ableuchtet. Bei Miller war das kein Scheinwerfer, sondern ein Laser. Wenn er ein Ziel in seinem Strahl sah, dass er erreichen wollte, dann folgte er ihm mit allen Mitteln. Von seinen Mitarbeitern erwartete er, dass sie seinen Visionen folgten, mit derselben Begeisterung daran arbeiteten, auch wenn ihr Privatleben oder gar ihre Karriere darunter litt. Sie haben bestimmt mit Haley geredet, der fühlt sich als Opfer von Millers Monomanie, wie er es nennt. – Außerdem hatte Miller wenig Geduld mit – sagen wir mit dem, was er für Dummheit hielt. Er konnte dann sehr sarkastisch sein und die Leute verletzen. Als er nach einem Seminarvortrag einmal den Redner mit ironischen Kommentaren abkanzelte, sprach ich ihn einmal vorsichtig darauf an, aber er sagte nur: ‚Was kann ich denn dafür, wenn der so dumm ist, soll ich ihn etwa noch dafür loben?' Ein anderes Mal sagte er zu mir: ‚Die alten Spartaner züchtigten ihre Kinder nicht, wenn sie böse Absichten hatten, sondern wenn sie etwas Dummes taten. Das war gut so. Dummheit richtet mehr Schaden an als Bosheit.' Also, er hat sich bestimmt Feinde gemacht mit seiner Art, aber das sind alles keine Motive für einen Mord."

„Wie war denn sein Verhältnis zu Kremer?"

„Ah, Kremer ist offensichtlich verdächtig, er war ja hier einzige, der Millers Labor kannte. Aber er hat ein perfektes Alibi – oder ist er gerade deswegen verdächtig?"

Als Schmitz nicht antwortete, fuhr sie fort: „Also, ich würde sagen: freundlich, aber nicht herzlich." Sie lachte kurz auf. „Eigentlich war es komisch; Kremer war ja Millers Chef, aber wenn man die beiden beobachtete, hätte man meinen könne, es sei umgekehrt. Doch in der Praxis harmonierten sie gut: Kremer brachte die Mittel ein, die Verträge mit der Industrie, und Miller leitete die Forschung. Seitdem er fort ist, läuft die Arbeit nicht mehr so gut."

„Was halten Sie denn von Kremer?" fragte Schmitz, und als sie zögerte, fügte er hinzu: „Das bleibt natürlich unter uns."

„Ich weiß nicht, ich werde nicht richtig schlau aus ihm. Er ist immer freundlich, aber man weiß nie, ob man ihm trauen kann. Letztes Jahr war da so eine Geschichte: Ein Vertrag mit Daimler-Chrysler lief aus, und eine Verlängerung des Projektes wurde abgelehnt. Kremer muss das lange vorher gewusst haben, aber bis zuletzt hat er so getan, als ginge alles weiter. Aber dann liefen die Arbeitsverträge mit fünf Leuten einfach aus, und sie erfuhren erst vier Wochen vorher davon. Kremer hat sich vor dem Betriebsrat verteidigt: er hätte bis zuletzt um die Verlängerung gekämpft und fest mit einem neuen Vertrag gerechnet, aber keiner glaubte ihm so richtig." Sie lächelte schwach; „Aber das ist sicher nicht das, was Sie hören möchten. Sie wollen wissen, ob Kremer ein Motiv hatte, Miller zu ermorden. Ich glaube nicht. Wenn Miller wirklich die Kohlenstoffzelle erfunden hat, was man jetzt ja munkelt: er hätte Kremer bestimmt daran beteiligt; in solchen Dingen war er immer sehr großzügig."

Schmitz überlegte; das brachte ihn alles nicht weiter, aber vielleicht hatte er ja noch einen Trumpf:

als die Borchert ihn auf Frau Voß verwiesen hatte, glaubte er, einen gewissen Unterton zu hören. Außerdem – er versetzte sich in die Lage eines geschiedenen, älteren Wissenschaftlers, der täglich mit einer so hübschen Frau zusammenarbeitet, und sagte unvermittelt: „Sie hatten ein Verhältnis mit Miller?"

Sie wurde rot, senkte den Blick für einen Moment, hob ihn dann wieder und blickte ihn herausfordernd an: „Stimmt, warum sollte ich das abstreiten. Schließlich wissen es hier alle. Aber das hat nichts mit seinem Tod zu tun."

Schmitz konnte ein leises Lächeln um seine Lippen nicht verhindern. Hübsch sah sie aus; er hätte gerne mit ihr geflirtet, aber natürlich durfte er nicht. War sein Leben nicht schon kompliziert genug? Er setzte eine neutrale Mine auf und blickte sie wortlos an. Lange hielt sie das Schweigen nicht aus, bevor sie sagte:

„Sie wollen bestimmt wissen, warum eine verheiratete Frau wie ich, dazu mit zwei Kindern, sich mit einem viel älteren Mann einlässt. Natürlich habe ich das nicht geplant, es passierte einfach. Aber mir genügte mein Leben einfach nicht – das Madame-Bovari-Syndrom, wenn Sie verstehen was ich meine, sie lernen doch bestimmt Psychologie auf der Polizeischule. Ein netter, lieber, aber etwas langweiliger Mann, der abends müde nach Hause kam und sich mit einer Flasche Bier vor den Fernseher hockte; und Samstags, nach der Sportschau, wurde er dann romantisch und wollte mit mir schlafen. Und dann kam plötzlich Frank Miller an dieses Institut, und ich wurde seine Assistentin. Frank war einfach – wie soll ich das sagen – bedeutend, wichtig, oder besser: was er tat war wichtig, war neu. Von Anfang an herrschte diese erotische Spannung zwischen uns, aber monatelang passierte nichts – ich glaube, er traute sich einfach nicht. Aber als er dann den Katalysator für die Methanol-Zelle entdeckt hatte und mit einer Flasche Champagner ankam, bin ich ihm einfach um den Hals gefallen. Und dann, wenn ich mit ihm zusammen war, hatte ich das Gefühl, ich wäre die einzige Frau auf der Welt." Sie hatte ihn unverweilt angesehen, während sie dies sagte, aber ihre Augen hatten einen Glanz, als ob sie ganz woanders wäre. Plötzlich hielt sie inne, und lachte halb amüsiert, halb bitter, auf. „Ich frage mich gerade, warum ich Ihnen dies alles erzähle. Sie erinnern mich an ihn; sie haben denselben intensiven Blick wie er, aber seine Augen waren nicht so blau wie Ihre, eher grau-blau."

Jetzt wurde Schmitz rot; machte sie ihm etwa Avancen? Aber ein Blick auf ihre Augen, die sich mit Tränen gefüllt hatten, belehrte ihn eines Anderen. Er ließ eine Minute verstreichen, ehe er sie fragte:„Wann ging ihre Affäre zu Ende?"

„Vor etwa zwei Jahren. Meinem Mann fiel schließlich auf, dass ich oft bis Mitternacht wegblieb, angeblich, um zu arbeiten, und dass ich – nun ja, ich war in der Zeit nicht gerade eine leidenschaftliche Ehefrau, sie verstehen. Frank wollte, dass ich zu ihm ziehe, aber meine beiden Söhne – nicht, dass sie mich noch bräuchten, sie sind alt genug, aber sie hätten es nicht verstanden, ich hätte sie verloren."

„Wie hat Miller darauf reagiert?"

„Es hat ihn sehr getroffen; er liebte mich wohl wirklich. Außerdem – er glaubte, er sei zu alt für mich. Aber das war es wirklich nicht; wenn ich keine Familie gehabt hätte..."

Sie wandte ihren Blick und sah zum Fenster hinaus, auf den Wald, den blauen Sommerhimmel, durch den kleine weiße Wolken schwebten, und schien an das Leben mit Miller zu denken, das sie hätte führen können, aber nie führen würde. Schmitz schwieg, teils aus Takt, teils weil er keine weiteren Fragen hatte. Gerade als er sich diskret räuspern wollte, wandte sie sich um und sagte: „Tut mit leid, aber ich kann Ihnen nicht weiterhelfen; wenn mir doch noch etwas einfällt, melde ich mich bei Ihnen." Sie stand auf und reichte ihm die Hand. Das Gespräch hatte sie mitgenommen, und sie wollte allein sein. Schmitz stand schon in der Tür, als ihm noch etwas einfiel: „Noch eine Frage: Wem gehört eigentlich der Porsche auf dem Parkplatz?"

„Frau Borchert, der Chefsekretärin. Sie hat eine kleine Schwäche für den Luxus. Ein schöner Wagen – nicht?"

„Wird sie denn so gut bezahlt, dass sie sich das leisten kann?"

„Natürlich nicht; wir werden hier nach Tarif bezahlt. Sie hat vor ein paar Monaten etwas geerbt, von einer Tante, glaube ich. Mit Franks Tod hat sie bestimmt nichts zu tun; die beiden kannten sich kaum."

15

Kurz bevor Dimitrovich angeliefert wurde, kam schon sein Anwalt, Dr. Maier aus Stuttgart, ein smarter Mittvierziger in grauem Anzug und schwarz gerandeter Brille. Krüger hatte sich nach ihm erkundigt: Er galt als einer der besten Strafverteidiger in Baden-Württemberg. Seinen Namen hatte er sich vor zehn Jahren gemacht, als er in einem spektakulären Mordprozess die Kette der Indizien gegen seinen Mandanten zerpflückte. Seine Plädoyers hielt er sachlich, logisch, überzeugend – rhetorische Tricks brauchte er nicht. Er war teuer, Dimitrovich musste reichlich bezahlt worden sein.

Wenig später saßen sie zu viert im Vernehmungsraum, Schmitz, Krüger, Dr. Maier und der Serbe, ein kleiner, untersetzter Mann von knapp sechzig Jahren, der niedergeschlagen vor sich hinstarrte. Nach der Aufnahme der Personalien erklärte der Anwalt: „Sie werden verstehen, dass mein Mandant keinerlei Aussage macht, ehe Sie nicht genau erläutern, was Sie ihm vorwerfen und welche Beweise sie haben."

Schmitz fasste die wesentlichen Punkte zusammen, Krüger ergänzte sie um den medizinischen Befund bei Millers Leichnam, und dann führten sie das Video vor, das sie auf dem Rechner gefunden hatten. Dimitrovich stützte den Kopf in seine Hände, krallte die Finger in seine grauen Locken und blickte mit ungläubiger Wut auf die Leinwand. Als sie zu der Szene kamen, in der er sich die Maske vom Gesicht zog, fluchte er in einem Gemisch aus serbisch und deutsch, sprang auf und trommelte mit den Fäusten gegen die Wand. Zwei Polizisten stürzten herein, um ihn zu bändigen, aber er beruhigte sich rasch, setzte sich wieder, vergrub den Kopf in seinen Armen und weigerte sich, irgendetwas zu sagen.

„Es ist für alle Beteiligten das beste, wenn ich jetzt mit Herrn Dimitrovich alleine rede," sagte Maier, der alles mit unbewegter Mine verfolgt hatte. „Bitte," sagten Schmitz und Krüger fast gleichzeitig und standen auf. „Nein, hier nicht." Maier wies mit dem Kopf in Richtung der halbdurchlässigen Glasscheibe, durch die man von außen hineinblicken konnte. „Mein Mandant steht unter Schock, es ist besser, wenn ich mich ganz ungestört mit ihm unterhalten kann."

Dagegen war nichts einzuwenden. Man brachte die beiden hinaus, Schmitz und Krüger ließen sich von der Sekretärin Kaffee bringen. „Für ein Mordanklage wird das nicht reichen. Bei dem Anwalt wird er sich auf Brandstiftung rausreden können," sagte Schmitz und blies in seine Tasse, „Es sei denn, man findet einen Brief, eine e-mail, oder irgendetwas, aus dem klar hervorgeht, dass Millers Tod zumindest in Kauf genommen wurde."

„In seiner Wohnung hat man nichts gefunden, auch nicht auf seinem Computer." Krüger nahm einen Schluck Kaffee und schüttelte sich. „Das Zeug ist ja wieder nicht zu trinken, kann man die Frau nicht feuern oder zumindest abmahnen? – Was unseren gemeinsamen Freund betrifft: Ich habe mir seine Akten angesehen. Verdächtigt wurde er fast ein Dutzend mal, aber verurteilt nur zweimal: Einmal wurde er bei der Tat überrascht, ein andermal verpfiffen. Aber Spuren hinterlässt er keine, ein echter Profi, aber jetzt wohl ein bisschen aus der Übung."

„Ich hoffe, wir finden die Hintermänner, die sind mir wichtiger. Ist irgendetwas an Geld gefunden worden?"

„Nein; das einzig Auffällige war eine Einzahlung von 2000 Euro auf sein Konto, in bar, mit unleserlicher Unterschrift, vor ein paar Wochen."

Schmitz stand auf, ging ins Nebenzimmer und verdünnte seinen Kaffee mit Milch. Als er zurückkam, fragte er: „Was ist eigentlich mit Kremer? Der müsste doch auch schon hier sein. Stöckle holt ihn doch ab?"

„Ja, aber er rief eben an: das Flugzeug hatte Verspätung. Sie kommen wohl in einer halben Stunde. Meinst Du, wir sollten ihn Dimitrovich gegenüberstellen?"

„Hängt davon ab, was der noch aussagt. Solange der Anwalt da ist, lohnt sich das kaum. Wann kommen die Kinder von Miller?"

„Morgen Mittag; die genauen Zeiten liegen auf meinem Schreibtisch. Die Tochter kommt in Frankfurt an, der Sohn kommt mit dem Zug aus München."Er stand auf, nahm seinen Kaffee und schüttete ihn im Zimmer nebenan in den Ausguss.

Dimitrovich und sein Anwalt kamen schneller als erwartet zurück. „Mein Mandant möchte eine Aussage machen."

„Also, ich gebe zu, dass ich die Apparatur zerstört habe," der Serbe spuckte seine Worte förmlich aus. „Aber Miller töten wollte ich nicht. Ich hatte gerade genug Semtex genommen, um diese Kohlenstoffplatte in die Luft zu jagen. Das war mein Auftrag, und den habe ich ausgeführt. Wenn ich gewusst hätte, dass jemand stirbt, hätte ich das nie gemacht."

„Aber Sie sind doch Sprengstoffexperte, sie müssen doch gewusst haben, dass der Kohlenstoff Feuer fangen konnte," wandte Schmitz ein.

„Nein, normalerweise brennt der nicht. Versuchen Sie doch mal, ein Stück Kohle mit einem Streichholz anzuzünden."

„Aber das war doch kein Streichholz, das war Semtex, das Sie benutzt haben."

„Bei einer Explosion geht alles viel zu schnell, da fängt Kohle normalerweise nicht Feuer. Glauben Sie mir! Ich war in den sechziger Jahren Sprengstoffexperte in der jugoslawischen Armee, als Jugoslawien noch existierte."

Maier räusperte sich. „Das war kein gewöhnlicher Kohlenstoff, sondern er diente als Elektrode in einer Brennstoffzelle. Solche Elektroden sind sehr dispers, sie haben eine ganz ungewöhnlich große Oberfläche. Deswegen konnte der Kohlenstoff viel leichter entflammen. Wahrscheinlich waren auch Katalysatoren beigemischt, sie werden das sicher herausgefunden haben. All das konnte mein Mandant nicht wissen."

„Wenn Sie nur die Platte zerstören wollten und die Explosion angeblich so harmlos war," wandte Krüger sich an den Serben, „warum haben Sie denn den Laser zur Zündung benutzt? Auf diese Weise wollten Sie doch sichergehen, dass Miller im Labor ist, wenn die Ladung hoch geht. Also wollte Sie ihn doch umbringen."

„Nein, glauben Sie mir; ich wollte sichergehen, dass ich ein paar Stunden Vorsprung hatte. Ich habe gewartet, bis Miller in den Gasthof zum Essen ging. Da verbrachte er meistens zwei Stunden, Zeit genug, den Sprengsatz zu legen und mich davonzumachen."

Schmitz und Krüger blickten sich einen Moment lang an, dann sagte Schmitz: „Also gut, lassen wir erst mal dieses Thema. Wir kommen später noch mal darauf zurück – wir werden ja noch reichlich Gelegenheit finden, uns zu unterhalten. Sagen Sie uns jetzt, wer Sie beauftragt hat."

„Ich weiß es nicht, keine Ahnung."

„Hören Sie, glauben Sie ja nicht, dass Sie uns für dumm verkaufen können." Krüger schien nun wirklich böse zu sein. „Irgend jemand muss Sie doch kontaktiert haben, Ihnen Anweisungen gegeben, Ihnen Geld gegeben haben. Also los, packen Sie aus."

„Ich würde es Ihnen ja sagen, wenn ich es wüsste. Die haben mich doch reingelegt. Ich dachte, das ist ein kleiner, netter Job, und jetzt stehe ich unter Mordverdacht."

„Wir sind zwar nicht in Amerika," warf Schmitz ein, „und wir können Ihnen keine Straffreiheit zusichern, wenn Sie Ihre Auftraggeber nennen. Aber wenn Sie kooperieren, wirkt das schon strafmindernd. Außerdem glauben wir Ihnen dann eher, dass Sie nur eine kleine Sachbeschädigung vornehmen wollten."

Dimitrovich blickte ihn gequält an. „So glauben Sie mir doch, ich weiß es nicht." Dann raffte er sich auf: „Schauen Sie, das war so."

Vor etwa sechs Wochen hatte er in seiner Post einen Brief gefunden, ohne Absender, ohne Marke. Er enthielt ein paar knappe Zeilen: Ob er an einem Job interessiert sei, eine leichte Sache, gute Bezahlung. Wenn ja, solle er bei Yahoo eine e-mail Adresse mit einem bestimmten Namen einrichten. Darüber würde er weiteres erfahren; ferner war ein Schlüssel angegeben, mit dem er Nachrichten codieren und entschlüsseln sollte. Er wußte nicht recht, was er davon halten sollte, aber er war knapp bei Kasse, und es konnte ja nicht schaden, dem nachzugehen. Tatsächlich bekam er zwei Tage später eine e-mail, man suche einen Experten, der eine Erfindung mit einer Dosis Sprengstoff zerstören könne – man wolle den Erfinder ein paar Jahre in seiner Arbeit zurückwerfen. Ob er das übernehmen möchte. Erst zögerte er, denn das konnte ja ein schlechter Witz oder gar eine Falle sein. Aber dann versprach man ihm 2000,- Euro als erste Zahlung, falls er Interesse hätte, und tatsächlich war der Betrag zwei Tage später auf seinem Konto, wieder ohne Absender. So leicht war er noch nie an Geld gekommen. Er bat um Einzelheiten und er erhielt sehr ausführliche Instruktionen, aber auch eine deutliche Drohung für den Fall, dass er sich an die Polizei wende. Es sah alles nach einem sauberen Auftrag aus, sie wurden sich schnell über den Preis einig, und den Rest kannten Sie ja: Er mietete Autos an, beobachtete Miller, sah sich in dem Labor um, und brachte in einem günstigen Augenblick den Sprengstoff an, wie man ihn angewiesen hatte. Das Geld wurde ihm in zwei Raten zugesteckt: die Hälfte vorher, die Hälfte hinterher. Dazu musste er seinen Wagen an einer ganz bestimmten Stelle parken und das Seitenfenster einen Schlitz weit offen lassen. Als er zurückkam, lag das Geld in seinem Auto.

„Wieviel haben Sie denn bekommen?“ fragte Krüger.

„Nochmal zehntausend Euro. “

Die beiden Kommissare blickten sich wieder an. Das war bestimmt gelogen, aber was konnten Sie machen? Wenn der Mann so schlau war, wie er schien, war das Geld längst in der Schweiz; die war es ja nicht weit vom Tatort.

„Sie meinen Hunderttausend?“

Dimitrovich lachte auf: „Hunderttausend für eine kleine Sachbeschädigung? Ich fand die insgesamt zwölftausend Euro schon recht großzügig."

Nach einer Pause fragte Schmitz: „Wenn Sie wirklich nur schlappe zwölftausend Euro bekommen haben, warum haben Sie das denn gemacht – bei dem Risiko?"

„Das fragen Sie? Irgendwie muss ich doch leben. Ich habe Familie: meine Frau, einen arbeitslosen Sohn, und meine Tochter ist geschieden und hat ein Kind zu versorgen."

„Haben Sie schon mal an ehrliche Arbeit gedacht?" fragte Krüger.

„Ehrliche Arbeit? Lieber Mann, ich bin gelernter Schlosser und Schweißer. Kennen Sie irgend jemanden in diesem Beruf, der mit sechzig noch nicht in Frührente ist?"

16

Schmitz zog sich die Joggingschuhe an, schloss die Tür hinter sich und ging die vier Treppen hinunter. Eigentlich war er ja zu abgespannt zum Laufen; die Vernehmung von Kremer hatte ihm zugesetzt, mehr als die von Dimitrovich. Aber er wußte, danach würde er sich besser fühlen, sein Bier würde ihm schmecken und er könnte sich früher schlafen legen. Unten angekommen, verfiel er in einen leichten Trab und lief den kleinen Abhang hinunter durch den Bogen des Metzgerturms ans Donauufer. Ob Christel wirklich heute Nacht kommen würde? Normalerweise hielt sie, was sie versprach. Aber wer passte dann auf die Kinder auf? Er bog nach rechts ab in Richtung Illermündung, der untergehenden Sonne entgegen. Es war noch warm, die Promenade voll von Spaziergängern, die er in Slalombögen umkurvte. Nach zweihundert Metern würde es besser werden, weiter spazierten die Schwaben werktags nicht.

Die Aussage von Dimitrovich war plausibel. In seiner ganzen kriminellen Karriere hatte er nie Gewalt angewendet, noch nicht einmal damit gedroht. Seine Spezialität waren sorgfältig recherchierte Einbrüche in die gut gesicherten Villen der Reichen, wenn die sich auf den Bahamas oder sonstwo verlustierten. Er wußte, wie man Alarmanlagen ausschaltete, Fenstergitter aushebelte, Tresore knackte, und er pflegte seine Objekte vorher sorgfältig zu beobachten. Das alles passte zu seinem Vorgehen im Falle Miller. Als man ihm viel Geld anbot für einen scheinbar einfachen Job, griff er zu, um sich seine Rente zu sichern. Das mit der Webcam war Pech; Miller hatte sie wohl gar nicht als Alarmanlage benutzt, sonst wäre er ja gewarnt worden, als er aus dem Gasthof nach Hause kam. Wahrscheinlich hatte er damit einfach bei Experimenten seine Zelle beobachtet.

Wer hatte eigentlich diese blöden, ausziehbaren Hundeleinen erfunden? Zur Linken pinkelte ein langgestreckter Hund, der einem zu groß geratenen Dackel glich, an einen Baum, zur Rechten schwätzten zwei alte Frauen, und dazwischen spannte sich die Schnur. Er wollte einfach darüber springen, aber der Hund drehte sich plötzlich um, stellte sich mitten in den Weg und sah ihn mit rotunterlaufenden Augen und wedelndem Schwanz an. Er konnte gerade noch einen Haken schlagen, dicht an den beiden Frauen vorbei, die sich erschreckt umwandten. „Halten Sie Ihren blöden Köter doch bei sich," herrschte er sie an und war außer Hörweite, ehe sie ihm antworten konnten.

Er hatte schlechte Laune; nach dem unverhofft glücklichen Anfang kam er nicht weiter mit diesem Fall. Dimitrovich war ihm ja fast sympathisch, aber dieser Kremer ging ihm gegen den Strich. Bestimmt hatte er etwas mit dem Mord zu tun, das spürte er, aber wie konnte man ihm beikommen? Gerade mal eine halbe Stunde hatte er sich vernehmen lassen. „Wissen Sie, ich bin gerade erst – also ich habe Jetlag, komme jetzt aus Indien und meine Frau... Also, ich laufe Ihnen ja nicht weg, und in den nächsten Tagen, da stehe ich ihnen gerne länger zur Verfügung." Sprach der immer so, oder stand er nur unter Schock? Dazu diese abrupten Bewegungen mit dem Kopf, wenn er sprach, die durch sein hervorstechendes Kinn mit dem dünnen Bart noch verstärkt wurden. Wie konnte so jemand ein Institut leiten? Aber nachdem Schmitz sich an seine Redeweise gewöhnt hatte, fiel ihm auf, dass Kremer trotz der scheinbaren sprachlichen Unbeholfenheit geschickt redete. Es machte nichts, dass er seine Sätze selten richtig beendete, schließlich taten das die Politiker bei Fernsehinterviews ja auch nicht. Er sagte einfach die richtigen Schlüsselwörter, war freundlich, argumentierte logisch, und man verstand ihn. „Die Kunst des Zuhörens besteht darin, unvollständige Informationen sinnvoll zu ergänzen," hatte er während seines Studiums gelernt, und sein Professor hatte diese Weisheit mit einer Anekdote erläuterte, in der ein Sachse einen Schwaben nach dem Weg zum Ulmer Münster fragt.

Fünfzig Meter vor sich sah er einen anderen Jogger, einen Mann etwa in seinem Alter. Er schätzte seine Geschwindigkeit ab: den würde er noch vor der Fußgängerbrücke überholen. Unwillkürlich lief er schneller.

Natürlich war ihm bekannt, hatte Kremer gesagt, dass Miller an einer Kohlenstoffzelle arbeitete, schließlich hatte er ihn ja dabei unterstützt. Nein, dass er wirklich eine Zelle entwickelt hatte, die kommerziell verwertbar war, davon wußte er wirklich nichts. Er schien völlig überrascht. In letzter Zeit war er sehr beschäftigt gewesen und hatte kaum noch Zeit gefunden, mal einen Abend mit Miller zu experimentieren. Aber wenn der den Durchbruch geschafft hätte, hätte es er ihm doch bestimmt sofort gesagt. Schließlich waren sie nicht nur Kollegen, sondern Freunde – sie kannten sich seit fast zwanzig Jahren.

Er hob grüßend die Hand, als er den anderen Jogger überholte, bog bei der Brücke auf die bayrische Seite ab und lief weiter Richtung Westen. Die Baustelle, die monatelang das Ufer blockierte hatte, war endlich weg, aber dafür gab es jetzt eine hässliche Betonmauer, wahrscheinlich als Hochwasserschutz gedacht. Ein merkwürdiger Geruch – eine Mischung von Chlor und Eukalyptus? – stieg ins seine Nase: Er passierte das Schwimmbad, auf dessen leeren Rasen die letzten Sonnenstrahlen fielen, und erreichte den Damm.

Dass Miller seine Erfindung an eine amerikanische Firma verkaufen wollte, mochte Kremer nicht glauben. Hinter seinem Rücken? Natürlich hätte er selbst keine Ansprüche auf die Patentrechte stellen können, aber immerhin hatte er das Projekt unterstützt. Wenn man alles zusammenrechnete, den Laser, die Elektronik, die Chemikalien, dann waren das einige Hunderttausend Euro. Und warum hätte Miller gleich verkaufen sollen? Wenn die Zelle wirklich funktionierte, könnte man sie an seinem Institut zur Marktreife entwickeln, und Miller hätte langfristig mehr verdienen können als mit dem voreiligen Verkauf der Rechte.

Das hörte sich alles logisch an, aber der Mord war offenbar von jemandem geplant worden, der sich bestens in Millers Labor auskannte, und das wies eindeutig auf Kremer. Aber er konnte das nicht alleine gewesen sein, irgend jemand mit viel Geld und viel krimineller Energie musste dahinter stecken. War Kremer der Verbindungsmann? Man musste ihn überwachen, am besten auch Telefon und Internet. Aber kein Richter würde ihm eine Abhörgenehmigung erteilen, es lag zu wenig vor.

Er erreichte die Illermündung. Eine schmale Landzunge trennte die beiden Flüsse, links die gelbtrübe, rasch fließende Iller, rechts die grüne, träge Donau. Ein Fischer stand auf der Spitze, die lange Angelrute über der Trennlinie der beiden Wasser. Die späte Sonne tauchte die Szene in ein rosiges Licht. Für einen Augenblick vergaß Schmitz seinen Fall und freute sich einfach an dem schönen Bild, am Rhythmus seiner Beine und seines Atems, an der Kraft, die er in seinem Körper spürte, dann kehrten seine Gedanken wieder in ihre Bahnen zurück.

Oder vielleicht steckte doch der Sohn dahinter? Hatte Miller ihm voll Stolz die Zelle gezeigt und erklärt, wie sie funktionierte? Immerhin war der Sohn Informatiker und sollte etwas von Technik verstehen. Die Münchner Firma, bei der er arbeitete, stand auf wackligen Füßen – es war so ein high-tech start up Unternehmen. Hatte er seinen Vater um Geld gebeten, eine Abfuhr erhalten, sich mit ihm gestritten und später Dimitrovich mit dem Mord beauftragt, um seinen Vater zu beerben? Aber war es überhaupt ein geplanter Mord gewesen, oder hatte man nur die Zelle zerstören wollen, um die Verhandlungen mit General Powers zu sabotieren, und Millers Tod war ein unglücklicher Zufall? Auf jeden Fall musste man den Sohn auch überwachen.

Er lief jetzt an der Iller entlang; die Sonne stand tief und blitzte durch das Grün der Bäume. Eine Schar von Frauen kam ihm entgegen, die Nordic Walking machten. Eine jüngere ging voraus, und ein Gruppe von vierzig- bis fünfzigjährigen folgte mit dem charakteristischen Klick-Klack der Stöcke. War das ein Kurs der Volkshochschule? Sollte ja gesund sein, aber ihm schien es doch nur ein Trick der Sportindustrie, die alle paar Jahre eine neue Mode brauchte, um ihre Produkte abzusetzen. Er lächelte die Anführerin im Vorbeilaufen an; ihm schien, als lächle sie zurück, aber er lief zu schnell vorbei, um sich sicher zu sein.

Der Sohn würde morgen Nachmittag kommen, etwa zur selben Zeit wie seine Schwester. Wenn es ging, wollte er es so einrichten, dass sich die beiden im Präsidium träfen; am besten im Vernehmungszimmer, dann könnten sie mithören. Vielleicht verdächtigte die Schwester ihren Bruder, das wäre ein wichtiger Hinweis, oder der Bruder würde etwas Unbedachtes sagen. Alles nur vage Hoffnungen, aber was sonst blieb ihm?

Dass Millers Tochter etwas mit seinem Tod zu tun hatte, schien unwahrscheinlich. Sie war erfolgreich, das Lieblingskind ihres Vaters, und pflegte ihn auf seinen Reisen zu begleiten. Natürlich, wenn dies ein Hollywoodfilm wäre, hätten die beiden eine inzestuöse Beziehung. Er hätte sie schon als Kind missbraucht, seine Frau wäre dahinter gekommen und hätte sich deswegen scheiden lassen. Die Tochter wäre emotional von ihrem Vater abhängig geblieben, deswegen war sie auch, trotz ihres, nach dem Foto zu urteilen, blendenden Aussehens unverheiratet geblieben. Schließlich hätte sie sich mit einem Gewaltakt befreit, diese Tat aber nicht selber ausführen können, sondern einen Killer beauftragt. Regisseur, Drehbuchautor und die beiden Hauptdarsteller würden für dieses subtile psychologische Melodrama mit Oskars ausgezeichnet.

Er hatte lächeln müssen bei diesen Gedanken, seine Laune besserte sich. Die Bäume am Ufer der Iller warfen lange Schatten über den Weg; die Felder und Wiesen zu seiner Linken lagen noch im gelbroten Licht der untergehenden Sonne. Zwei Frauen kamen ihm entgegengelaufen; jung, schlank liefen sie entspannt nebeneinander her; ihre Blicke kreuzten die seinen, als sie einander passierten. ‚Wie kann man an so einem schönen Tag durch die Natur laufen und nur an Mord und Totschlag denken?' fragte er sich. In seiner nächsten Reinkarnation würde er einen friedlichen, naturverbundenen Beruf ergreifen, vielleicht Bauer, oder besser Großgrundbesitzer, oder noch besser: Estanciero auf einer großen Farm in Südamerika. Viel Geld, wenig Arbeit, und ringsum Natur.

Also gut: Kremer und Miller junior überwachen lassen, natürlich Dimitrovich weiter verhören, und vielleicht brachte die bundesweite Fahndung nach dem UPS-Fahrzeug doch noch etwas? Mehr konnten sie jetzt nicht tun.

Er erreichte die Brücke, seinen Wendepunkt, fünf Kilometer vom Marktplatz entfernt. Er warf einen Blick hinüber auf das kleine Haus mit Garten links vom Weg und versuchte zu erkennen, ob der Alte wieder am Fenster stand. Vor ein paar Wochen hatte er an dem Gartenzaun Streckübungen gemacht, ohne sich etwas Böses zu denken. Plötzlich, gerade als er ein Bein auf der Erde, das andere auf dem Zaun hatte und seinen Oberkörper zur Seite bog, kam ein kleiner alter Mann aus dem Haus und stürzte sich mit den Worten: ‚Machen Sie sich weg von meinem Zaun, oder ich rufe die Polizei!' auf ihn, packte ihn bei den Schultern, so dass er fast das Gleichgewicht verloren hätte. Er hatte instinktiv reagiert, ihm den Arm auf den Rücken gedreht und ins Ohr gezischt: ‚Opa, ich bin die Polizei; und jetzt geh schnell in Deine Hütte zurück oder ich nehme Dich fest wegen Widerstands gegen die Staatsgewalt.' Der Mann war erschreckt ins Haus zurückgekehrt und hatte ihn dann vom Fenster aus, hinter der Gardine, beobachtet. Im Nachhinein war die Geschichte ja eher lustig, aber trotzdem hatte er seitdem keine Lust mehr, hier seine Übungen zu machen. Heute hatte er sowieso wenig Zeit, und so wendete er, ohne anzuhalten.

Ein Blick auf die Uhr zeigte ihm eine Zwischenzeit von vierundzwanzig Minuten. Den letzten Kilometer lief er immer schneller, also würde er insgesamt wohl etwa siebenundvierzig Minuten brauchen – keine schlechte Zeit, aber auch nicht besonders gut. Aber warum musste er überhaupt seine Zeit stoppen, seine Bestzeiten notieren? Warum freute er sich, wenn er andere Jogger überholte, warum konnte er nicht einfach so entspannt laufen, wie die beiden Mädchen von eben? Waren es seine Gene, oder einfach das Testosteron? Egal, er war wie er war, er musste mit sich leben.

Vom Fluss stieg die Abendkühle auf. Die Felder lagen jetzt im Schatten, aber der Turm des Münsters in der Ferne leuchtete noch im Licht. Schön, wenn eine Stadt von einer Kathedrale beherrscht wird. Ihm fiel der Dom ein, den man schon von weitem in der Rheinebene liegen sieht, wenn man von Bonn her mit dem Zug nach Köln fährt. Bonn hatte auch ein Münster, älter als das Ulmer, auch mit nur einem großen Turm, aber nicht so hoch. Bonn – was würde er machen, falls man ihm die Stelle dort wirklich anbot?

Christel hatte ja Recht, er musste doch wissen, ob er in Ulm bleiben oder lieber nach Bonn wollte. Aber wenn er es recht bedachte, war ihm dieser Schwebezustand eigentlich lieb; seine Freunde und Kollegen waren netter zu ihm als sonst, sein Leben schien wieder offener, weniger festgefahren, es gab vielleicht neue Möglichkeiten. Er versuchte, sich ein Leben in Bonn vorzustellen.

An seine Mutter im Altenheim dachte er lieber nicht, und die alten Freunde konnte er wohl auch vergessen. Klar, in Bonn musste er ganz von vorne anfangen, sich eine neue Wohnung, neue Freunde suchen. Vielleicht würde er eine Frau finden, in die er sich verlieben, die er heiraten, mit der er Kinder kriegen könnte. Aber dieser Gedanke weckte keinen Enthusiasmus in ihm, im Gegenteil, plötzlich fühlte er sich alt, zu alt für einen Neubeginn.

Er verlangsamte seinen Lauf und wäre fast stehen geblieben, doch dann erschrak er über seine eigene Reaktion. Alt, zu alt mit fünfunddreißig? Das konnte es doch nicht sein. Die Wahrheit war, dass er sich längst entschieden hatte, in Ulm zu bleiben. Hatte er hier nicht alles was er brauchte? Und wenn er wirklich hätte heiraten wollen, hätte er nicht auch hier eine Frau dafür finden können? dass er sich in Christel verliebt hatte, bedeutete ja wohl, dass ihm eine lockere Beziehung lieber war als eine Bindung. Außerdem, es war ja nicht nur der Sex, den er mit ihr teilte, sie redeten ja viel und offen miteinander, davor und danach. Irgendwo hatte er gelesen, dass ein deutsches Ehepaar im Mittel fünfzehn Minuten am Tag miteinander spricht. Das machte keine zwei Stunden in der Woche, und die übertraf er mit Christel doch locker.

Er atmete auf und lief wieder schneller. Es war nicht das erste Mal, dass er sich beim Laufen über etwas klar geworden war – ob es an der vermehrten Sauerstoffzufuhr lag? Er passierte wieder die Mündung der Iller; der Fischer stand immer noch auf der Landzunge zwischen den beiden Flüssen und schien sich nicht bewegt zu haben. Ob er auch so seinen Lebensabend verbringen würde, mit der Angel in der Hand ins Wasser starrend? Er lachte auf, so gut er das beim Joggen konnte, und beschleunigte seinen Lauf. Die drei Kilometer bis Marktplatz könnte er doch fast im Sprint zurücklegen, so jung und fit wie er sich plötzlich fühlte!

Die drei Türkinnen, die er fast bei jedem abendlichen Joggen traf, kamen ihm entgegen: Kopftuch ums Gesicht, den Körper in sackartige Kleider gehüllt, Nordic-Walking Stöcke, und miteinander plaudernd und lachend. Er grüßte sie mit ‚Hallo', aber mehr als drei Paar Blicke aus braunen Augen erhielt er auch diesmal nicht zur Antwort.

Ayün fiel ihm ein, die junge, emanzipierte Türkin, die ihm bei seinem letzten größeren Fall geholfen hatte, Computer zu knacken. Zwei Nächte hatten sie miteinander verbracht, aber dann hatte er die Sache beendet, zwei heimliche Affären waren einfach zu viel. Der Fall damals hatte auch mit einem toten Wissenschaftler begonnen, aber innerhalb einer Woche hatte sich das als ein normaler Tod entpuppt. Diesmal schien alles verworrener. Was sollte der Überfall heute morgen? Was hatten die gesucht, und was immer es war, hatten sie es gefunden? Das Patent lag doch vor, es war klar, wer es erben würde. Wenn der Sohn dahinter steckte, hätte er doch einfach warten können, und wenn es Kremer war, was hätte der wohl gesucht? Wollte er, oder sein Institut, das Patent von den Kindern kaufen? Sie könnten aber wohl kaum mit General Powers konkurrieren, wenn die wirklich Interesse hatten. Aber auch dann gab der Überfall keinen Sinn. Nein, es gab irgendetwas, das er nicht wußte.

Die Donaubrücke – noch ein Kilometer! Er lief noch schneller, verdoppelte seinen Atemrhythmus. Alle Gedanken fielen von ihm ab; er sah nur den Weg vor sich, hörte das Keuchen seiner Lungen, fühlte die langsam nachlassende Kraft seiner Beine, teilte seine Energie ein, dass sie genau bis zum Ziel reichen würde. Die letzten fünfzig Meter rannte er, so schnell er noch konnte, die Augen starr auf den Baum gerichtet, der ihm als Ziel diente. Als er ihn passierte, drückte er auf seine Stoppuhr, lief mit einigen großen Schritten aus, blieb dann keuchend stehen und schaute nach, wie lange er gebraucht hatte: sechsundvierzig Minuten und zweiunddreißig Sekunden. Zurück war er ganz schön schnell gelaufen! Er ging mit raschen Schritten auf und ab, ließ den Blick über die Donau schweifen und den dämmernden Himmel über ihr. Sein Atem beruhigte sich, das Klopfen seines Pulses wurde langsamer, und ein Gefühl des Glücks, der Freude an seinem Körper und an der Landschaft ringsum, stieg in ihm auf.

Gemächlich ging er die wenigen Schritte zum Marktplatz hinauf. Duschen, dann ein Bier, ein zweites zum Schinkenbrot, und früh ins Bett. Wenn Christel wirklich heute Nacht kam, sollte er wenigstens vorher ein paar Stunden geschlafen haben.

Vor dem Brunnen parkten drei Einsatzwagen, der Bereich vor seinem Haus war abgesperrt, und es wimmelte von Polizisten. Er winkte einen jüngeren heran, den er ausgebildet hatte. „Was ist denn hier los?“ – „Wir heben diesen Kroatenkeller aus; wir haben einen Tip bekommen, dass heute neue Ware angekommen ist, und mindestens einer der Bosse soll auch da sein.“ – „Hoffentlich fasst Ihr ihn. Macht den Laden dicht, dann kann ich endlich wieder ruhig schlafen.“ – „Machen wir, Chef. Aber wie sehen Sie denn aus, Sie sind ja völlig verschwitzt. Sind Sie einem Verdächtigen nachgelaufen?“ – „Nicht wirklich, heute habe ich nur geübt. Aber sind Sie doch so nett und sagen Sie Ihren Kollegen, dass sie mich durchlassen.“ – „Ohne Ausweis? Das ist aber gegen die Vorschriften, haben Sie mir selber beigebracht. Aber patschnass, wie Sie sind, wollen wir mal eine Ausnahme machen.“

17

Es war ganz einfach: er breitete seine Arme aus, schlug mit ihnen zwei, dreimal wie mit Flügeln, und schon hob er sich vom Balkon in die Lüfte. Ein kalter Hauch strömte gegen seine Brust und trieb ihn höher. Die Sonne war noch nicht aufgegangen, aber ein bleiches Licht lag schon über der Stadt. Er drehte einige Runden über seinem Haus und gewann mühelos an Höhe. Unter sich sah er die Donau auf der einen und den Marktplatz auf der anderen Seite. Menschen sah er keine, die Stadt schien ausgestorben zu dieser frühen Stunde. Der Himmel war klar und versprach einen schönen Sommertag, und eine Gitarrenmusik – war es Pat Metheny? – erfüllte den Raum. In wenigen Hundert Metern Entfernung zeichnete sich das Münster dunkel vor dem milchigen Himmel ab. Er flog hinüber, drehte einige Runden um den Turm und genoss seine ungewohnten Fähigkeiten. Ob er versuchen sollte, auf dem Dach zu landen, sich den berühmten Spatz aus der Nähe anzuschauen? Aber der First war schmal, das Dach fiel steil an beiden Seiten ab, und so flog er zurück zum Fluss und weiter in Richtung der Illermündung. Deutlich hob sich das helle, schnell fließende Wasser der Iller von dem trüben, trägen Grün der Donau ab. Über eine lange Strecke flossen die Wasser parallel im selben Flussbett, ohne sich zu mischen.

Eigentlich müsste die Sonne bald aufgehen, aber es blieb gleichmäßig hell. Die Musik war lauter geworden, zur Gitarre hatten sich noch ein Schlagzeug und ein Bass gesellt – ja natürlich, dass war Pat Metheny mit seiner Band, er erkannte das Stück von einer seiner CDs wieder. Eine heitere, verspielte Musik war es, die ihn umfing; er ließ sich von ihr treiben und stieg weiter auf. Bei Föhn hätte er jetzt die Alpen sehen können, aber stattdessen wurde die Luft trüber, der Boden entschwand seinen Blicken. Ein leichter Schwindel erfasste ihn – und er fand sich in seinem Bett wieder. Das wohlige Gefühl in seinem Körper hielt an, aber es war nicht mehr die Freude am Fliegen, die ihn erfüllte, sondern die Erinnerung an Christels Körper. Er hielt die Augen geschlossen und streckte seine Hand nach ihr aus, aber der Platz neben ihm war leer und kalt. Sie war längst nach Hause zu ihren Kindern zurückgekehrt, ohne ihn zu wecken.

Zu seinen Füßen bewegte sich etwas. Natürlich, Christel hatte seinen Kater ins Schlafzimmer gelassen. Che merkte, dass er wach war und stürzte sich auf einen Zeh, der sich unter der Decke abzeichnete. Er umfasste ihn mit beiden Vorderfüßen und biss in den Flausch der Decke, ohne ihn zu durchdringen. Schmitz ließ ihn gewähren, genoss den schönen Augenblick und lauschte auf die Musik. Das war wirklich Pat Metheny, die CD, die er heute Nacht aufgelegt hatte, die Musik, zu der sie sich geliebt hatten. Aber wieso lief sie immer noch?

Er zuckte zusammen und riss die Augen auf. Die CD lief nicht immer noch, sie lief schon wieder! Es war der Wecker, den er auf CD gestellt hatte. Aber das war erst das zweite Stück auf der CD, lange konnte er nicht verschlafen haben. Ein Blick auf den Wecker belehrte ihn eines Besseren: er war schon fast Neun, die CD lief in einer Endlosschleife, und er hätte schon vor einer Stunde im Kommissariat sein sollen. Er schüttelte Che ab und sprang aus dem Bett. Er brauchte eine gute Ausrede, schließlich sollte er ja befördert werden. Als er auf der Toilette saß, fiel ihm eine ein: Der Kroatenkeller, er hatte ihn sich nochmal angesehen. Schließlich kannte er dort jeden Winkel, und von ihm stammte auch der Tip, sich die Kneipe mal näher anzusehen; ihm waren damals die schnellen Wagen aufgefallen, die jeden Abend davor parkten.

Er wollte in seine Kleider steigen, ohne sich zu duschen, aber aus seinen Lenden stieg ein durchdringender, männlicher Geruch in seine Nase. Als er sich einseifte, klingelte sein Handy. Er fluchte, stieg aus der Dusche, rutschte mit seinen nassen Füßen fast aus und hastete ins Schlafzimmer. Er hoffte, dass es Christel wäre, die ihm noch eine paar nette Worte zuflüstern wollte, aber stattdessen war es die laute Stimme Krügers, der ins Telefon zu brüllen schien: „Wo steckst Du denn? Wir haben einen Einsatz!“– „Ich schaue mir gerade den Kroatenkeller hier an, der gestern nacht ausgehoben worden ist. Vielleicht gibt es eine Verbindung zu Dimitro...?“ Er verschluckte die letzte Silbe, als ihm auffiel, welche Dummheit er da sagte. „Zu Dimitrovich? Mann, Walter, was ist los mit Dir? Serben und Kroaten mögen sich noch weniger als Schwaben und Rheinländer. Du musst sofort kommen. Die Sekretärin von dem Brennstoffzelleninstitut ist heute nicht zur Arbeit erschienen, obwohl ihr Chef, dieser Kremer, sie dringend braucht; er hat hier angerufen. Weder am Telefon noch am Handy meldet sie sich; ein Kollege hat schon an der Wohnung geklingelt, aber da macht auch keiner auf. Also, laß den blöden Keller, ich fahr jetzt los und Du steigst am Rathaus ein."– „Gib mir fünf Minuten, ich muss nochmal hoch in die Wohnung."

Krüger wartete schon mit rotierendem Blaulicht an der Ecke. Er sprang hinein, sie wendeten und fuhren los Richtung Blaubeuren, wo Frau Borchert die obere Etage eines Zweifamilienhauses bewohnte. Als sie die Stadt verlassen hatten, warf Krüger ihm einen raschen Blick zu. „Hoffentlich hast du Dich nicht erkältet in dem Keller mit Deinen feuchten Haaren." Schmitz antwortete nicht darauf, stattdessen fragte er: „Habe ich was verpasst, gibt's was Neues? "– „Der Chef suchte Dich, er hat eine Kopie von Millers Testament – natürlich streng vertraulich. Er hat sie dann mir gegeben, sie liegt in meinem kleinen Safe. "- „Was steht denn drin? "– „Es ist ziemlich kurz: Die Tochter erbt drei Viertel, zur freien Verfügung; das restliche Viertel bekommt der Sohn, aber es ist in einem Rentenfond angelegt, den er nicht antasten kann; dem traute er wohl nicht. Immerhin sollte er daraus eine monatliche Rente von ein- bis zweitausend Euro beziehen können. Dann gibt es noch ein paar kleinere Posten vorweg: für die Partei des Bürgermeisters, für die Kirche und sowas. Ach ja, die Frau Beck, diese Lehrerin, bekommt Zehntausend für eine Kreuzfahrt in die Antarktis; außerdem kriegt sie alle seine Bücher. Noch etwas: alle Patentrechte gehen an die Tochter, aber an den etwaigen Einnahmen sind auch der Sohn und dieser Kremer beteiligt, je mit zehn oder zwanzig Prozent, ich weiß nicht mehr genau. – „Wieviel hat er denn überhaupt hinterlassen? “– „Schwer zu schätzen, ich weiß nicht, wieviel das Haus und die Einrichtung wert sind. Aber so um die zwei Millionen werden es schon sein.“– „Und was ist mit den Patenten, gibt's da größere Einnahmen?“– „Nicht viel, so ein paar Tausend im Jahr von irgendeiner Elektronikfirma. Aber das könnte sich ja noch ändern mit dieser Brennstoffzelle.“ Sie schwiegen eine Weile. „Ein Mordmotiv gibt das höchstens für die Kinder,“ sagt dann Schmitz. „Für ein bis zwei Millionen? Dafür würde nicht einmal ein Schwabe morden, oder er müsste schon ganz schön verzweifelt sein. – Für wie viel Millionen würdest Du denn morden, Walter?“– „Na ja, so zehn bis zwanzig sollten es schon sein. Aber müsste schon ein richtiger Fiesling sein, und außerdem müsste ich sicher sein, dass ich selber den Fall bearbeite. – Aber im Ernst, wir sollten uns die finanziellen Verhältnisse der Kinder noch mal überprüfen, ob sie vielleicht Schulden haben.“– „Hab ich schon angeordnet. Bei dem Sohn, der ja in München lebt, wird das leicht sein, aber bei der Tochter in den USA?– Das Testament ist übrigens etwas ein Jahr alt.

Ob außer dem Notar irgend jemand den Inhalt kannte, weiß man nicht."

Als sie bei der Wohnung von Frau Borchert ankamen, stand dort ein Kollege und sprach mit einer älteren Dame, vermutlich die Besitzerin des schönen, am Waldrand gelegenen Hauses; Kremer stand ein paar Meter entfernt. Frau Borchert wohnte alleine, hieß es, in der obersten der beiden großen, ringsum von Balkons umgebenen Etagen; unten wohnten die Eigentümer. Als die beiden Kommissare ausstiegen, ging die ältere Dame sofort zu ihnen und wandte sich an Krüger, in dessen rundlicher Gestalt sie gleich den Schwaben erkannte. „Also, gestern Abend kam sie so gegen sechs nach Hause, wie immer. Danach habe ich sie nicht mehr fortfahren hören. Auch heute morgen habe ich nichts von ihr gehört, und ihr Wagen steht immer noch in der Garage. Ich habe gleich zu meinem Mann gesagt, da stimmt was nicht, das ist so ruhig da oben. Die fährt doch sonst jeden Morgen um halb acht weg, hoffentlich ist sie nicht krank. Aber mein Mann meinte, das ginge mich nichts an, vielleicht hätte sie frei oder schliefe sich mal aus. Ich habe dann trotzdem immer gehorcht heute morgen, ob sich nichts rührt da oben, aber es blieb alles ruhig. Nur das Telefon hörte ich ein paar mal klingeln, ganz lange, aber es schien keiner dran zu gehen. Vor einer halben Stunde kam dann der freundliche Herr dort"– sie wies mit dem Kopf in die Richtung, wo Kremer jetzt mit Schmitz redete – „und schellte mehrmals bei ihr, aber sie machte nicht auf. Er hat dann bei mir geklopft und mich gefragt, ob ich wüsste, wo sie ist. Als ich sagte nein, wurde er ganz unruhig, und dann haben wir die Polizei gerufen." Sie blickte Krüger mit großen, grauen Augen an, als ob sie ein Lob von ihm erwartete. Krüger kannte sie nur zu gut, diese Mischung aus Besorgnis und Sensationslust. Es passierte nicht viel in diesen kleinen Orten links und rechts des Donautals, und insgeheim war man froh über jede kleinere oder größere Katastrophe, sofern sie einen nicht selber betraf.

Unterdessen sprach Schmitz mit Kremer. „Wir hatten für acht Uhr eine wichtige Besprechung angesetzt; Sie wissen, ich bin erst gestern aus Indien zurückgekommen und – also es ist vieles liegengeblieben unterdessen. Sonst ist sie immer pünktlich, aber als sie um viertel nach acht noch nicht da war, habe ich, das heißt dann hat Frau Voß bei ihr angerufen, ein paar Mal, aber sie antwortete nicht, auch nicht auf ihrem Handy. Ich bin dann hierhin gefahren, habe bei ihr geschellt, gerufen. Als sich nichts rührte, ja, dann bin ich zu ihrer Nachbarin und habe die Polizei gerufen."– „Ich dachte Sie hatten eine wichtige Besprechung? Warum haben Sie nicht jemand anders geschickt, sondern kommen selbst?" Kremer wurde rot und zögerte einen Augenblick. „Ja, wissen Sie, der Mord an Miller, der Überfall auf seine Wohnung, da, da wird man einfach unruhig und macht sich Sorgen." Kremers Gesten wirkten fahrig, seine Augen unruhig, und er hielt seine Stimme nur mit Mühe unter Kontrolle. Der Mann hatte Angst.

„Komm, schauen wir uns die Sache an," rief Schmitz zu Krüger hinüber; der wandte sich an die Vermieterin: „Sie haben nicht zufällig einen Schlüssel zu der Wohnung?" Diese zögerte einen Moment und schüttelte dann den Kopf. „Ich weiß, dass die Vermieter keinen Schlüssel behalten dürfen, aber manchmal, in Notfällen wie jetzt, ist es doch praktisch; Frau Borchert ist es bestimmt lieber, wenn wir das schloss aufschließen statt es aufzubrechen." – „Also gut, kommen Sie mit, ich glaube, mein Mann hat noch einen."

Sie gingen ins Haus, nahmen den Schlüssel, ließen Kremer und die Vermieterin im Erdgeschoß zurück und stiegen hinauf zur Wohnung von Frau Borchert. Die Tür war nur zugezogen, nicht abgeschlossen. Schmitz machte sie einen Spalt breit auf und lauschte hinein. Nichts war zu hören. „Frau Borchert?" rief er. Keine Antwort. Sie blickten sich an, öffneten die Türe ganz und traten leise in den kleinen Korridor. Links war eine Tür, vermutlich das Bad. Geradeaus stand eine Tür offen, die zu einem größeren Raum zu führen schien. Dort brannte Licht, obwohl es längst heller Tag war.

Sie lag auf dem Sofa, den Kopf nach hinten auf die Lehne gestützt. Ihre Augen waren geschlossen, und eine unendliche Traurigkeit spiegelte sich in ihrem Gesicht. Sie war schön. Schmitz hätte sie in seine Arme nehmen und trösten mögen, aber sie war längst kalt. Ein kleines, leeres Parfümfläschchen lag neben ihr auf dem Sofa. Auf dem Glastisch vor ihr lagen zwei andere, noch geschlossen, und daneben ein Schreiben. ‚Sehr geehrte Frau Borchert,' las Schmitz, ‚wir erlauben uns, Ihnen als unserer geschätzten Kundin eine Probe unserer neuesten Duftkreationen zu senden. Drei frische Sommerdüfte für die sportlich-elegante Frau! Wir würden uns freuen...' Weiter konnte er nicht lesen, der Rest des Textes war nach unten gefaltet. Oben stand der Briefkopf eines bekannten Münchener Modehauses.

Die beiden Männer blickten sich an. Schmitz atmete tief durch, dann sagte er leise: „Also Arzt, Spurensicherung, der ganze große Aufwand. Rufst Du an?" Krüger nickte, zog sein Handy aus der Tasche und gab einige Anweisungen durch. Dann gingen sie hinunter ins Erdgeschoß.

Kremer wurde fahl, er schien zu wanken, blickte um sich und setzte sich dann schwer in einen Sessel. Er blickte starr vor sich hin und schien sich an den Sessellehnen festzuhalten. Die Vermieterin brach in Tränen aus, was sie aber nicht am reden hinderte. „Die Frau Borchert, ich mag es gar nicht glauben. So eine nette, elegante Frau, eine richtige Dame. Und so eine ruhige Mieterin. Allerdings blieb sie des nachts öfter weg, bei ihrer Cousine, hat sie mir erzählt, aber das habe ich nie geglaubt. Bestimmt ist sie wegen ihrem Geld – aber wieso, der Porsche steht doch noch in der Garage..." Krüger ließ sie eine Weile reden, dann unterbrach er sie. „Gestern muss Frau Borchert ein kleines Päckchen bekommen haben. Haben Sie das gesehen oder vielleicht sogar angenommen?" – „Aber sicher, es kam mit UPS. Ich hatte den braunen Wagen schon vom Fenster aus gesehen und mich gewundert, warum er vor unserem Haus hielt. Das ist bestimmt für die Frau Borchert, habe ich gedacht, denn wir bestellen ja nichts. Es war ein Päckchen aus München, von einem Modehaus. Sie hatte ja eine Schwäche für schöne Kleider und teure Parfüms, besonders, seitdem sie diese Erbschaft gemacht hat." – ‚Schon wieder UPS?' dachte Krüger. Die Fahndung nach dem Wagen, der bei dem Überfall benutzt worden war, lief, aber bisher erfolglos. Denselben Wagen wieder zu benutzen, wäre äußerst unvorsichtig gewesen, also hatte das eine kaum etwas mit dem andern zu tun. Immerhin konnten sie bei UPS der Sache nachgehen, die mussten ja buchführen über jede Sendung. Aber wahrscheinlich hatte der Absender einfach eine falsche Anschrift angegeben, und sie wären so klug wie vorher. Und die Erbschaft, ob die echt war? Er fragte die Vermieterin danach. „Ja, vor etwa 2 Monaten war das, da kam sie plötzlich mit diesem Porsche angefahren. Der ist zwar gebraucht, aber billig war der bestimmt nicht. ‚Haben Sie im Lotto gewonnen?' habe ich sie gefragt, aber sie hat nur gelacht und was von einer kleinen Erbschaft erzählt. Wer weiß, ob das stimmt, vielleicht hatte sie nur einen großzügigen Freund."

Schmitz hatte sich unterdessen in der Garage und im Garten umgesehen und kam jetzt auch in die Wohnung im Erdgeschoß. Krüger blickte ihn fragend an, aber er schüttelte nur mit dem Kopf. Sie verabschiedeten sich von der Frau und von Kremer, der immer noch apathisch im Sessel saß, und gingen hinaus, um auf die Kollegen zu warten. Die Sonne schien, der nahe Wald lud zu einem Spaziergang ein. Eine ältere Dame kam vorbei, Hund an der Leine. Sie blieb kurz stehen, schien etwas fragen zu wollen, aber ging dann weiter. Schmitz fiel die Bemerkung der Lehrerin über die dunkle Gegenwelt ein, die plötzlich in das friedliche Leben der Bürger einbricht.

Die beiden Männer gingen schweigend auf und ab, die Spurensicherung ließ auf sich warten. Nach etwa zwanzig Minuten kam Kremer heraus; sein Gesicht war grau, aber wieder gefasst. „Furchtbar, unbegreiflich," sagte er, „Erst Miller, und jetzt sie. Was geht hier vor? Haben Sie irgendeine Spur?" – „Wenn wir was Genaues wissen, werden wir sie zur gegebenen Zeit unterrichten," entgegnete Schmitz. Kremer zögerte, schien noch etwas sagen zu wollen, aber brach dann ab und machte einige Schritte in Richtung seines Wagens, der wenige Meter entfernt stand. Plötzlich drehte er sich um, kam wieder einen Schritt zurück und sagte: „Übrigens, Millers Tochter kommt heute Nachmittag in Stuttgart an. Ich werde sie am Flughafen abholen; sie haben doch bestimmt keine Einwände – oder?" Krüger würde Frau Miller selbst abholen, aber er zögerte mit einer Antwort. „Natürlich nicht," hörte er Schmitz sagen, „tun sie das."

Sie blickten Kremers Wagen nach. Krüger wandte sich Schmitz zu: „Du magst ihn nicht, nicht wahr?“ – „Nein, und ich traue ihm nicht. Pass gut auf ihn auf, und lass ihn auf keinen Fall alleine mit ihr.“

Wenig später kamen der Arzt und die Spurensicherung. Der Arzt war schnell fertig: „Sie ist gestern Abend gestorben, so gegen 19:00. Genaueres kann ich erst nach der Obduktion sagen. Gut möglich, dass sie durch ein Giftgas aus dem Fläschchen getötet wurde, eine Spurenanalyse wird das zeigen. Ich wette, in den anderen Fläschchen ist auch Gift drin. Jedenfalls sieht es nicht nach einem natürlichen Tod aus. Morgen wissen wir mehr.“ Der Arzt, ein schlanker Mittdreißiger mit schütterem Haar, blickte Schmitz an: „Was ist denn mit Ihnen? Sie sehen ja ganz mitgenommen aus. Ist das ihr erster Mord?“ – „Nein,“ sagte er nur, und wandte sich ab. Hinter seinem Rücken hörte er noch: „Also ich bin froh, wenn ich eine appetitliche Leiche habe und nicht so ein Unfallopfer, das ich erst wieder zusammenbasteln muss.“ Dann fiel die Tür ins schloss.

Die Spurenanalyse ergab nichts: In der Wohnung war nichts Ungewöhnliches, auf dem Brief und dem Umschlag fanden sich nur die Fingerabdrücke von Frau Borchert. Ein Stapel Briefe und einige Papiere wurden zur eingehenderen Untersuchung mitgenommen, ein Computer fand sich nicht. „Wir müssen ihr Büro im Institut untersuchen,“ meinte Schmitz zu Krüger, und gab entsprechende Anweisungen. Er blickte sich nochmal um in der Wohnung, und sein Blick fiel auf die Armbanduhr der Toten. Er nahm sie vorsichtig ab, überprüfte sie und reichte sie an einen jungen Beamten weiter: „Schauen Sie doch mal nach, ob die echt ist."

Dann gingen die beiden Kommissare wortlos hinaus, setzten sich in den Wagen und fuhren nach Ulm zurück.

18

Das Licht im Flugzeug ging an; in wenig mehr als einer Stunde würden sie in Stuttgart landen. Sie ließ ihre Augen geschlossen. Geschlafen hatte sie nicht, sie war in einem grauen Zwischenreich gewesen, in dem sich Traumfetzen mit Erinnerungen an ihren Vater mischten. Ihr Vater war der wichtigste Mensch in ihrem Leben gewesen, er war es seit ihrer Kindheit, und auch in den letzten Jahren, in denen sie sich selten mehr als zwei, drei Wochen im Jahr gesehen hatten, hatte sich nichts daran geändert.

Nicht, dass er ein besonders fürsorgsamer Vater gewesen wäre, im Gegenteil, manchmal schien er seine Kinder wochenlang zu vergessen. Natürlich hatte auch er ihr, als sie klein war, gelegentlich des Abends eine Geschichte zum Einschlafen vorgelesen, wie es die anderen Väter taten. Er suchte immer neue Geschichten aus, las gut und lebhaft und fügte manchmal eigene Einfälle hinzu, aber trotzdem hatte sie immer das Gefühl, dass er in Wirklichkeit mit etwas Anderem, etwas Wichtigerem beschäftigt war, und sie hätte gerne gewusst, was da so wichtig war in seinem Leben. Und dann, als sie im zweiten Schuljahr war, geschah etwas Besonderes, das ein Band zwischen ihnen knüpfte, das nie reißen sollte: Sie war einige Wochen krank gewesen, eine hartnäckige Bronchitis, und hatte die Schule versäumt. Die anderen Kinder hatten unterdessen gelernt, Zahlenkolonnen zu addieren, und sie musste den Stoff nachholen. „Bring Du ihr das doch bei," hatte ihre Mutter ihn angewiesen, „wozu bin ich schließlich mit einem Wissenschaftler verheiratet?" Am nächsten Sonntag Morgen rief er sie dann in sein Arbeitszimmer und brachte ihr Rechnen bei. Nach drei Stunden legte er sich zurück, streckte die Arme, gab ihr einen Kuss auf die Wange und sagte: „Kind, jetzt kannst Du schon addieren, subtrahieren, multiplizieren und dividieren. Mehr Mathematik wirst Du in den nächsten drei Jahren in der Schule nicht brauchen; mit den Potenzen und dem Wurzelziehen können wir noch ein paar Wochen warten. Also geh jetzt wieder spielen." Von da an rief er sie gelegentlich zu sich, fragte nach der Schule, oder gab ihr ein Buch zu lesen und redete mit ihr ein paar Wochen später darüber. Als sie älter war, kamen die Experimentierkästen; bei schwierigeren Experimenten half er ihr, brachte Linsen, Transformatoren, Chemikalien aus seinem Labor mit, und sie dachten sich neue Apparaturen aus, die nicht in den Anleitungen standen. Ihre Mutter hatte dies mit wohlwollender Verwunderung betrachtet, auch wenn sie sich gelegentlich nicht eines ironischen Kommentars enthalten mochte. „Ja, ja," pflegte sie dann zu sagen, „ich weiß, Du bist die Tochter Deines Vaters. Das ist ja gut so, aber er sollte manchmal daran denken, dass er auch einen Sohn hat."

„Das Frühstück," sagte die Flugbegleiterin vernehmlich. Sie öffnete die Augen und nahm das Plastiktablett entgegen. Mit Widerwillen blickte sie auf das Gemisch aus Ei und Speck, dessen fetter Geruch ihr in die Nase stieg. Lediglich das Croissant schien essbar; sie probierte vorsichtig eine Ecke, es schmeckte nach nichts. Aber irgendetwas musste sie schließlich essen, und so knabberte sie lustlos daran herum und spülte die Krümel mit dem dünnen Kaffee hinunter. „Schmeckt Ihnen das Frühstück nicht?“ fragte der Passagier recht neben ihr. Schon am Abend zuvor hatte er versucht, mit ihr zu flirten. Als er ihre eisige Ablehnung nicht verstehen wollte, hatte sie ihn mit deutlichen Worten zum Schweigen gebracht, aber offensichtlich hatte er des Nachts neue Hoffnung geschöpft. „Nein, es schmeckt mir nicht, und Ihre blöden Fragen schmecken mir auch nicht. Wenn Sie mich nicht in Ruhe lassen, lass ich Sie vor die Tür setzen.“ Unter anderen Umständen hätte sie sich über die verblüffte, beleidigte Mine ihres Nachbarn amüsiert, aber jetzt nahm sie nur das Glas mit dem künstlichen Orangensaft, leerte es in einem Zug, verzog die Lippen und spülte mit einem Schluck Kaffee nach.

Schlank, blond, mittelgroß, mit ebenmäßigen, wenn auch etwas herben Gesichtszügen, war sie es gewohnt, bei Männern Aufsehen zu erregen, und manchmal waren deren Annäherungsversuche ja durchaus erwünscht. Trotzdem, ihr Liebesleben war nicht gerade eine Erfolgsgeschichte. Manche Männer ließen sich von ihrem Titel oder ihrer Position als Leiterin eines großen Labors für Life Sciences in Yale abschrecken, mit anderen ging sie ein paarmal aus, begann gar eine Affäre, aber dann wurde sie den Mann leid und brach die Beziehung ab. Lediglich mit einem fast dreißig Jahre älteren Kollegen war sie einige Jahre befreundet gewesen, aber als er ihr plötzlich einen Heiratsantrag machte, bekam sie Angst, sich festzulegen, zumal mit einem Mann, der bald pensioniert würde. Ihre Ablehnung hatte ihn schwer gekränkt; kurz darauf trennte er sich von ihr und nahm sich eine noch jüngere Freundin, eine Krankenschwester diesmal.

Sie seufzte; ihr fiel ein, dass sie jetzt auch Kremer wiedersehen würde. Er war ihr erster Freund gewesen damals, als sie in der letzten Klasse der High School war. Der junge, groß gewachsene Wissenschaftler aus Deutschland, von dem auch ihr Vater viel zu halten schien, hatte ihr imponiert. Er ging mit ihr ins Kino und führte sie zum Essen aus, redete mit ihr auf Deutsch, das sie von ihrer Mutter gelernt hatte, über seine Arbeit und seine Pläne, und bevor er sie nach Hause brachte, knutschten sie auf dem Rücksitz seines Chevrolets. Aber dann, nach ein paar Wochen, begann er sie zu nerven. Es war nicht nur die Art, wie er redete: die langen Satzkonstruktionen, zu denen er anhob und die er dann abbrechen musste, weil sie nicht aufgingen. Es waren auch die immergleichen Geschichten, die ihn stets als strahlenden Helden, schlauer als alle anderen, erscheinen ließen. Zu der Zeit sprach ihr Vater schon gelegentlich mit ihr über seine Arbeit; er ließ sie wissen, welchen Problemen er nachging, welche Pläne er hatte, und manchmal kam er nach Hause, öffnete eine besonders gute Flasche Wein und erzählte, was er gerade entdeckt oder verstanden hatte. Natürlich war ihr Vater stolz auf seine Arbeit, aber im Mittelpunkt seiner Erzählungen stand stets die Wissenschaft, nicht seine eigene Leistung. Daneben erschienen ihr die Eitelkeiten Kremers billig, und als er sie drängte, mit ihm zu schlafen, gab sie ihm von einem auf den anderen Tag den Laufpass. Als sie dies am nächsten Sonntag mit gespielter Beiläufigkeit erwähnte, blickte ihr Vater sie stolz an und sagte: „Recht so, Sophie, Kremer ist zwar gut, aber nicht gut genug für Dich!"

Die Frühstückstabletts wurden abgeholt, das Zeichen zum Anschnallen leuchtete auf, und Ansagen auf Englisch und Deutsch versprachen einen schönen, frühsommerlichen Tag in Stuttgart. Auf dem Bildschirm schrumpfte die Entfernung zum Ziel: noch 500, 480, 450 km... Ihre Gedanken glitten wieder zurück zum Tode ihres Vaters. Gestorben im Labor, das war wohl die Art von Tod, die er sich gewünscht hätte, aber er kam zu früh, mindestens zwanzig Jahre zu früh. Und sie konnte sich nicht vorstellen, dass es sich um einen Unfall handelte. Ihr Vater hatte immer sorgfältig und methodisch gearbeitet; auch bei ihren ersten Experimenten mit den Optik- und Chemiekästen hatte er ihr eingeschärft, dass man jeden einzelnen Schritt mehrfach überprüfen muss, ehe man den nächsten unternimmt. „Selbst bei Deinen Experimenten kann ein einziger Fehler die Arbeit von Stunden ruinieren, bei meinen Experimenten an der Uni kann es die Arbeit von Jahren sein!" Außerdem, Kohlenstoff konnte gar nicht explodieren. Natürlich musste er Katalysatoren daruntergemischt haben, aber keine, die ihn explosiv gemacht hätten; schließlich sollte die Reaktion ja kontrolliert ablaufen und Strom liefern – ganz abgesehen davon, dass man hochexplosive Brennstoffzellen nicht in Autos hätte einbauen können. War er wegen seiner Erfindung ermordet worden? Hatte er etwas geahnt? Hatte er ihr deshalb die merkwürdige Formel anvertraut?

Sie schloss die Augen und sah die Szene vor sich. Es war bei ihren gemeinsamen Ferien im letzten Herbst in der Provence gewesen; sie hatten sich ein Haus gemietet, von dem aus sie Wanderungen und Ausflüge in die Umgebung unternahmen. Eines Abends saßen sie nach dem Essen im Garten, genossen beim Schein einer Laterne schweigend den Wein und die milde Luft, als er plötzlich anhob: „Sophie, normalerweise vertrauen die Väter ihren Kindern die Familiengeheimnisse erst auf dem Sterbebett an. Du kennst die Szene: mit ihrem letzten Atem flüstern sie ihnen ins Ohr, wo der Schatz begraben liegt, oder welche Zutaten in den berühmten Käsekuchen kommen, oder dass sie noch einen Halbbruder in Australien haben. Aber wenn ich dereinst sterbe, wirst Du kaum am Fuße meines Bettes stehen, deswegen vertraue ich Dir jetzt mein Geheimnis an."– „Was soll das, Papa," wehrte sie halb lachend, halb besorgt ab. „Du hast doch noch mindestens zwanzig Jahre vor Dir! Wenn Du mit dem Rauchen aufhörst, noch dreißig."– „Mag sein, mag sein, vielleicht bin ich nur ein wenig paranoid, aber ich denke, es ist besser, wenn ich Dich jetzt einweihe." Er stand auf, ging ins Haus, und kam wenig später mit einem Blatt Papier wieder heraus und überreichte es ihr mit den Worten: „Voilá, mein großes Geheimnis." Sie hielt den Zettel in das Licht der Laterne; darauf stand die Formel eines Eisenkomplexes, und darunter: 1 g pro kg. „Hat das mit Deiner Brennstoffzelle zu tun?" fragte sie. „Ja, misch das Zeug einfach drunter, sonst funktioniert sie nicht richtig. Dies werde ich nicht in das Patent schreiben."– „Und wie komme ich an den Komplex, kann man ihn kaufen?"– „Nein, aber er lässt sich leicht synthetisieren, die Anleitung steht im Internet, oder frag einen guten Chemiker." Ihre weiteren Fragen hatte er abgewehrt, lediglich als sie fragte, ob Kremer die Substanz auch kenne, hatte er entgegnet: „Kremer? Nein, dem traue ich seit der Geschichte mit der Kalten Fusion nicht mehr über den Weg – wer weiß, vielleicht hatte er doch was mit dem Tritium zu tun. Ich habe ihn ein bisschen an der Nase rumgeführt."

Sie hatte sich die Formel gemerkt, anschließend in einer kleinen Zeremonie den Zettel mit Cognac getränkt, auf der Marmorplatte des Tisches verbrannt und die Asche in den Garten gepustet. Sie waren nie wieder auf dieses Thema zurückgekommen, auch nicht als sie sich im Dezember für ein paar Tage in Kalifornien trafen. Natürlich hatte sie die Formel nicht vergessen und auch herausgefunden, wie man den Stoff synthetisiert.

Das Flugzeug landete, sie passierte Passkontrolle und Zoll; als sie mit ihrem leichten Handgepäck in die Ankunftshalle trat, sah sie ein großes Schild: *Prof. Dr. Miller*, hochgehalten von einem untersetzten Mann mittleren Alters, und neben ihm stand, groß wie früher, aber mit einem stattlichen Bauch, Kremer. Er hatte sie unerwartet per e-mail angeschrieben – ihre Adresse war ja leicht zu finden – sein Beileid ausgedrückt und gefragt, ob er sie am Flughafen abholen solle. Es gab keine direkte Zugverbindung von Flughafen nach Ulm, und so hatte sie zugestimmt, wenn auch widerwillig. Sie ging geraden Schrittes auf die beiden Männer zu. Ehe Kremer etwas sagen konnte, stellte sich der kleinere vor: „Frau Prof. Miller? Gestatten Sie, ich bin Kommissar Krüger von der Ulmer Kriminalpolizei. Ich habe es mir nicht nehmen lassen, sie unter diesen traurigen Umständen persönlich abzuholen." Dann stand sie Kremer gegenüber. „Gut siehst Du aus, Sophia, so gut wie früher," sagte er. Sie ließ ihren Blick über seinen langen Körper schweifen und sah dann gerade in seine gelb-braunen, übermüdeten, grauumrandeten Augen. „Du bist alt geworden, Jochen," entgegnete sie; dann folgten sie Krüger zum Parkhaus.

19

Albert Miller saß im Intercity von München nach Ulm und blickte hinaus auf das helle, frühsommerliche Grün, das am Fenster vorbeiflog. Mit der Rechten strich er sich nachdenklich durch seine glatten, schwarzen Haare, die hinten in ein kleines Schwänzchen mündeten, seine Linke trommelte einen nervösen Rhythmus auf die Armlehne. Warum war er nicht erleichtert, warum war er jetzt nicht froh, da sein Vater tot war? Er hatte ihn gehasst, er war ein Fluch gewesen, der auf ihm lastete. Als er ihn vor ein paar Wochen das letzte Mal getroffen hatte, und der Alte das Geld nicht rausrücken wollte, das er so dringend brauchte, hätte er ihn mit den Händen erwürgen mögen. Um zweihunderttausend Euro hatte er ihn gebeten, um bloße zweihunderttausend. Für seinen Vater wäre das doch ein Klacks gewesen, der hatte doch Millionen, aber für ihn wäre es der berufliche Durchbruch. Damit könnte er Teilhaber werden in der Software-Firma, in der er arbeitete, und in einem Jahr, wenn sie ihr Produkt auf den Markt brachten, wäre er ein gemachter Mann.

Aber obwohl er seinen Vater gehasst hatte, so wußte er auch: Nichts hätte ihm mehr Freude bereitet in seinem Leben, als die Anerkennung, das Lob seines Vaters zu erringen. Wenn er ihm auf die Schulter geklopft und gesagt hätte: ‚Albert, Du bist zwar kein großer Physiker, aber als Geschäftsmann bist Du Spitze.' – War das schizophren, oder einfach die normale Reaktion auf so einen Übervater? Was war schon normal? Seine Familie war es bestimmt nicht gewesen. Normal, das wäre eine nette Familie, der Vater Lehrer, die Mutter Verkäuferin in einem Buchladen, dazu eine hübsche, nicht allzu intelligente Schwester mit netten Freundinnen, oder noch besser, einen Bruder, der nette Jungs mit nach Hause gebracht hätte. Stattdessen hatte er diesen berühmten, ehrgeizigen Vater, diese geniale Schwester, der kein Mann gut genug war, und die Mutter – die Mutter hatte er geliebt, liebte er immer noch, auch wenn sich jetzt ihr Kontakt auf ein monatliches Telefonat nach Kalifornien und gelegentlich ein paar gemeinsame Ferientage beschränkte.

Seine Mutter war eine schöne Frau gewesen, und auch heute noch wandten sich die Köpfe nach ihr um, wenn sie elegant gekleidet, mit der Aura einer großen Dame, ein Restaurant betrat. Sie kam aus einer Familie mit akademischer Tradition; ihr Vater war in den fünfziger Jahren als frisch promovierter Physiker aus Deutschland ausgewandert und hatte es in Berkeley zum Dekan der naturwissenschaftlichen Fakultät gebracht. Sie selbst hatte Fremdsprachen studiert; Deutsch konnte sie sowieso, dazu hatte sie noch Französisch und Spanisch gelernt. „Warum hast Du eigentlich Papa geheiratet?" hatte er sie einmal beim Abendessen gefragt, als die Scheidung schon einige Jahre zurücklag. „Der hatte doch nur seine Arbeit im Kopf, um Dich und mich hat der sich doch nie gekümmert – nur Sophie, die war sein Liebling."

Sie hatte ihn mit wehmütigem Lächeln angesehen: „Ach weißt Du, Bertie, Dein Vater war damals jung, intelligent, energisch, und man sagte ihm eine große Zukunft als Wissenschaftler voraus. Außerdem war er ein fantastischer Liebhaber: sehr zärtlich, und so – so intensiv." Sie war ein wenig rot geworden bei diesen Worten; sie blickte versonnen auf ihren Teller, hob dann die Augen wieder zu ihm und fuhr fort: „Ich hatte keine große Lust, Lehrerin zu werden oder als Übersetzerin zu arbeiten; ich wollte Kinder kriegen, eine gute Ehefrau sein, und einfach ein glückliches Leben führen. Und lange Jahre lief ja auch alles gut. Natürlich war Dein Vater oft verreist, oder wochenlang in seine Arbeit versunken, aber dann schien ihm plötzlich einzufallen, dass er eine Frau hatte. Wir fuhren dann ein paar Tage weg, nach New York, oder in einen Nationalpark, Euch ließen wir dann bei der Oma – weißt Du das nicht mehr? Oder wir gingen einfach nach San Francisco in die Oper und anschließend in ein teures Restaurant. Er war dann ganz wie früher, und ich fühlte mich wieder wie in den Flitterwochen. Das reichte mir; ansonsten war ich ja auch beschäftigt: mit Reiten, Malen, mit meinen Freundinnen, und natürlich mit Euch. Aber dann, bei der Katastrophe mit der kalten Fusion, ging alles kaputt. Es war nicht mehr auszuhalten mit ihm; er kam mir vor wie ein Stier, der sich gefangen fühlt und mit dem Kopf immer wieder gegen eine Wand rennt, die vor ihm steht, und der gar nicht sieht, dass er rechts oder links einfach ins Freie spazieren kann. Man konnte auch nicht mehr reden mit ihm damals, es war einfach schrecklich. Den Rest kennst Du ja."Sie hatte dann zu weinen angefangen, und er war nie wieder auf dieses Thema zurückgekommen.

Ein Mann in roter, zerknitterter Jacke schob ein Wägelchen mit Kaffee und Süßigkeiten durch den Waggon. Er wußte, dass der Kaffee bitter und abgestanden schmeckte, aber er brauchte dringend Koffein. Er ließ sich eine Tasse in einen Plastikbecher schütten und nahm ein Stück Schokolade dazu, um den bitteren Geschmack zu übertünchen. Er biss in den Riegel, ließ die süsse Masse in seinem Mund schmelzen, und spülte mit einem Schluck Kaffee nach. Als er alles verzehrt hatte, fühlte er sich genau so leer wie vorher, nur dass sein Gaumen jetzt von der Schokolade klebte. Er zog seine Nike-Turnschuhe aus und legte seine Füße auf den leeren Sitz gegenüber. Dann schloss er die Augen, und seine Gedanken kehrten in die Kindheit zurück.

Vor seinem Vater hatte er schon als kleines Kind Angst gehabt. Als er neun Jahre alt war, kam die Katastrophe: Eines Sonntags Morgen rief sein Vater ihn zu sich an seinen Schreibtisch und trug ihm auf, die Zahlen von eins bis zwanzig zu addieren. Im zweiten Versuch hatte er die richtige Lösung und war ein wenig stolz. Vielleicht war er ja genauso klug wie seine Schwester, die gerade eine Klasse übersprungen hatte. Darauf erklärte ihm sein Vater, wie man die Aufgabe viel einfacher lösen könne, indem man die Zahlen in anderer Reihenfolge addierte: 20 + 1

= 21; 19+2=21, 18+3=21, und so weiter. Insgesamt gab das 10 x 21 = 210, was viel schneller zu rechnen war als die langweilige Summe. Er erklärte es langsam, ausführlich, und mit kleinen Scherzen zwischendurch. Schließlich wiederholte er noch mal alles und fragte dann seinen Sohn, ob er verstanden habe. Er war viel zu aufgeregt gewesen, um folgen zu können, und so schüttelte er wahrheitsgemäß den Kopf. Sein Vater ging alles nochmal durch, aber obwohl er genau so langsam redete wie vorher, war ein leiser Unterton der Ungeduld unüberhörbar. Er wußte, dass er es diesmal verstehen musste, und so nickte er eifrig mit dem Kopf, als sein Vater geendet hatte. Der trug ihm auf, jetzt die Zahlen von eins bis zehn aufzuaddieren. Das war ja leichter, und so schrieb er die Zahlen untereinander auf und addierte sie, fehlerfrei im ersten Versuch, und blickte mit einer Mischung aus Stolz und Beklemmung zu seinem Vater hoch. Der seufzte, strich ihm sanft über den Kopf und sagte: „Du bist ein braver Junge; geh jetzt in die Küche und hilf Deiner Mutter, das Mittagessen vorzubereiten.“ Da wußte er, dass er versagt hatte.

Danach hatte sich sein Vater nur selten und widerwillig um die Schulaufgaben seines Sohnes gekümmert, während er sich fast jede Woche für ein paar Stunden mit seiner Tochter ins Arbeitszimmer zurückzog. Da er mit seinen intellektuellen Fähigkeiten seinen Vater nicht beeindrucken konnte, stürzte er sich auf den Sport. Mittelgroß, schnell, wendig, war er dazu prädestiniert, beim Football im Slalom durch die gegnerische Abwehr zu rennen, den Ball an seinen Körper gepresst. Mit fünfzehn Jahren spielte er für die erste Mannschaft seiner Schule, brachte manchen Ball über die Linie, und die Trainer der Collegeteams aus der Umgebung wurden auf ihn aufmerksam.

Wenn die ganze Familie im Winter zum Skifahren nach Lake Tahoe fuhr, glitt er elegant die schwarzen Pisten hinab, während sich die anderen redlich auf den roten Pisten abmühten. Doch seinen Vater konnte er mit seinen sportlichen Leistungen wenig beeindrucken. „Klar kannst Du in Collegeteams spielen, und wenn Du fleißig trainierst, schaffst Du es vielleicht sogar in die Profiliga. Bis Du fünfunddreißig bist, kannst Du einiges an Geld scheffeln, aber was machst Du dann? Den Rest Deines Lebens von Deiner glorreichen Vergangenheit träumen?“ sagte er ihm mal beim Abendessen.

Trotz allem beendete er die Schule mit passablen Noten, gerade in Mathematik und Physik gehörte er zu den Besten seines Jahrganges. Stanford University bot ihm ein Sportlerstipendium für das Footballteam an; das Studienfach konnte er sich frei auswählen. Als er überlegte, ob er nicht doch Physik studieren sollte, rief sein Vater ihn zu sich. Er riet ihm, Computerwissenschaften zu studieren. Die Softwareindustrie würde in den nächsten Jahrzehnten einen großen Aufschwung nehmen, und man bräuchte kein Genie zu sein, um dort Erfolg zu haben. Überraschenderweise riet ihm seine Mutter dasselbe: „Du solltest einen guten Rat annehmen, selbst wenn er von Deinem Vater kommt," sagte sie.

Also hatte er Informatik studiert, mit einem guten Examen abgeschlossen, und direkt eine Stelle bei einer Software-Schmiede im Silicon Valley gefunden. Schon im zweiten Jahr verdiente er mehr als sein Vater – zumindest, wenn man die Anteilscheine, die er als Bonus erhielt, zum Marktwert rechnete. Aber dann war innerhalb weniger Tage alles aus. Der überhitzte Aktienmarkt brach ein, die Kunden sprangen ab, die Banken sperrten die Kredite, die Firma machte Pleite. Auf einer letzten Party verbrannten er und seine Kollegen die Anteilscheine als Fanal für den Untergang einer kurzlebigen Kultur des schnellen Geldes und der endlosen Arbeitszeiten.

Ein Jahr lang lebte er bei seiner inzwischen geschiedenen Mutter und suchte verzweifelt nach einem Job. Dann vermittelte ihm ein Freund ein Angebot von einer kleinen Firma in München, die Software für Ärzte und Kliniken entwickelte und noch einen erfahrenen Programmierer mit guten Englischkenntnissen suchte. Zwar war das Produkt noch lange nicht marktreif und das Gehalt nicht gerade üppig, aber der potentielle Markt war groß und lukrativ. Deutsch hatte ihm seine Mutter schon als Baby beigebracht, und so sagte er sofort zu. Natürlich dauerte die Entwicklung länger als vorgesehen; Investoren wurden nervös und sprangen ab, neue kamen hinzu, und es gab Phasen, in denen er ein oder zwei Monate kein Gehalt bekam, bis ein neuer Sponsor gefunden war. Aber das Produkt war gut: Sie hatten die Alpha-Version, die schon recht stabil lief, einigen Kliniken und Gemeinschaftspraxen vorgestellt und zu überzeugen gewusst. Die Software war genau auf die Bedürfnisse der Medizin zugeschnitten und von jeder Assistentin zu bedienen. Jetzt mussten sie noch einige bekannte Fehler eliminieren, weiter testen, und dann, nächstes Jahr, würden sie endlich auf den Markt gehen, und in zwei, drei Jahren, wenn sie sich in Deutschland durchgesetzt hatten, kämen die französischen und spanischen Varianten heraus, jeweils an die Erfordernisse dieser Länder angepasst!

Er nahm die Füße wieder vom gegenüberliegenden Sitz herunter, stand auf und reckte sich. Die Zerrung im linken Unterschenkel schmerzte immer noch ein wenig. Letzten Sonntag war er auf einen Ast getreten, als er beim Joggen einem knurrenden Pitbull auswich, der an der Leine seines Besitzers zerrte. Er massierte den Muskel und streckte ihn dann vorsichtig. Trotz seiner langen Arbeitszeiten war er sportlich geblieben; jedes Wochenende lief er zehn bis zwanzig Kilometer, und wenn es die Arbeit zuließ, ging er zwischendurch ins Fitness-Studio.

Der Zug verlangsamte seine Fahrt; der Bahnhof von Neu-Ulm huschte am Fenster vorbei, dann die Brücke über die Donau. Was würde ihn hier erwarten? Würde man ihn verdächtigen, verhören, gar festnehmen? Schließlich hatte er ein allzu offensichtliches Motiv. Und was stand im Testament seines Vaters? Seinen Mindestanteil von einem Viertel konnte er ihm nicht vorenthalten, aber wenn sein Vater doch anders verfügt hatte, musste er das Testament anfechten, und es konnte lange dauern, bis die Klage entschieden war. Seine Schwester würde den größten Teil erben, da war er sich sicher. Seine Schwester – er hatte sie seit Jahren nicht mehr gesehen, selbst die obligatorischen Weihnachtskarten waren versiegt. Natürlich würde sie auch kommen, vielleicht war sie schon da, blond, schön, von Trauer gezeichnet. Sie würden sich nicht in geschwisterlicher Liebe am Grab ihres Vaters umarmen, aber vielleicht konnten sie sich ja über das Erbe einigen?

Der Zug hielt, er nahm seine Reisetasche, stieg aus und blickte um sich. Ein junger Polizist trat auf ihn zu: „Mr. Albert Miller, I presume?“ – „Ja, der bin ich; reden Sie ruhig Deutsch mit mir.“

20

Sie blickte auf die Donau hinunter, die träge dahinfloss, den Damm, auf dem sich Fußgänger, Radfahrer und Jogger tummelten, auf die Bäume, Gärten und Einfamilienhäuser auf der anderen Seite. Klein sah das alles aus, unwirklich; sie kam sich vor, als ob sie noch im Flugzeug wäre und auf ein ihr unbekanntes Land herabsähe. Dieser freundliche Kommissar mit dem seltsamen Akzent hatte sie in seinen Wagen komplimentiert und den verblüfften Kremer mit ein paar dürren Worten verabschiedet. Ihr war es lieber so; wie sie ihn kannte, hätte Kremer sie nicht in Ruhe gelassen während der Fahrt, ihr gesagt, wie schrecklich er alles finde, sie nach ihrem Privatleben ausgefragt, und sich von ihren einsilbigen Antworten nicht in seinem Redefluss stören lassen. In dem Polizeiwagen hatte sie sich zurückgelegt, die Augen geschlossen, und war wieder in diesen Dämmerzustand versunken. Erst als sie in Ulm ankamen und man sie gleich ins Kommissariat bringen wollte, war sie aufgewacht und hatte protestiert: „Nein, lassen Sie mich erst mal in Ruhe, schließlich bin ich keine Verdächtige, die man einfach aufs Revier schleppt. Bringen Sie mich ins beste Hotel, das es in Ulm gibt. Dann möchte ich erst meinen Bruder sehen, und danach stehe ich Ihnen zur Verfügung."

Gerne hätte sie einen Whisky aus der Minibar genommen, mit Soda und Eis gemischt, Schluck für Schluck den kühlen Drink genossen, und wäre danach aufs Bett gesunken und eingeschlafen. Aber ihr

Bruder musste bald kommen, und außerdem hatte sie zugestimmt, noch heute Nachmittag mit der Polizei zu reden. Schließlich lag ihr selber daran, so bald wie möglich zu erfahren, was genau passiert war.

Wenn die Polizei es so eilig hatte, war ihr Vater ermordet worden. Sie hatte es ja geahnt, das konnte kein Unfall sein. Aber wer konnte es gewesen sein? Nach allem, was sie wußte, hatte er ein zurückgezogenes Leben geführt – aber wieviel wußte sie eigentlich über sein Leben in Ulm? Sie hatte ihn ein einziges Mal besucht, im ersten Jahr, als er sich das Haus gekauft hatte. Danach hatten sie sich stets zu Ferien getroffen, mal in Europa, mal in Amerika. Er hatte sich immer ausführlich nach ihrem Leben erkundigt, nach ihrer Arbeit, ihren Freunden, ihren Männern. Von sich selber erzählte er nur wenig, in den letzten Jahren meistens über seine Forschung an der Kohlenstoff-Zelle. Freunde schien er keine zu haben. Gelegentlich erzählte er etwas über Kremer, aber meist in einer leicht ironischen Art, was sie nicht verwunderte, da sie sein zwiespältiges Verhältnis zu ihm kannte. Vor Jahren hatte er etwas über eine Affäre mit einer jüngeren, verheirateten Frau angedeutet, aber als sie in den nächsten Ferien darauf anspielte, wich er aus – offenbar war die Geschichte beendet, oder zumindest problematisch. Später hatte er beiläufig eine Lehrerin erwähnt, mit der er in die Oper oder ins Theater ging, aber als sie ihn neckte: ‚Na, wär die nichts für Dich? Eine gebildete Frau, und wenn sie Schwäbin ist, kann sie bestimmt gut kochen!' hatte er aufgelacht: ‚Wenn sie für mich dreißig Kilo abnimmt, und sich um zehn Jahre verjüngt...' Ansonsten waren sie in den Ferien gewandert, hatten Städte besichtigt, gingen ins Theater oder Kino, oder lasen einfach des Abends und redeten beim Essen oder bei einem Glas Wein über das, was sie gesehen oder gelesen hatten.

Hätte sie sich mehr um ihren Vater kümmern sollen? Aber er war nicht der Typ Mann, um den man sich kümmern konnte oder gar musste. Er ruhte in sich selber, und falls er einsam war, schien er nicht darunter gelitten zu haben. Eine Bemerkung fiel ihr ein, die ihre Mutter einmal gemacht hatte, als sie sich in San Francisco zum Abendessen trafen. ‚Sophie', hatte sie gesagt, ‚ich bereue nicht, dass ich mich von Deinem Vater getrennt habe, aber gleichgültig ist er mir trotzdem nicht. Du bist jetzt der wichtigste Mensch in seinem Leben, und wirst es auch bleiben, falls er nochmal heiratet. Denk daran, er ist gar nicht so stark und selbstsicher, wie er immer tut. Er stellt sehr hohe Ansprüche an sich selbst, und hat immer ein bisschen Angst, ihnen nicht zu genügen. Anderen Menschen gegenüber ist er eigentlich schüchtern und hat Angst vor Zurückweisung, obwohl man das nicht glauben mag, so überzeugend wie er auftritt.' Sie hatte ihrer Mutter nur halb geglaubt damals; außerdem wußte sie nicht, welche Konsequenzen sie daraus hätte ziehen sollen – ihre Professur in Yale aufgeben, zu ihrem Vater auf die Alb ziehen und ihn bekochen und bemuttern? Nein, sie musste sich nichts vorwerfen, obwohl... Vielleicht hätte sie versuchen sollen, seine Schale der Zurückhaltung zu durchbrechen?

Das Telefon läutete, ihr Bruder war unten in der Lobby. „Schicken Sie ihn rauf," sagte sie und wandte sich wieder dem Fenster zu. Plötzlich drehte sie sich ruckartig um und begann, unruhig auf und ab zu gehen. Nachdenklich steckte sie einen Finger in den Mund und wollte an dem Nagel kauen, als sie, von sich selber überrascht, vor einem Spiegel stehen blieb. Nägelbeißen – das hatte sie doch nicht mehr getan, seitdem sie fünf Jahre alt war! Sie zupfte ihren schwarzen Rock zurecht, strich ihre weiße Bluse glatt, überlegte, ob sie ihr Jackett wieder überziehen sollte, ließ es aber sein. Sie musterte sich von oben bis unten. ‚Haltung, Sophia', sagte sie zu ihrem Spiegelbild.

Endlich klopfte es an der Tür. Sie öffnete. „Komm rein", sagte sie zu ihrem Bruder. Der ging an ihr vorbei zur Mitte des Zimmers; sie folgte ihm, und dann standen sich beide gegenüber, unschlüssig, ob sie sich die Hand reichen oder umarmen sollten. Schließlich fassten sie sich gegenseitig an den Schultern, aber ihre Wangen verfehlten sich um eine Handbreite. Beide machten einen Schritt zurück, und er sah sich um. „Maritim, zwanzigster Stock, Blick über die Donau. Ich übernachte in einer kleinen Pension. Sie bezahlen Dich gut in Yale." – „Ja, sicher, aber was soll das, ist das jetzt wichtig?"– „Leute, die Geld haben, behaupten immer, es mache nicht glücklich. Aber ich kenne keinen, den es unglücklich gemacht hätte." – „Könnte von Papa sein, wenigstens seinen Sarkasmus hast Du geerbt." – „Seine Intelligenz hast Du ja geerbt, willst Du sagen, dazu die Schönheit unserer Mutter." – „Hör mal Bertie, Papa ist tot, wahrscheinlich ermordet. Wenn ich eins nicht will, dann ist es, jetzt mit Dir streiten." – „Entschuldigung." Er setzte sich in einen der beiden Sessel und schlug die Hände vors Gesicht. „Tut mir leid, Sophie. Ich kann nicht traurig sein, dass er tot ist, ich kann nicht froh sein, dass er tot ist, ich bin einfach leer. Und ich wünschte, er hätte mir die scheiß zweihunderttausend Euro gegeben vor drei Wochen, als ich ihn zum letzten Mal sah. Dann könnte ich jetzt mit so etwas wie Dankbarkeit oder Hochachtung an ihn denken." Sie blickte ihn kühl an. „Ich weiß zwar nicht, was im Testament steht, aber wenn es Dir um das Geld geht: Wenn Du die Zweihunderttausend wirklich brauchst, wirst Du sie bekommen. Es sollte genug für uns beide da sein." – „Und was ist, wenn er alles einer Stiftung vermacht hat? Er sagte doch immer: Wir Eltern geben Euch eine gute Ausbildung, aber für Euren Beruf und Eure Finanzen seid Ihr selbst verantwortlich." – Sie wurde rot. „Ich bin die Haupterbin, er hat es mir vor einem Jahr gesagt." – „Ja natürlich, Du, die Lieblingstochter." Sie setzte sich in den anderen Sessel. „Ja ich, die Lieblingstochter." Sie vergrub das Gesicht in der Biegung ihres Armes und begann zu weinen. Er zog die Hände von seinem Gesicht und blickte zu ihr hinüber. „He, Sophie," flüsterte er, aber sie reagierte nicht. Er streckte seine Hand aus, um sie an der Schulter zu berühren, zog sie aber wieder zurück; sie hätte sie bestimmt abgeschüttelt.

Nach ein paar Minuten hatte sie sich gefasst, stand auf, ging ins Bad, trocknete sich die Augen, kämmte einige Minuten lang ihre blonden Haare, kam zurück und setzte sich dann wieder in den Sessel. „Wir müssen ein paar Dinge besprechen. Kannst Du Dich um die Beerdigung und die Formalitäten kümmern? Schließlich wohnst Du in diesem Land. Beauftrage ein Institut; es kann ruhig teuer sein, aber lass Dich nicht ausnehmen. Papa wollte eine Feuerbestattung. Mach den Termin so früh wie möglich, ich möchte nicht länger bleiben als nötig."

„Ja, Schwester, mach ich." ‚Auch jetzt muss sie mich noch rumkommandieren,' dachte er. Sie war genau wie ihr Vater, herrisch und egozentrisch, und dann wunderte sie sich, dass er nicht in brüderlicher Liebe an ihr hing. Doch es war wirklich nicht der richtige Zeitpunkt, mit ihr zu streiten, und so blieb er beim Geschäftlichen: „Übrigens, sein Anwalt hat mich kontaktiert. Er möchte uns das Testament eröffnen."

„Gut, mach mit ihm einen Termin ab für morgen Nachmittag, sagen wir um drei Uhr oder vier. Morgen früh möchte ich erst mal ausschlafen." Leise fügte sie hinzu: „Wenn ich kann."

Sie schwiegen eine Weile, dann blickte sie auf die Uhr. „In einer halben Stunde kommt ein Polizist, um mit mir zu reden. Ich weiß fast nichts über das Leben von Papa hier in Ulm. Du hast ihn doch ein paar Mal besucht. Erzähl doch mal einfach."

„Wahrscheinlich weiß ich noch weniger als Du. Ich habe ihn zweimal besucht. Das erste Mal vor etwa zwei Jahren, an einem Wochenende. Er war freundlich, fragte ausführlich nach meinem neuen Job, was für eine Software das wäre, und schien recht zufrieden mit dem, was ich ihm sagte. Er lud mich sogar ein, über Nacht zu bleiben, und fragte, ob ich Lust hätte, mit ihm nach Stuttgart in die Oper zu fahren. Ich konnte schlecht nein sagen, und so fuhren wir hin. Es war Don Carlos von Verdi, erstklassige Sänger, ein berühmter Dirigent. Aber während des ersten Satzes schlief ich ein, und wurde erst beim Applaus wieder wach."

„Banause! Er hat bestimmt die besten Karten gekauft, die zu haben waren."

„Sophie, Du weißt doch wie das ist in unserer Branche. Wir arbeiten bis zu sechzehn Stunden am Tag, oft noch an den Wochenenden. Ich war einfach hundemüde, dazu die bequemen Sessel, die angenehme Musik. Er sagte nichts, aber anschließend war er wieder so schweigsam und zurückhaltend, wie ich ihn kenne. Am nächsten Morgen bin ich dann früh unter einem Vorwand nach München zurückgefahren."

„Hat er Dir nicht die Brennstoffzelle gezeigt, an der er arbeitete?"

„Brennstoffzelle? Nein, wieso? Er ließ nur durchblicken, dass er an einem größeren Projekt arbeitete." Plötzlich fuhr er auf: „Brennstoffzelle? Natürlich, er hat doch an diesem Institut für Brennstoffzellen gearbeitet. Sophie, weißt Du, dass es noch eine Tote gegeben hat? Eine Sekretärin von diesem Institut wurde heute morgen tot aufgefunden, wahrscheinlich Mord. Die Meldung kam heute durchs Internet."

Sie erschrak und schwieg eine Weile; dann sagte sie leise und betont: „Bertie, Papa hat eine Brennstoffzelle entwickelt, die mit Kohlenstoff läuft, mit einem Wirkungsgrad von 80%. Du kannst Dir denken, welche Folgen das für die Weltwirtschaft hat. Wenn sie davon wüssten, würden viele Firmen, Manager, Ölscheichs um jeden Preis verhindern, dass die Zelle auf den Markt kommt. Ich dachte mir gleich, dass sein Tod mit der Zelle zu tun hat. Vielleicht wußte die Sekretärin auch davon, vielleicht hat er sie eingeweiht. Papa deutete mir mal an, dass er eine Geliebte hatte, das könnte die Sekretärin gewesen sein."

„Eine Brennstoffzelle mit Kohlenstoff? Mit 80% Wirkungsgrad? Die Zellen, die auf dem Markt sind, schaffen mit Mühe 40%. Das ist ja eine technische Revolution, das stellt die Welt auf den Kopf!" Er hielt inne und dachte einen Moment nach. „Aber die können doch nicht alle umbringen, die von der Zelle wissen? Zum Beispiel Dich, und jetzt auch mich! Es muss doch noch viel mehr Leute geben, die davon wissen, vor allem in diesem Institut. Und was ist mit Deinem alten Freund Kremer, wußte der Bescheid?"

„Ja, er hat Papa unterstützt, und gelegentlich mit ihm experimentiert. Er hat mich übrigens heute am

Flughafen abgeholt, ich frage mich warum. Kann sein, dass er mir etwas sagen wollte, aber er fand keine Gelegenheit dazu. Ein freundlicher Polizist hat mich auch abgeholt, und ich bin lieber mit ihm gefahren. Du weißt ja, wieviel Kremer redet, wenn man ihn lässt."

„Weiß ich; aber was hätte es denn sein können, was er Dir sagen wollte? Meinst Du, er wollte Dich warnen?"

Das Telefon läutete; sie stand auf, ging zu dem kleinen Schreibtisch und nahm den Hörer ab. „Ja, am Apparat," sagte sie, dann hörte sie eine Weile zu. „Hören Sie," sagte sie schließlich, „mein Vater ist gestorben, und mir ist im Moment nicht nach irgendwelchen Geschäften. Aber was Sie sagen, hört sich interessant an. Melden Sie sich übermorgen bei mir, und dann machen wir einen Termin ab."

Sie legte auf und wandte sich wieder ihrem Bruder zu, ehe er sie nach dem Telefonat fragen konnte. „Ich weiß nicht, ob wir in Gefahr sind, Bertie, aber wir sollten vorsichtig sein. Die Polizei kommt gleich; am besten, Du gehst jetzt, wir sehen uns ja morgen wieder – oder hast Du mir noch was Wichtiges zu sagen?"

„Nein," sagte er und stand auf. „Ich habe versprochen, noch mal zu einer Aussage aufs Polizeirevier zu gehen. Ich gebe Dir dann Bescheid wegen des Testaments."

Sie ging auf ihn zu und blieb vor ihm stehen. Plötzlich umarmte sie ihn, drückte ihre Wange gegen seine, und trennte sich abrupt wieder. „Also dann, bis morgen Bertie."

21

Schmitz betrat das Foyer des Maritims und blickte sich diskret um. So sahen also die Hotels aus, die er sich nie würde leisten können: Eine hohe Eingangshalle, die sich über zwei Etagen erstreckte, an den Seiten Bars, Restaurants und Modegeschäfte mit sündhaft teuren Auslagen, und im Hintergrund plätscherte sanfte Klaviermusik. Er ging zur Rezeption und war versucht, seinen Ausweis zu zücken und dem Angestellten, der ihn mit freundlicher Herablassung ansah, ‚Schmitz, Kriminalpolizei Ulm, Mordkommission,' ins Gesicht zu schleudern. Stattdessen sagte er, seine Stimme dem Ambiente anpassend: „Mein Name ist Schmitz; Frau Prof. Miller erwartet mich. Wenn Sie so freundlich wären, mich bei ihr anzumelden."

Wenig später klopfte er an ihre Tür; sie öffnete, ließ ihn ein, bat ihn, in einem schweren Ledersessel Platz zu nehmen und setzte sich ihm gegenüber. So sahen also die Frauen aus, mit denen er nie privat verkehren würde: schön, elegant, selbstsicher. Das leichte schwarze Kostüm, das sie trug, hatte bestimmt die Hälfte seines Monatsgehalts gekostet. Woran sah man das eigentlich, was unterschied es von den zweihundert-Euro-Kleidern, die Christel trug? War es der Stoff, oder der Schnitt, oder die Art, in der es jeder Linie ihres Körpers, jeder ihrer Bewegungen folgte?

Er wollte das Gespräch mit einigen mitfühlenden Worten zum Tode ihres Vaters eröffnen, aber sie kam ihm zuvor: „Mein Vater ist also ermordet worden; wissen Sie schon wer es war, und warum?" Nur ein leichtes amerikanisches Rollen des 'r' ließ erkennen, dass Deutsch nicht ihre erste Sprache war.

So durfte er sich das Heft nicht aus der Hand nehmen lassen. Er ließ sie fast eine Minute auf seine Antwort warten und studierte unterdessen ihre Züge. Nachdem der Glanz des ersten Eindruckes verflogen war, sah er die Trauer in ihren Augen und die nervöse Müdigkeit, die über ihrem Gesicht lag. Sie war schön, zweifellos, aber es lag eine gewisse Herbheit in ihren Zügen, die durch ihr selbstsicheres Auftreten unterstrichen wurde. Hätte er sie auf einer Party getroffen, wäre er versucht gewesen, mit ihr zu flirten, aber eine innere Stimme hätte ihn gewarnt: ‚Die Frau kriegst Du nie, oder wenn Du sie doch kriegst, bringt sie Dich nach der ersten Liebesnacht um, wie eine schwarze Witwe.'

Gerade als sie ihren Mund ungeduldig wieder öffnen wollte, antwortete er: „Es stimmt, Ihr Vater ist ermordet worden; wir haben den Täter gefasst, es war ein Berufskrimineller aus dem ehemaligen Jugoslawien." Dann schwieg er wieder.

„Ja aber wieso," fuhr sie auf, „war das etwa ein normaler Raubmord? Aber das passt doch gar nicht, warum hat er dann die Zelle zerstört? Das gibt doch gar keinen Sinn!"

Die Initiative lag jetzt bei ihm, er lehnte sich vor und blickte sie konzentriert an. Sie war eine intelligente Frau, kannte ihren Vater besser als sonst jemand, und schien keinerlei Motiv zu haben, ihn zu ermorden. Er brauchte ihre Kooperation; vielleicht hatte sie einen Verdacht, wer dahinter stecken könnte, und wer denen, wer immer es war, die nötigen Informationen geliefert hatte. Sie kannte die beiden Hauptverdächtigen, Kremer und ihren Bruder, aber vielleicht gab es ja noch andere. Er erzählte ihr in groben Zügen, was passiert war, erwähnte aber zunächst weder den Überfall noch den Tod der Sekretärin.

Als er fertig war, schwieg sie eine Weile, dann sagte sie: „Es gibt also irgend jemanden, oder auch irgend eine Organisation, mit viel Geld, die im Hintergrund die Fäden zieht. Aber es muss auch jemanden vor Ort geben, der sich auskannte im Labor meines Vaters; vielleicht ist es dieselbe Person, die den Auftrag gegeben hat. Den müssen Sie finden, und über den kommen sie vielleicht auch an den oder die Mörder."

„Genau so ist es. Es muss jemand sein, der Zugang zum Labor hatte, oder ihn sich leicht verschaffen konnte. Und ein wenig sachkundig musste er auch sein."

„Kremer,"sagte sie spontan, „der hat doch mit meinem Vater an der Zelle gearbeitet. Aber, ich weiß nicht..."

„Er hat sich das beste Alibi verschafft, er war zur Tatzeit in Indien. Natürlich musste er gar nicht in Ulm sein, man hat ja einen Profi beauftragt. Glauben Sie, er war's?"

Sie zögerte. „Spontan würde ich sagen: nein. Er hat ja meinen Vater unterstützt in den letzten Jahren, ihm die Stelle an seinem Institut verschafft, ihm später bei der Forschung an der Zelle geholfen. Meine Vater und er waren zwar keine Freunde, aber sie arbeiteten gut zusammen und verließen sich aufeinander. Ich sehe auch kein Motiv; mein Vater hätte ihn mit 10-20% beteiligt, sagte er mir mal, und das wäre eine Menge Geld."

„Sie waren doch mal mit ihm näher befreundet; würden Sie ihm überhaupt einen Verrat zutrauen?"

„Mein Gott, dass ist schon ewig her. Ich war noch fast ein Kind, und ging halt ein paar Wochen mit ihm aus, mehr nicht. Später habe ich ihn kaum noch gesehen; das letzte Mal vor ein paar Jahren, als ich meinen Vater hier besuchte. Ansonsten schickt er eine email zu Weihnachten und auch zu meinem Geburtstag. Wahrscheinlich hat er ein Computer-Programm, das dies für ihn erledigte. Ich war überrascht, als er sich erbot, mich vom Flughafen abzuholen. Sehen Sie, das spricht auch gegen ihn als Täter: Man lässt nicht erst den Vater umbringen und holt dann die Tochter ab."

„Gut, lassen wir Kremer erstmal. Gehen wir die anderen Möglichkeiten durch." Er musste sie jetzt schockieren, aber es ging nicht anders, außerdem war es die beste Taktik, etwas aus ihr herauszubekommen: „Ihr Bruder; er hatte die Möglichkeit und auch ein Motiv: er braucht Geld."

Sie fuhr auf: „Mein Bruder? Niemals."

„O.k., das war jetzt die Schwester. Jetzt frage ich die Wissenschaftlerin: Treten Sie ein paar Schritte zurück und betrachten sie ihn objektiv. Könnte er es gewesen sein?“

Sie lächelte ein wenig, ihre Züge wurden milder. „Nein, Albert ist nicht der Typ dafür. Er wollte nichts mehr, als die Anerkennung seines Vaters erringen. Da hilft es nicht, wenn man ihn umbringt. – Das habe ich jetzt als Amateurpsychologin gesagt.“

Das musste nicht unbedingt stimmen, man konnte sich auch von seinem Übervater durch einen Gewaltakt befreien. Aber es brachte nichts, das Thema weiter zu verfolgen. „Wenn Ihnen sonst keiner einfällt...„Sie schüttelte den Kopf. „Gut, dann möchte ich Sie etwas ganz Anderes fragen: Hat Ihr Vater sich eigentlich nie Gedanken über die Folgen seiner Erfindung gemacht? Über die sozialen, wirtschaftlichen, politischen Folgen, die eine Umstellung von Öl auf Kohle mit sich bringen würde? Vielleicht liegt hier ja auch der Grund, warum er ermordet wurde?“

Sie antwortete rasch: „Zuerst überhaupt nicht. Sehen Sie, mein Vater war Wissenschaftler; er forschte über Brennstoffzellen und wollte einfach die bestmögliche Zelle entwickeln. Das Thema war äußerst reizvoll: Stellen Sie sich vor, hundert Jahre lang hat man versucht, diese Kohlenstoffzelle zu bauen, ohne einen Schritt weiterzukommen. Schließlich gab man auf, und fünfzig Jahre später machte er sich daran, dieses alte Problem zu lösen. Es war für ihn eine intellektuelle Herausforderung, ähnlich wie... ja, ähnlich wie der große Satz von Fermat, der über hundert Jahre lang die Mathematiker beschäftigt hat und kürzlich bewiesen wurde. Sie haben bestimmt davon gehört."

Er nickte; das war ja damals durch die ganze Presse gegangen. Er hatte sogar ein Buch darüber gekauft, das noch ungelesen im Regal stand.

„Für die Arbeit an der Zelle musste er sich in den verschiedensten Gebieten auskennen: Er arbeitete sich in die neuesten Entwicklungen in der Katalyse ein und versuchte, diese Konzepte auf sein Problem zu übertragen. Er lernte, quantenchemische Programme zu benutzen, um mögliche Reaktionswege zu berechnen. Und er hatte die richtige Idee, nur eine autokatalytische Reaktion könnte die Zelle in Gang halten, also beschäftigte er sich mit der Theorie dieser Reaktionen." Sie machte eine Pause und blickte zu Schmitz hinüber, ob er ihr folgen könne, aber der nickte ermutigend. „Dazu kamen technische Probleme bei der Konstruktion der Zelle, die er lösen musste. Das war genau die Art von Forschung, die meinem Vater lag: Verschiedene Techniken anwenden und Zusammenhänge sehen, die sonst keiner sah. Er sagte mir mal: ‚Selbst wenn das nie etwas wird mit der Zelle, ist es nicht tragisch. Die Arbeit macht mir einfach Spaß! Schließlich hat Einstein die letzten zwanzig Jahre seines Lebens vergeblich nach der allgemeinen Feldtheorie gesucht und schien glücklich dabei.' Ich selbst war skeptisch, ob es ihm wirklich gelingen würde, die Zelle zu konstruieren, aber ich habe ihn immer ermutigt, weiterzumachen. Außerdem dachte ich: Wenn es überhaupt jemand schafft, dann er. Nicht nur, weil er ein brillanter Wissenschaftler war – das war er gewiss – sondern auch, weil er das hatte, was anderen brillanten Wissenschaftlern fehlt: Zeit, die Muße, nachzudenken. Und er hatte die Mittel, die er brauchte, und musste nicht alle paar Monate einen Antrag für Geld schreiben oder sich bei irgend jemandem rechtfertigen, was er gemacht hatte."

Sie hatte lebhaft gesprochen, mit Wärme – und mit einem gewissen Charme. Ein leichtes Lächeln umspielte ihre Lippen, wenn sie einen Gedanken betonte. Schmitz konnte sich vorstellen, wie sie bei wissenschaftlichen Diskussionen auftrat. Bei ihrem Aussehen und ihrer Rhetorik hatten ihre männlichen Kollegen gewiss einen schweren Stand. Fast hätte er vergessen, wonach er sie eigentlich gefragt hatte. „Gut," sagte er, „ich verstehe, warum er nach der Zelle forschte. Aber was ist mit den gesellschaftlichen Konsequenzen? Schließlich haben die Wissenschaftler seit dem Bau der Atombombe gelernt, auch daran zu denken."

„Am Anfang schienen die ethischen Aspekte ganz einfach. Es handelt sich ja nicht um eine Bombe, sondern um eine Zelle, die Energie liefert, auf höchst effektive Weise. Natürlich wird die Kohle zu Kohlendioxid umgesetzt, die Zelle löst also nicht den Treibhauseffekt. Aber das tut die normale Wasserstoffzelle auch nicht: Zwar entsteht bei ihr nur Wasser, aber den Wasserstoff muss man schließlich erzeugen, und dazu braucht man Energie in anderer Form. Mein Vater schätzte, dass ein mit seiner Zelle betriebenes Auto etwa 50% weniger Kohlendioxid abgäbe als ein Auto mit dem herkömmlichen Otto-Motor, und das ist doch ein großer Fortschritt, wenn auch vielleicht nicht die Lösung für alle Zeiten. ‚Mag sein, dass meine Zelle nur die Zeit überbrückt, bis die Kernfusion technisch ausgereift ist.' sagte er mir mal."

Wieder hielt sie einen Moment inne und vergewisserte sich, dass Schmitz ihr folgte, dann fuhr sie fort: „Ich sah das genau so wie er. Erst als die Zelle fast fertig war, dachte ich über die politischen Folgen nach und fragte ihn im letzten Urlaub, als wir bei einem Glas Wein die Abendstimmung genossen: ‚Sag mal, hast Du eigentlich überlegt, welche Konsequenzen es hat, wenn Deine Zelle auf den Markt kommt, was mit der Weltwirtschaft passiert?' Ich weiß noch gut, dass er seinen Blick lange in der Ferne, irgendwo am Horizont ruhen ließ, ehe er mir antwortete: ‚Du hast Recht, ich mache mir auch Sorgen. Innerhalb weniger Jahre wird die Nachfrage nach Öl sinken und der Preis ins Bodenlose fallen. Die arabischen Golfstaaten und Scheichtümer werden verarmen oder sich auflösen, aber denen wird kaum einer eine Träne nachweinen. Aber was wird aus den großen Staaten wie Russland und Iran, die vom Verkauf von Öl und Gas leben? Kommt es zu Kriegen oder Revolutionen? Was wird aus dem Iraq, was aus dem ganzen Nahen Osten? Ich weiß es nicht.' – ‚Und was ist, wenn Du die Einführung der Zelle einfach verschiebst, bis die Zeiten ruhiger sind, oder sie einfach geheim hältst?' fragte ich ihn. Er antwortete mir: ‚Es gibt doch immer irgendwo Krieg, Unruhen, Konfrontationen. Kannst Du mir einen Zeitraum in den letzten hundert Jahren nennen, in denen eine Revolution auf dem Energiesektor nicht zu politischen Umwälzungen mit unabsehbaren Folgen geführt hätte? Klar, ich könnte meine Zelle in meinem Labor einschließen und verstecken, aber dann käme innerhalb von zehn Jahren jemand Anderes damit auf den Markt. Es gibt kein wissenschaftliches Werk, das nur einer vollbringen kann. Abgesehen davon: Ich habe vor ein paar Jahren erste Ergebnisse veröffentlicht und damit etwas Aufsehen erregt, auch wenn die Zelle damals nur einen Wirkungsgrad von 5% hatte. Irgendwo sitzt bestimmt jemand, vielleicht sogar ein ganzes Team, das auf demselben Weg ist, den ich in den letzten Jahren beschritten habe.' So oder so ähnlich drückte er sich aus, und er hatte Recht."

Sie schwieg und ließ ihre Worte auf Schmitz wirken, der aufmerksam zugehört hatte. Ihre Argumentation war logisch, so ähnlich hätte er wohl auch gedacht, aber... „Aber warum wollte er denn ausgerechnet an eine Firma wie General Powers verkaufen? Die hätten doch das Monopol gehabt. Außerdem – verzeihen Sie, Sie mögen das als Amerikanerin anders sehen – hätte es die Macht der USA zu einer Zeit gestärkt, in der ihre Regierung eine – wie soll ich es ausdrücken – wenig sympathische Außenpolitik betreibt."

„Sagen Sie ruhig: eine kriegerische, verbrecherische und dazu noch dumme Politik. Mein Vater und ich haben das auch lange diskutiert an jenem Abend. Er hatte sich an General Powers gewandt, weil er dort noch ein paar Leute von früher kannte, und weil die Firma in der Lage ist, die Zelle schnell auf den Markt zu bringen. Aber jetzt waren ihm auch Bedenken gekommen. Seine größte Sorge war allerdings, dass sie die Zelle kaufen und in ihren Archiven verschwinden lassen würden. Deshalb wollte er sich vertraglich einen Einfluss auf die Entwicklung und Markteinführung sichern. Außerdem sollten die Patente nach fünf Jahren freigegeben werden. Das hätte General Powers zunächst ein Milliardengeschäft verschafft, aber nach wenigen Jahren hätte man die Zellen überall nachbauen können. Für den Fall, dass General Powers nicht auf seine Forderungen eingehen wollte, hatte er schon Kontakte mit Siemens und sogar mit Gazprom aufgenommen."

Schmitz dachte eine Weile über ihre Worte nach, dann fragte er: „Wie geht es weiter, was passiert jetzt mit der Zelle?"

„Zunächst warten wir die Eröffnung des Testaments ab, wahrscheinlich ist sie morgen, und dann werde ich überlegen, was ich tue."

Sie wußte also, dass sie Haupterbin war, sonst hätte sie nicht von ‚wir' zu ‚ich' gewechselt. Aber es brachte nichts, sie darauf anzusprechen. Stattdessen sagte er: „Es gibt noch zwei Dinge, die ich Ihnen mitteilen muss. Zunächst: Gestern gab es einen Überfall auf das Haus Ihres Vater. Der Polizist, der das Haus bewachte, ein Detektiv und eine Nachbarin wurden festgehalten, und dann wurde das Haus gründlichst durchsucht. Es war eine professionelle Bande, und wir haben bis jetzt noch keine Anhaltspunkte, wer es war. Aber es sieht so aus, als ob sie irgendeine wichtige Sache oder Information suchten. Wer auch immer dahinter steckt, braucht noch etwas, von dessen Existenz er vor dem Mord nichts wußte. Mir ist nicht klar, was das sein kann. Alle wichtigen Einzelheiten über die Zelle sollten doch in dem Patent stehen. Ich verstehe sowieso nicht, was man mit dem Mord bezweckte, wenn es wirklich nur um die Zelle ging, denn mit dem Tod des Erfinders hat man ja die Einführung der Zelle höchstens verzögert."

Täuschte er sich, oder war sie eine Spur blass geworden? Jedenfalls ging sie nicht auf seine Gedanken ein, sondern fragte: „Und was ist die andere Sache?"

„Heute morgen ist die Chefsekretärin des Instituts für Brennstoffzellen ermordet worden, mit vergiftetem Parfüm, das man ihr per Post zugeschickt hat. Wahrscheinlich hat der Mord mit dem an ihrem Vater zu tun, vielleicht auch direkt mit dem Überfall von gestern."

„Glauben Sie, es sind noch mehr Leute in Gefahr? Zum Beispiel ich?"

„Sie? Ich glaube nicht, Sie waren ja seit Jahren nicht mehr in Ulm. Ich dachte eher an ihren Bruder, der ja eine technische Ausbildung hat und in München lebt. Wie dem auch sei, so lange sie beide in Ulm sind, werde ich sie von meinen Leuten beschützen lassen. Ich nehme an, es ist Ihnen recht."

Sie nickte, aber sagte nichts. Plötzlich stand sie auf und ging zur Minibar. „Ich brauche jetzt einen Whisky. Sind Sie so nett und trinken einen mit? Es ist so deprimierend, wenn man alleine trinkt. Und in fünf Minuten gehen Sie bitte; ich habe Ihnen alles Wichtige gesagt."

Streng genommen war er ja noch im Dienst, aber andererseits war seine normale Dienstzeit seit einer Stunde zu Ende. Wer weiß, vielleicht würde sie ja doch noch etwas sagen. „Gern," sagte er, „aber bitte nur einen schwachen: etwas Whisky, viel Soda, und einen Würfel Eis."

Sie brachte ihm sein Glas und setzte sich mit ihrem wieder in den Sessel. Die Sonne stand jetzt tief, beschien das Fenster hinter ihnen von der Seite und tauchte es in ein rosa Licht, das aber nicht bis zu ihnen vordrang. Sie tranken schweigend, sie in großen Zügen, während er nur nippte. Plötzlich legte sie ihren Kopf in die Lehne zurück und schloss die Augen. Wenig später drang ein leises Schnarchen zu ihm herüber. Er stand auf, leerte sein Glas in einem Zug, holte vom Bett eine leichte Decke und deckte sie zu. Einen Moment lang zögerte er und studierte ihr Gesicht. Alle Härte war verschwunden, sie glich einem traurigen, schlafenden Mädchen. Dann ging er hinaus und zog leise die Tür hinter sich zu. Er kam sich vor wie ein Gentleman in einem Hollywoodfilm der fünfziger Jahre.

Kurz nachdem er gegangen war, läutete das Telefon. Sie wachte auf, blickte erstaunt um sich. Dann fiel ihr ein, wo sie war. Sie stand auf und ging mit unsicheren Schritten zum Telefon. „Hallo Sophie, ich bin's, Jochen." Kremer schien zu flüstern. „Was hast Du mir denn Wichtiges zu sagen? Ich war gerade eingeschlafen." – „Sophie, sei vorsichtig. Ich glaube, sie bringen alle um, die mit der Zelle zu tun haben. Heute ist meine Sekretärin ermordet worden, wahrscheinlich wollen sie mich als Nächsten töten. Wenn Du irgend etwas über die Zelle weißt, bist Du auch in Gefahr." – „Wer sind ‚sie'?" – „Wenn ich das nur wüsste." Er legte auf.

Sie ging zur Minibar, füllte ihren Whisky auf und stellte ihn auf den Nachttisch. Dann zog sie Kostüm und Bluse aus, legte sich ins Bett und schlief sofort ein, ohne den Whisky wieder berührt zu haben.

22

„Kommen Sie hier herein, Herr Miller; es ist nett von Ihnen, dass Sie uns zu dieser Stunde noch Auskunft geben wollen." Krüger führte den jungen Mann in ein Vernehmungszimmer, wo sie an einem kleinen Tisch Platz nahmen. Er studierte sein Gegenüber: Sportlich sah er aus, ein wenig exzentrisch mit seinem Pferdeschwänzchen, doch keineswegs unsympathisch. Aber Albert Miller hatte ein offensichtliches Motiv, seinen Vater zu ermorden, er brauchte dringend Geld. Zudem hatte er seinen Vater erst kürzlich besucht, und dieser hatte es sich bestimmt nicht nehmen lassen, seinem Sohn stolz seine Brennstoffzelle zu zeigen. Er war also einer der wenigen, die wussten, dass die Zelle funktionierte, und vermutlich wußte er auch, wie man sie zerstören konnte. Als Programmierer konnte er den Mord über das Internet organisiert und hinterher alle Spuren verwischt haben.

So weit war der Verdacht plausibel. Aber wenn das stimmte, was sollte dann der Überfall am Tag danach? Als Sohn hätte er doch einfach warten können, bis die Polizei das Haus freigab, um es dann in aller Ruhe zu durchsuchen. Und wozu der zweite Mord?

Krüger war ratlos; es gab keinerlei Anhaltspunkte, nichts, mit dem er Miller hätte unter Druck setzen können. Blieb nur, ihn in ein Gespräch zu verwickeln, auf Unstimmigkeiten zu achten, auf Hinweise zu hoffen. Also begann er einfach mit einer naheliegenden Frage: „Wissen Sie, ob ihr Vater Feinde hatte?"

Albert überlegte eine Weile: „Das habe ich mich natürlich auch gefragt. Sein Leben hier in Ulm kannte ich zu wenig. Sie wissen ja, dass mein Vater und ich uns entfremdet hatten; deswegen habe ich ihn nur selten hier besucht."

Krüger nickte und fragte: „Und früher, aus seiner Zeit in Berkeley?"

„Natürlich hat sich mein Vater Feinde gemacht. Er hatte eine brüske, manchmal fast rücksichtslose Art. Wenn er ein Ziel verfolgte, ging er über Leichen, metaphorisch gesprochen. Aber sollte ihn deswegen jemand ermorden, und das nach so langer Zeit?"

Krüger glaubte dies auch nicht, aber er wollte Miller am Reden halten. Vielleicht fiel ihm ja etwas ein, oder er sagte etwas Unbedachtes. Also erwiderte er: „Es heißt doch: Rache ist ein Gericht, das am besten kalt genossen wird."

„Aber so kalt? Nach so viele Jahren? Aber vielleicht haben Sie ja Recht. Ich frage mich die ganze Zeit, ob es nicht eine Verbindung mit der Kalten Fusion gibt. Sie kennen die Geschichte?"

„Ja, aber nur in groben Zügen."

„Damals hat sich jemand furchtbar an meinem Vater gerächt, indem er Tritium in die Zellen gab; wer es war und warum, kam nie heraus. Drei Leute arbeiteten damals an diesem Projekt und hatten die beste Gelegenheit dazu. Zwei davon leben jetzt in Ulm, Kremer und Haley, beide arbeiten an diesem Institut für Brennstoffzellen."

„Wir haben mit beiden geredet."

„Aber es waren drei! Sie kennen den Film von Orson Wells, der Dritte Mann?"

„Mehr oder weniger." Krüger erinnerte sich vage an eine Szene mit einem Riesenrad; vermutlich war es einer dieser Kultfilme, die nach Mitternacht im Fernsehen liefen, und bei denen er immer einschlief.

„Ich habe mich gefragt, wer dieser dritte Mann war, und was aus ihm geworden ist. Er war zwei oder dreimal bei uns in Berkeley zu Gast, aber sein Name fiel mir nicht mehr ein. Ich habe dann Haley angerufen und ihn gefragt: John Anderson hieß er, nicht gerade ein seltener Name. Wo er jetzt lebt, wußte Haley auch nicht. Ich habe dann ein wenig im Internet recherchiert, immerhin wußte ich, dass er in Berkeley Physik studiert und bei meinem Vater mit der Promotion in Materialwissenschaften begonnen hatte. Beendet hat er sie nicht, glaube ich, genau so wenig wie Haley. Zwei Personen habe ich gefunden, die nach Lebenslauf und Alter in Frage kommen. Beide haben Karriere gemacht: Einer ist Executive Director bei Halliburton, der andere sitzt im Vorstand von EG&T." Er blickte Krüger bedeutungsvoll an.

„EG&T? Was ist das?"

„Fragen Sie mich nicht, was die Abkürzung bedeutet. Jedenfalls ist dies eine der größten amerikanischen Firmen auf dem Energiesektor. Kann ich Ihnen etwas Vertrauliches mitteilen, das nur unter uns bleibt?"

„Aber sicher; wenn Sie nicht gerade einen Mord gestehen, können Sie auf meine Diskretion zählen."

Albert Miller überlegte einen Moment. „Gut,"sagte er, „aber nicht hier. Wer weiß, wer hier alles mithören kann. Es ist so ein schöner Sommerabend, gehen wir doch einfach hinaus."

Krüger seufzte; natürlich waren alle Mikrophone abgeschaltet, aber er wäre an Millers Stelle auch argwöhnisch. Sie gingen die Treppen hinunter in den Innenhof und traten in die Fußgängerzone hinaus. Vor den Schaufenstern einer Boutique blieben sie stehen.

„Ich habe mich umgeschaut auf den Rechnern von den beiden John Andersons. Das ist natürlich nicht ganz legal, aber ich habe es so gemacht, dass mir keiner auf die Schliche kommen kann. Auf dem Rechner bei Halliburton habe ich nichts gefunden, was für uns interessant wäre, nur jede Menge Korrespondenz über den Irak, die vielleicht einen Untersuchungsausschuss interessieren könnte. Aber der John Anderson von EG&T hatte tatsächlich Korrespondenz mit Kremer geführt. An die zehn Mails haben die beiden ausgetauscht. Die erste, die ich gefunden habe, kam von Kremer; die konnte ich noch lesen. Er kündigte eine vertrauliche Nachricht an, fragte nach einer Telefonnummer, und bat um Verschlüsselung aller folgenden Korrespondenz. Leider ist das auch geschehen, fachmännisch, mit 128 bit, auch ich kann das nicht knacken. Aber immerhin, die Tatsache an sich ist doch interessant, oder?"

„Sicher; wann schrieb Kremer denn diese erste Mail?"

„Vor etwa zwei Monaten. Das müsste die Zeit sein, als mein Vater die Zelle zum Funktionieren brachte."

„Aber warum sollte dieser Anderson Ihren Vater umbringen? Der Mann hat doch Karriere gemacht, also keinen dringenden Grund, sich an ihm zu rächen."

„Vielleicht wollte er zwei Fliegen mit einer Klappe schlagen? Eine alte Rechnung mit meinem Vater begleichen und die Zelle zerstören. Es lag im Interesse von EG&T, den Verkauf an General Powers zu verhindern; die beiden Firmen sind die größten Konkurrenten. "

„General Powers? Das ist die Firma, die von Ihrem Vater die Patentrechte kaufen wollte?"

„Ja, eine Delegation von ihnen ist hier; sie riefen mich gestern in München an und wollten mit mir über die Rechte verhandeln. Ich habe Ihnen gesagt, sie sollten warten, bis meine Schwester kommt. – Es kann aber auch anders sein; vielleicht stecken EG&T und General Powers auch unter einer Decke. Man kennt das doch bei diesen großen Konzernen: Nach außen tun sie so, als ob sie konkurrierten, aber in

Wirklichkeit teilen sie sich den Markt auf und setzen die Preise fest."

„Aber warum sollten sie die Zelle zerstören, sie wollten sie doch kaufen?"

„Vielleicht wollten sie sich einfach die Verhandlungen erleichtern? Aus der Sicht von General Powers ist es bestimmt einfacher, mit den Erben zu reden, die nichts von dem Patent verstehen, als mit meinem Vater. Aber wenn sie denken, dass sie meiner Schwester die Rechte billig abschwätzen können, so haben sie sich getäuscht."

An der Geschichte mochte etwas dran sein; schließlich suchten sie eine Verbindung von Ulm nach irgend jemandem mit viel Geld, der an Millers Tod Interesse hatte – oder jemanden, der dringend viel Geld brauchte und von seinem Tod profitierte. Krüger fiel auch auf, dass Albert Miller offensichtlich das Testament seines Vaters kannte. „Wieso Ihrer Schwester abschwätzen, sie erben doch beide, oder?"

„Meine Schwester war das Lieblingskind meines Vaters. Ich dachte mir schon, dass sie mehr erbt als ich, und sie hat es mir heute bestätigt. Morgen wird das Testament eröffnet; ich würde mich wundern, wenn ich mehr als meinen Pflichtanteil von einem Viertel bekäme."

Wenn sie die Patente an General Powers verkauften, wäre ein Viertel des Erbes sicherlich mehrere Millionen Euro, vielleicht sogar wesentlich mehr. Albert Miller musste wissen, dass dies ein Mordmotiv war. Vielleicht hatte er die Geschichte mit John Anderson erfunden, um von sich selber abzulenken? Vielleicht stimmte sie aber auch, und Kremer hatte Frank Miller an die amerikanische Industrie verraten? Aber wie sollte er der Sache nachgehen? Schließlich konnten die Polizei nicht in fremden Computernetzen herumspionieren. Im Moment blieb nichts als abzuwarten. Krüger blickte den jungen Miller eine Weile schweigend an und versuchte, ihn einzuschätzen. Falls er wirklich kriminell war, dann war es eine andere Art von Kriminalität als die, mit der Krüger sonst zu tun hatte.

„Haben Sie noch Fragen an mich, oder kann ich jetzt gehen?" fragte Miller in sein Schweigen hinein.

„Nein, nein, gehen Sie ruhig. Sie bleiben noch ein paar Tage in Ulm?"

„Sicher, zumindest bis zur Beerdigung. Sie wissen ja, wo Sie mich finden können."

Krüger blickte dem jungen Mann nach, der sich rasch im Gewirr der Fußgänger verlor. Dann wandte er sich um und kehrte in den Innenhof des Präsidiums zurück, wo sein Wagen stand. Er hatte schon den Schlüssel aus der Tasche gezogen, als er innehielt. Wenn er jetzt nach Hause führe, träfe er dort die Schwester seiner Frau mit ihren beiden verzogenen Gören. Dazu kämen seine eigenen drei Kinder im Alter von zwei bis dreizehn Jahren. Besser, er bliebe hier und schriebe den Bericht über Millers Aussage. Er seufzte und ging wieder hinauf in sein Büro.

Albert schlenderte an den Schaufenstern vorüber. In München fand er fast nie Zeit für einen Einkaufsbummel. Sollte er jetzt nach einem leichten Sommerjacket suchen, hellgrau, passend zu seinen Jeans? Zeit war noch genug, die Geschäfte würden erst in einer halben Stunde schließen. Aber ihm fehlte die innere Ruhe. Ziellos ging er weiter. Um einen Saxophon-Spieler hatte sich eine Traube von Zuhörern gebildet. Er blieb stehen und lauschte eine Weile der passabel vorgetragenen Melodie von *Summertime,* die von den Fassaden widerhallte. Dann wandte er seine Schritte in Richtung Donauufer.

Wenn er dem Ufer nach Osten folgte, würde er wieder ans Maritim gelangen. Wer weiß, vielleicht hatte seine Schwester Jetlag, konnte nicht schlafen und spazierte ebenfalls am Ufer entlang. Er hatte keine Lust, sie zu treffen, und so ging er nach rechts Richtung Illermündung.

Sein Leben war an einem Wendepunkt. Der Tod seines Vaters hatte bei ihm eine Leere hinterlassen; ob sie sich mit Trauer oder Erleichterung füllen würde, wußte er nicht. Eigentlich war es auch egal, er musste damit leben, er konnte nichts daran ändern. Aber sein Leben konnte er ändern. Was auch immer in dem Testament stehen mochte: auch wenn er nur einen Teil des Vermögens erhielte, dazu Einnahmen aus dem Patent für die Kohlenstoff-Zelle, so wären seine finanziellen Probleme behoben. Natürlich würde er zuerst weiterarbeiten bei der Software-Firma; alles andere wäre Dummheit, so kurz vor dem Ziel.

Ihm fiel das Problem ein, an dem er gerade arbeitete. Unter anderem war er für den Teil des Programms verantwortlich, mit dem eine medizinische Assistentin Rechnungen schreiben konnte. Dazu musste sie entweder eine Kennzahl eingeben oder ein Schlüsselwort, wobei das Programm ihr weiterhalf, wenn das Wort keinen eindeutigen Bezug hatte. Alles lief bestens, aber bei einer bestimmten Kombination von Krankheit, Behandlung und Datum trug der Computer Phantasie-Zahlen in die Rechnung ein. Irgendwo musste ein Tippfehler sein, oder ein falscher Verweis, wahrscheinlich in einem Programmteil, der fast nie durchlaufen wurde. Wenn er es recht bedachte, kamen nur zwei oder drei Stellen in Frage. Nächsten Sonntag würde er sie einfach Schritt für Schritt durchlaufen lassen und kontrollieren, was passierte. Angesehen hatte er sich den Code schon zehn Mal oder mehr, aber ihm war nichts aufgefallen. Es waren nur kleine technische Probleme dieser Art, die sie noch lösen mussten, und es waren nicht mehr viele. Microsoft hätte das Produkt längst auf den Markt gebracht, aber eine kleine Firma wie die ihre konnte es sich nicht leisten, die Kunden durch Fehler zu verärgern.

Er erreichte eine kleine Brücke, die ans bayrische Ufer führte. Er ging hinüber, blieb am anderen Ende stehen und schaute ins Wasser. Überrascht stellte er fest, dass an der bayrischen Seite das Wasser gelblich trüb war und rasch dahinfloss, während es auf der schwäbischen Seite träge und bräunlich schien. Er ließ seinen Blick zurückschweifen ans andere Ufer; dort stand ein junger Mann, mittelgroß, in Jeans und schwarzer Jacke, der angestrengt ins Wasser blickte. Er mochte sich in der beginnenden Dämmerung täuschen, aber ihm schien, als hätte er denselben Mann schon in der Fußgängerzone gesehen, als hätte er ebenfalls dem Saxophon zugehört. Wurde er verfolgt, war es Zufall, oder er war einfach nur nervös und sah Gespenster?

Rasch ging er weiter, ohne sich umzusehen. Er musste unbedingt ein paar Tage entspannen. Wochenlang nichts als Arbeit, dazu der Tod seines Vaters, das war einfach zu viel für seine Nerven. Am nächsten Wochenende musste er noch arbeiten und diesen Fehler finden, aber der Donnerstag darauf war Feiertag. Er würde sich den Freitag auch noch frei nehmen – nach dem Tode seines Vaters würden das seine Kollegen schon verstehen – und mit Carlos ein verlängertes Wochenende in einem dieser Wellness-Hotels am Fuße der Alpen verbringen, mit Swimming-Pool, Sauna, Massage. Ach Carlos! In diesen Jungen war er richtig verliebt! So einen schönen Lover hatte er noch nie gehabt: dunkelblondes, lockiges Haar, graziler Körper, braune Haut, schwarze Augen – so musste Achilles ausgesehen haben! Und wie selbstverständlich, wie natürlich er seine Homosexualität zeigte! Albert selbst wurde immer noch rot, wenn Carlos ihn in der Öffentlichkeit umarmte. Er hatte dann immer das

Gefühl, sein Vater, der von seiner sexuellen Orientierung nichts wußte, beobachte ihn. Sie hatten sich in einem Fitness-Club kennengelernt, seit vier Wochen trafen sie sich mehr oder weniger regelmäßig. Carlos hatte ihm schon zweimal vorgeschlagen, gemeinsam ein Wochenende in den Alpen zu verbringen, aber bisher hatte er keine Zeit gefunden. Jetzt würde er sich die Zeit einfach nehmen, und das nötige Geld hatte er ja auch. Er musste die Geschichte mit Carlos genießen, so lange sie hielt. Wie lange würde sie noch dauern, Wochen, Monate, vielleicht ein Jahr?

An der Illermündung blieb er stehen und beobachtete einen Fischer, der auf der Landzunge seine Angel ausgeworfen hatte. Als er den Kopf zurückwandte, sah er in etwa dreißig Meter Entfernung denselben Mann wie vorher; er stand da und beobachtete intensiv den Schwarm von Raben, der in der beginnenden Dunkelheit eine letzte Runde über die Auen zog. Angst zuckte durch seine Glieder. Verfolgten sie ihn? Würden sie jetzt die Erben ermorden? Er wollte fortlaufen, aber er kannte sich nicht aus. Er musste über die Brücke zurück, über die er gekommen war; weit und breit war keine andere zu sehen. Sollte er versuchen, sich durch die Büsche zu schlagen und in einem weiten Bogen zurückzukehren? Aber was war, wenn er sich verlief? War das nicht erst recht gefährlich? Während er zögerte, hörte er hinter sich ein metallisches Klacken, das rasch näher kam. Er drehte sich um und gewahrte zwei Frauen um die Fünfzig, die Nordic Walking machten. Er ließ sie vorbeieilen und ging dann hinter ihnen her. Sein Verfolger, so es einer war, ging jetzt langsam zurück Richtung Brücke, ohne das ungleiche Trio, das sich ihm rasch näherte, zu beachten. Als sie auf derselben Höhe waren, rannte Miller los, so schnell er konnte, außen an den verblüfften Frauen vorbei, angestrengt lauschend, ob der Unbekannte ihm folgte. Nach zweihundert Metern hörte er immer noch keine Schritte hinter sich, und er wandte sich kurz um. Der Unbekannte lief jetzt auch, aber es sah mehr nach einem leichten Trab aus als nach einer Verfolgung. So würde der ihn nie einholen. Bis zu seiner Pension waren es noch knapp drei Kilometer. Er verminderte sein Tempo, so dass er bis dahin gut durchhalten könnte.

Zehn Minuten später erreichte er die Pension und hastete die zwei Treppen zu seinem Zimmer hinauf. Oben angekommen, schloss er sich ein, machte kein Licht, sondern stellte sich seitwärts ans Fenster und blickte hinunter. Die Straße lag leer in dem Zwielicht der späten Dämmerung und der Laternen, die sich gerade eingeschaltet hatten. Schon glaubte er, sich getäuscht zu haben, als sein Verfolger, mehr stolpernd als laufend, um die Ecke kam, anhielt, sich an einem Laternenpfahl festhielt und nach Luft schnappte. Ein flüchtiges Lächeln zuckte über Millers Gesicht, dann zog er sein Handy heraus und rief die Polizei an.

„Ich möchte dringend Herrn Krüger sprechen; ich bin Albert Miller," sagte er, als sich eine neutrale Stimme meldete. „Kommissar Krüger? Ich glaube, sie haben Glück; er arbeitet noch." Kurz darauf hatte er Krüger am Apparat. – „Ich werde verfolgt, ich bin mir ganz sicher. Der Mann steht jetzt vor meiner Pension, an einen Laternenpfahl gelehnt. Wenn Sie rasch jemanden schicken, können sie ihn festnehmen."

Krüger schwieg einige Sekunden, dann sagte er: „Einen Augenblick, bleiben Sie dran; ich gehe der Sache nach." Miller hielt das Handy an sein Ohr gepresst, ging zu seiner Reisetasche und zog eine Digitalkamera heraus. Mit ein paar Daumenbewegungen stellte er die Empfindlichkeit auf 1800 ASA, dann ging er wieder ans Fenster, schob die Gardine vorsichtig zur Seite und richtete die Kamera auf den Mann unten, der langsam wieder Atem zu schöpfen begann. Er zoomte auf sein Gesicht und drückte ab, zweimal, dreimal, viermal, die Kamera fest in seiner Rechten, den Ellenbogen auf die Fensterbank abstützend. Gerade wollte er die Fotos auf dem Display überprüfen, als er sah, dass sich der Mann unten aufrichtete, ein Handy aus seiner Tasche zog und zu reden begann, wobei er mit seiner freien Linken heftig gestikulierte. Kurz darauf meldete sich Krüger wieder. „Tut mir leid, es handelt sich um ein Missverständnis. Wir haben Ihnen einen Beamten als Begleitschutz gegeben. Sie wissen ja, zwei Morde in so kurzer Zeit. Wir wollten Sie nicht beunruhigen, deswegen haben wir Ihnen nichts gesagt. Also machen Sie sich keine Sorgen, schlafen Sie gut, unser Mann wird sie bewachen." Krüger legte auf, dann nahm er den anderen Hörer, der auf seinem Schreibtisch lag. „Idiot," zischte er hinein, „Du wärst ja zu blöd, um einen Blinden zu beschatten." – „Chef, ich..." – „Schweig, die Einzelheiten Deiner Inkompetenz interessieren mich nicht," sagte er; endlich konnte er diesen Satz, den er in einem Film aufgeschnappt hatte, einmal anwenden.

23

Walter Schmitz saß in seinem Büro und recherchierte über Brennstoffzellen. Dieser Fall war anders, er ließ sich nicht mit den üblichen Methoden – Zeugen befragen, Spuren auswerten, Verdächtige beschatten – lösen. Er musste den größeren Zusammenhang kennen, wie wichtig diese Zelle wirklich für die Weltwirtschaft war, wer vielleicht sonst daran arbeitete, wer ein konkretes Interesse an ihr haben konnte. Das Deckenlicht hatte er ausgeschaltet. Auf einem Tisch brannte ein Schreibtischlampe, daneben stapelten sich einige Bücher, in denen er gelegentlich blätterte, innehielt, sich ein paar Notizen machte, bevor er sich wieder mit dem Fuß abstieß und mit seinem Stuhl vor den Computer rollte, um dort nach Informationen zu suchen.

Des Morgens war er zur Universitätsbibliothek gefahren und hatte sich einige Bücher über Brennstoffzellen ausgeliehen. Er war sich vorgekommen wie in seiner Studentenzeit, nur dass er bei der Anmeldung jetzt an Stelle des Studentenausweises seinen Polizeiausweis vorzeigte, was die Bibliothekarin so beeindruckte, dass sie ihn persönlich zu den entsprechenden Regalen führte und ihm die Ordnung erklärte.

Die wenigen Semester, die er damals Geschichte studiert hatte, bis ihm das Fach zu trocken und zu langsam erschien, halfen ihm jetzt, sich schnell in die nicht allzu umfangreiche Literatur zur Kohlenstoffzelle einzulesen. Das wichtigste Zitat fand er gleich in dem ersten Buch, das er durchblätterte, einer Monographie über Brennstoffzellen. Es stammte aus einer programmatischen Rede, die Wilhelm Ostwald vor über hundert Jahren gehalten hatte: *Haben wir ein galvanisches Element, welches aus Kohle und dem Sauerstoff der Luft unmittelbar elektrische Energie liefert, und zwar in einem Betrage, der einigermaßen im Verhältnis zu dem theoretischen Werte steht, dann stehen wir vor einer technischen Umwälzung, gegen welche die bei der Erfindung der Dampfmaschine verschwinden muss. Denken Sie nur, wie bei der unvergleichlich bequemen und biegsamen Verteilung, welche die elektrische Energie gestattet, sich das Aussehen unserer Industrieorte verändern wird! Kein Rauch, kein Ruß, kein Dampfkessel, keine Dampfmaschine, ja kein Feuer mehr, denn Feuer wird man nur noch für die wenigen Prozesse brauchen, die man auf elektrischem Weg nicht bewältigen kann, und deren werden täglich weniger werden.* Schön gesagt; kein Geschwafel über zukunftsträchtige Technologien oder die Herausforderungen des Klimawandels. Wenn man die Dampfmaschine durch den Ottomotor ersetzte, den Ruß durch die Abgase, traf es genau die heutige Situation. Millers Zelle mit einem Wirkungsgrad von 80% stand in einem sehr guten Verhältnis zum theoretischen Wert von 100%. Mehr brauchte er über die Bedeutung der Zelle nicht zu wissen.

Aber alle Versuche, eine Kohlenstoff-Brennstoffzelle zu bauen, scheiterten kläglich, und bis zu den Arbeiten von Miller schien das Thema vollkommen vergessen zu sein. Eine Suche nach Artikeln über Brennstoffzellen für die Jahre 1930-2000 ergab Hundertausende von Treffern. Es wurde intensiv über Brennstoffzellen geforscht, über Wasserstoff-, Methanol-, Äthanol-, Festoxid-, ja sogar Bio-Brennstoffzellen, aber sobald er Kohlenstoffbrennstoffzelle eingab, fanden sich nur ein paar historische Bemerkungen.

Im Zeitraum zwischen dem Jahr 2000 und jetzt waren zwei Publikationen von Miller und der Frau Voß erschienen, die über eine neue Art der Aufbereitung des Kohlenstoffs berichteten, die zu Ausbeuten von wenigen Prozent führte, aber keiner schien diese Idee aufgenommen zu haben. Er wollte schon aufgeben, als wieder auf eine merkwürdige Meldung auf tschechisch stieß, tief vergraben in den Archiven eines Instituts für Elektrochemie der Akademie der Wissenschaften. Bei der ersten Suche hatte er sie als vermutlich unverständlich ignoriert. Er ließ sich die Seite von Google übersetzen und erhielt den üblichen Sprachsalat, aber es war eindeutig von einer Kohlenstoffzelle mit einer Effizienz von 20% die Rede, von einem Erfinder mit Namen Dr. Krtil, von einer Anmeldung zum Patent, und es gab zwei Links, die aber ins Leere führten: *Error 404* erschien auf seinem Bildschirm.

Er suchte beim Europäischem Patentamt und dann beim Deutschen: Es gab Tausende von Patenten für Brennstoffzellen, aber kein einziges für Kohlenstoffzellen. Nicht einmal Miller hatte es für nötig befunden, sein Verfahren, das er mit Frau Voß entwickelt hatte, zu patentieren. Über Millers neue Zelle gab es nur eine kurze Notiz, dass ein Patentantrag eingegangen sei. Er überlegte, ob er beim Tschechischem Patentamt recherchieren sollte, aber das sollte jemand machen, der die Sprache verstand. Außerdem würde man eine wichtige Erfindung nicht nur in so einem kleinen Land patentieren lassen.

Plötzlich fiel ihm ein: Vielleicht war dieser Dr. Krtil ja auch ermordet worden, ehe er das Patent hatte einreichen können? Er suchte auf der Homepage des Instituts, ob er noch auf der Liste des Personals stand. Schließlich fand er ein Foto mit seinem Namen, darunter etwas Unverständliches auf Tschechisch. Immerhin stand kein Kreuz neben seinem Namen. Er kopierte den Text, und fand nach einigem Suchen ein Tschechisch-Deutsches Wörterbuch. Der Text bedeutete so viel wie ‚ausgeschieden' oder ‚zur Ruhe gesetzt'. Trotzdem notierte er sich den Namen; er würde ihn suchen lassen und herausfinden, was aus ihm geworden war.

Erschöpft lehnte er sich zurück; das reichte für heute, mehr konnte er nicht aufnehmen. Er hatte das Gefühl, viel gelernt zu haben, aber kaum weiter gekommen zu sein. Es war spät geworden, Zeit für ein Bier. Vielleicht konnte er Krüger überreden, auf dem Heimweg ein Glas mit ihm zu trinken.

Es klopfte an seine Tür, und die grünäugige Sekretärin trat ein. „Guten Abend Herr Schmitz, störe ich? Sie sitzen ja fast im Dunklen." Er blickte sich um. „Nein, kommen Sie herein, und machen Sie

Licht." Sie trat an seinen Schreibtisch und legte ein etwa fünfzigseitiges Papier neben seinen Rechner. „Sie hatten mich doch gebeten, die Geschäftsverbindungen von General Powers zu recherchieren. Dies ist das Ergebnis." Er blätterte die Seiten flüchtig durch. „muss ich das jetzt alles lesen, oder können Sie mir kurz das Wichtigste berichten?" Sie entnahm dem Dossier ein Doppelblatt, faltete es auseinander und breitete es auf dem Schreibtisch aus. „Das Wichtigste sehen Sie auf dieser Karte." Er blickte auf eine große Weltkarte, die über und über von Linien durchzogen war: schwarze Linien, rote, grüne; gestrichelte, gepunktete, durchgezogene. Alle Linien liefen in einem dicken schwarzen Punkt an der amerikanischen Ostküste zusammen; von dort überzogen sie wie ein Spinnennetz den ganzen Globus. Nur Russland und China lagen noch außerhalb, aber auch dorthin hatten sich schone einige dünne, gepunktete Strahlen vorgewagt. Alle Linien endeten in schwarzen Punkten; neben einigen stand der Name einer Firma, neben anderen nur eine kleine Zahl als Verweis.

„Schauen Sie, dies sind die wichtigsten Geschäftsverbindungen von General Powers." Sie beugte sich zu ihm herab, so dass ihre blonden Haare fast seine Wange berührten, und wies mit ihrem Zeigefinger auf den dicken Punkt. „Hier ist der eigentliche Firmensitz, aber es gibt noch einen zweiten, formalen, hier auf den Bahamas, um Steuern zu sparen." Sie zeigte auf einen dicken Punkt, zu dem ein Balken führte. „Die verschiedenen

Farben und Strichstärken bedeuten verschiedene Abhängigkeiten; den genauen Code finden Sie hier unten rechts. Ein dicke schwarze Linie bedeutet eine hundertprozentige Tochter, gestrichelte einen Anteil von mindestens 20%. Rote Linien bedeuten gegenseitige Aktienanteile, wiederum in verschiedenen Graden. Grüne Linien führen zu Firmen, die stark von den Aufträgen abhängen, die General Powers ihnen gibt."

Er blickte eine Weile schweigend auf das Blatt; dann fiel ihm eine Stelle aus dem Protokoll ein, das Krüger über die Aussagen von Albert Miller angefertigt hatte. „Gibt es eigentlich eine Verbindung zu der Firma EG&T?" „Aber sicher, schauen Sie diese rote Linie, eine Verquickung zwischen Geschäftsführung und Aufsichtsrat.Dasselbe gilt auch für einige arabische Ölfirmen." Sie zeichnete mit ihrem Finger einen Kreis über der arabischen Halbinsel und der Golfregion.

Er blickte zu ihr hoch, direkt in ihre grünen Augen. „Super Arbeit, Mädchen. Bei Ihren Fähigkeiten werden sie nicht lange in der Schreibstube versauern; das verspreche ich Ihnen." Sie errötete leicht, zögerte einen Augenblick und fragte ihn dann: „Kann ich sonst noch etwas für Sie tun?" – „Im Moment nicht, danke." Sie war schon auf dem Weg hinaus, als er sich nochmal an sie wandte: „Gibt es eigentlich irgendeine Verbindung nach Ulm?" „Aber klar; das hatte ich Ihnen eigentlich noch sagen wollen. Vor zwei Monaten hat das Institut für Brennstoffzellen einen Auftrag im Wert von dreißig Millionen Euro bekommen. Sie finden die Einzelheiten auf der zweiten Seite, rot unterlegt."

24

Ihr Bruder kam eine halbe Stunde vor Beginn der Verhandlungen. Sie umarmten sich flüchtig. „Setz Dich," sagte sie, „möchtest Du etwas trinken?" – „Gib mir einen Gin-Tonic." Sie ging zur Minibar, mischte ihm einen Drink, nahm sich ein Mineralwasser und setzte sich ihm gegenüber. Er nahm einen Schluck. „Da sind ja höchstens homöopathische Dosen Gin drin, der Geist von einem Molekül Alkohol," protestierte er.

„Bertie, wir stehen vor wichtigen Verhandlungen, es geht um Millionen. Da kannst Du Dich doch nicht vorher betrinken, auch wenn ich verstehe, dass Dir danach ist."

„Sicher, meine große Schwester, Du hast Recht. Aber Du wolltest sagen: *Du* stehst vor wichtigen Verhandlungen. Ich habe doch gar nichts zu sagen, ich kann ja nicht mal über mein eigenes Geld verfügen."

„Du bist genau so sein Kind wie ich. Wir stehen das jetzt gemeinsam durch, auch wenn ich es hinterher entscheiden muss."

„Sophie, Du kannst Dich auf meine Unterstützung verlassen. Schließlich profitiere ich ja auch davon, wenn Du gut verkaufst."

„Wenn wir schon beim Geld sind, erzähl mir mal lieber, was Du eigentlich bei dieser Software-Firma machst, und wozu Du so dringend Geld brauchst."

Er stand auf, ging im Zimmer auf und ab und erklärte ihr in groben Zügen die Software, an der sie arbeiteten, den Stand der Entwicklung und die Marktchancen, die sie sich ausrechneten. Sie hörte ihm aufmerksam zu. Er redete präzise und mit einem Unterton von Begeisterung. Sie konnte sich vorstellen, dass er so vor einer Gruppe von Investoren redete, von denen er Geld für seine Firma einwerben wollte. Als er geendet hatte, fragte sie: „Bist Du sicher, dass es nicht wieder so eine Seifenblase ist wie vor ein paar Jahren, die plötzlich platzt, und dann stehst Du wieder mit leeren Händen da?"

„Nein, Sophie, diesmal ist es seriös. Damals war mir die Geschichte ja selber unheimlich, aber die Sponsoren drängten uns das Geld ja förmlich auf. Dafür sind sie jetzt umso zurückhaltender."

„Damit sich die Investition lohnt, müsst Ihr doch sicher Zigtausende von Eurem Programm verkaufen. Gibt der Markt das denn her?"

„Klar, Sophie, die Menschen werden doch immer älter und kränker. Geh doch mal einfach des Mittags durch die Fußgängerzone einer Stadt wie München oder Ulm. Was siehst Du: Rentner, nichts als Rentner, irgendwo zwischen sechzig und neunzig Jahren. Manche sind rüstig, andere gehen am Stock oder stützen sich auf ein kleines Wägelchen. Mindestens die Hälfte von denen steht ständig unter irgendwelchen Medikamenten. Der Gesundheitsmarkt boomt, und wird in Zukunft noch weiter wachsen. Natürlich ist das teuer, alle paar Jahre gibt es eine neue Gesundheitsreform, und die Kliniken und Praxen müssen mehr und mehr Verwaltungsaufwand treiben. Die brauchen unser Programm, es gibt keine Alternativen! Klar, es gibt ein paar Billigprogramme, aber keines leistet nur halb so viel wie unseres. Viele Ärzte benutzen Excel, aber das ist völlig überdimensioniert, schwer zu bedienen, und dazu noch instabil. Unser Programm ist genau auf das deutsche Medizinwesen zugeschnitten. Dazu bieten wir eine Wartung an und ein Update für alle weiteren Reformen – gegen ein hübsche Gebühr, versteht sich."

„Und wozu brauchst Du die zweihunderttausend Euro?"

„Damit kauf ich mich in die Firma ein und ich werde Teilhaber. Wir haben mal wieder gerade ein Durststrecke, und da käme das Geld wie gerufen. Wir sind zu fünft in der Firma. Die beiden Gründer halten je 10%, mit dem Geld erhielte ich 5%, und die andern beiden arbeiten nur gegen Lohn. Der Rest der Firma gehört Investoren, aber wenn der Laden erst mal läuft, können wir uns anständige Gehälter genehmigen. Später gibt es dann Prämien und Aktienoptionen, die übliche Absahnerei."

„Hört sich ja ganz vernünftig an; ich wünsche Dir, dass Du Recht behältst." Sie blickte auf die Uhr. „In fünf Minuten sollen die Verhandlungen beginnen, aber wir lassen sie erstmal zwanzig Minuten warten. Sie sollen nicht denken, dass wir es eilig mit einem Verkauf des Patents haben." Sie ging zum Fenster. „Schau mal, habe ich keine wunderschöne Aussicht?"

Wenig später trafen sie sich in einem kleinen Konferenzraum des Maritims mit drei Managern von General Powers, die sie schon nervös erwarteten. Sie stellten sich gegenseitig vor, tauschten einige Höflichkeitsfloskeln aus und nahmen dann an gegenüberliegenden Seiten des Konferenztisches Platz. In der Mitte standen diverse Softdrinks, Plätzchen, Tassen, Gläser, eine Kanne mit Kaffee. Sophia versuchte, sich die Namen ihrer Verhandlungspartner zu merken, aber obwohl die drei recht unterschiedlich aussahen – groß, dunkles Haar und schwarze Brille der eine, dicklich, Vorderglatze und kleiner Schnurrbart der zweite, aschblond, randlose Brille und auffallend rote Krawatte der dritte – konnte sie sie nicht auseinanderhalten, und nach wenigen Minuten hatte sie auch die Namen vergessen. Egal, der in der Mitte mit der dunklen Brille war offenbar der Chef und führte das Wort.

„Ihr Vater war ja seit Jahrzehnten, schon seit seiner Zeit in Berkeley, mit unserer Firma verbunden. Er war einer der bedeutendsten Wissenschaftler unserer Zeit, der es stets verstand, die reine Forschung mit der Technologie zu verbinden. Deswegen waren wir besonders stolz, dass er sich mit seiner größten Erfindung, der Kohlenstoff-Brennstoffzelle, gleich vertrauensvoll an uns gewandt hat, damit wir sie vermarkten. Leider, zu unserem großen Entsetzen, haben kriminelle Elemente von seiner Zelle erfahren und ihn kaltblütig ermorden lassen. Zwar sind die polizeilichen Ermittlungen noch nicht abgeschlossen, aber man kann sich schon denken, wo man die Täter zu suchen hat. Wir wissen doch alle, dass der Kalte Krieg, der früher in einem Wettrüsten von Bomben und Raketen ausgetragen wurde, heute seine Fortsetzung auf dem Energiesektor gefunden hat." Zustimmung heischend blickte er um sich; Kopfnicken und beifälliges Gemurmel auf seiner Seite des Tisches, keine Reaktion auf der anderen.

Er sah zu Albert hinüber und dann zu Sophia. „An Ihnen liegt es nun, das Werk Ihres Vaters zu vollenden, was ihm leider nicht vergönnt war. Wir waren uns ja schon weitgehend einig mit Ihrem Vater. Zwar hatten wir noch keine Summen genannt, aber es gab einen Vertragsentwurf mit ein, zwei offenen Punkten. Ihr Vater wollte sich noch einen gewissen Einfluss auf die Entwicklung der Zelle sichern und während des ersten Jahres sogar die Leitung über die Labors behalten, aber diese Punkte sind jetzt wohl obsolet, es sei denn, dass einer von Ihnen in der Lage und Willens wäre, diese Rolle an Ihres Vaters statt zu übernehmen?" – Er blickte fragend zunächst zu Albert hinüber und dann zu Sophia; beide verneinten. „Schön; ich habe, natürlich ganz unverbindlich, den Vertragsentwurf überarbeiten und einfach alle Passagen streichen lassen, die sich auf die Mitarbeit Ihres Vaters bezogen." Er öffnete ein Mappe, die vor ihm lag – die beiden Herren rechts und links von ihm folgten seinem Beispiel – und zog zwei Papiere heraus, die er zur anderen Seite des Tisches hinüberreichte. „Ich schlage vor, sie lesen den Entwurf jetzt erstmal in Ruhe durch; die finanziellen Details habe ich natürlich noch offen gelassen. Es wäre schön, wenn wir uns heute über den Vertrag und die Finanzen einigen könnten. Ich nehme an, dass Sie vor der endgültigen Unterzeichnung noch einen Anwalt zu raten ziehen werden?" Er blickte wieder zu Albert hinüber; der schwieg, stattdessen antwortete Sophia: „Aber sicher."

„Wir haben natürlich einen Rechtsexperten dabei." Er blickte den Mann zu seiner Linken mit der roten Krawatte an, der den Kopf neigte und lächelte. Trotzdem wird unsere Rechtsabteilung alles überprüfen müssen. Glücklicherweise kann man das in den Zeiten von Fax und Internet innerhalb weniger Tage, wenn nicht Stunden erledigen." Er lächelte und zog eine Flasche Coca Cola zu sich heran, die er mit einem Plopp öffnete. „So, jetzt lassen wir Ihnen alle Zeit, die Sie brauchen, um diesen Entwurf zu lesen. Wenn Sie sich mit Ihrer Schwester in Ruhe beraten wollen," sagte er zu Albert gewandt, „so steht Ihnen direkt auf der anderen Seite des Ganges ein Büro zur Verfügung, das wir extra haben reservieren lassen."

Mit einem Anflug von Ironie wandte sich Sophia an Ihren Bruder: „Albert, meinst Du nicht auch, dass wir erst mal unter vier Augen darüber reden sollten?" – „Natürlich Sophia," Er nahm ein paar Kekse mit und ein Diet Coke, sie ein Mineralwasser, und dann traten sie hinaus auf den Gang. Sophia wollte direkt in das Büro gegenüber gehen, aber Albert hielt sie zurück. „Mag sein ich bin paranoid, aber in so einem Büro kann man leicht eine Wanze installieren. In den USA hört man jetzt alles ab, was sich abhören lässt. Gehen wir doch hinunter ins Foyer, da hört uns keiner."

Sie setzten sich in zwei schwere Ledersessel und lasen den Entwurf durch. Im Wesentlichen sah er vor, dass sie sämtliche Rechte an den Patenten gegen eine noch unbestimmte Summe und eine ebenfalls noch offene Gewinnbeteiligung abträten. Albert senkte sein Exemplar. „Ein normaler Vertrag; natürlich solltest Du ihn überprüfen lassen. Wieviel verlangst Du, zwanzig Millionen plus 10% Beteiligung?" – „Ich weiß nicht, lass mich mal nachdenken." – „Sophie, da gibt es nichts zu überlegen. Du bekommst drei Viertel, ich das andere, und von dem Geld können wir den Rest unseres Lebens in Frieden leben und unseren Beruf als Hobby betreiben. Ich werde mir Visitenkarten drucken lassen: Albert Miller, Privat-Programmierer."– „Wenn wir verkaufen, haben wir jeden Einfluss auf die Zelle verloren. Was ist, wenn Sie das Patent einfach in ihren Schubladen verschwinden lassen?"

Er sah sie verblüfft an: „Warum sollten sie dann soviel Geld dafür ausgeben? – Ah, ich verstehe, weil ihre Kraftwerke und Ölvorräte wertlos würden. Klar, die denken in anderen Dimensionen als wir in der Softwarebranche. Bei uns wird jede gute Idee sofort vermarktet. Hm, wir bräuchten noch eine Klausel der Art: Wenn die Zelle nicht innerhalb von vier oder fünf Jahren auf dem Markt ist, dann... werden hohe Strafen fällig, oder die Rechte fallen zurück an

Dich. Es ist aber schwierig, so eine Klausel wasserdicht zu machen."

„Bertie, es geht um das größte Werk unseres Vaters. Wir müssen tun, was er für richtig hielte. Lass mich doch einfach mal in Ruhe nachdenken."

„Sophie, wo immer Papa jetzt sein mag, er hat nichts mehr von seiner Zelle. Wie müssen überlegen, was für uns das beste ist." Er stand auf und ging im Foyer auf und ab.

Warum sollte sie gerade jetzt verkaufen? Ohne den Katalysator, dessen Formel nur sie wußte, tat es die Zelle sowieso nicht, sie käme erst gar nicht auf den Markt. Natürlich könnte sie General Powers die Formel geben – aber das hätte ihr Vater sicher nicht gewollt, warum hätte er sonst die Formel geheim gehalten. Am einfachsten, sie spielte auf Zeit und sah sich die Zelle erst mal selber an. Ihre Labors in Yale waren zwar für Genetik und nicht für Brennstoffzellen eingerichtet, aber mit ein wenig Geld könnte sie die Apparatur nachbauen – zwei- bis dreihunderttausend Dollar sollten genügen, aber sie hatte ja mehr Geld, als sie brauchte. Den Katalysator könnte sie selber ansetzen, soviel verstand sie auch von Chemie; für den Aufbau und die Experimente würde sie einen Postdoc einstellen und dann weitersehen. Wenn nichts dabei herauskäme, könnte sie immer noch an General Powers oder eine andere Firma verkaufen, wenn doch – nun, dann konnte sie selbst das weitere Schicksal der Zelle bestimmen.

Als ihr Bruder das nächste mal an ihr vorüber tigerte, rief sie ihn zu sich: „Komm her, Bertie, und setz Dich wieder hin. – Also, ich verkaufe jetzt nicht. Wir haben doch Zeit, warum sollten wir gerade jetzt verkaufen, wo Papa noch keine Woche tot ist und wir noch unter Schock stehen. Ich denke noch mal in Ruhe über alles nach, lass mich von einem Patentanwalt beraten, und dann sehen wir weiter. Aber heute können wir noch ihre Schmerzgrenze testen."

„Sophie, hör mal... " Er brach ab, denn er wußte: wenn sie sich einmal entschieden hatte, war es sinnlos, weiter mit ihr zu diskutieren, da war sie genau wie ihr Vater. „Also gut, lass Dich beraten, und in zwei Wochen telefonieren wir nochmal darüber. Aber ich brauche dringend die zweihunderttausend. Kannst Du sie mir nicht vorstrecken?"

„Hm, ich habe da eine Idee. Du bist doch eher Geschäftsmann als ich. Führ Du doch die Verhandlungen weiter, finde raus, wie weit sie zu gehen bereit sind, aber wir schließen auf keinen Fall ab. Wenn Du Deine Sache gut machst, ist das Geld morgen auf Deinem Konto – o.k.?"

Er nickte, und dann gingen sie wieder hinauf in den Konferenzsaal, wo die Manager, leise diskutierend, Kaffeetassen und Cola in der Hand, vor dem Fenster standen. Als sie alle wieder Platz genommen hatten, gingen sie zunächst die Klauseln durch, ehe sie zu der finanziellen Seite kamen. „Wie sind denn Ihre Vorstellungen über die finanzielle Seite. Welche Größenordnung schwebt Ihnen vor?" fragte

Albert . – „Nun, Ihrem Vater hätten wir zehn Millionen für den Verkauf angeboten, und eine Beteiligung von 5% an den Gewinnen, natürlich unter der Voraussetzung, dass er an der Entwicklung der Zelle mitarbeitete. Sie werden verstehen, dass wir Ihnen weniger anbieten, da sie uns ja nicht bei der Technik unterstützen können." – „Auf dieser Basis hätten Sie sich mit meinem Vater kaum geeinigt. Ich habe einen Tag vor seinem Tod noch mit ihm telefoniert. Er dachte an zwanzig Millionen plus 10%; ich sagte ihm, er sei zu bescheiden."

Der Verhandlungsführer blickte ihn über seine dunkle Brille hinweg an und lächelte. „Mein lieber Herr Miller, ich kenne Ihren Vater seit über zwanzig Jahren. Ich habe ihn immer sehr geschätzt, aber Bescheidenheit gehörte nicht zu seinen Tugenden. – Wie dem auch sei, wir könnten jetzt stundenlang feilschen und uns langsam nähern. Aber ich sage Ihnen lieber direkt, wie es steht: Meine Firma hat mir einen bestimmten finanziellen Rahmen vorgegeben: fünfzehn Millionen plus 5% kann ich Ihnen maximal bieten."

„Für jeden von uns," fügte Albert mit betont sanfter Stimme hinzu. „Sie wissen genau so gut wie wir, dass diese Zelle die Energiewirtschaft revolutionieren wird. Ihre Firma kann Milliarden damit verdienen." – Sophia blickte zu ihrem Bruder hinüber und schenkte ihm ein Lächeln, das erste, seit sie sich wieder getroffen hatten. Albert wandte sie sich an ihre Gegenüber: „Ja, bei dieser Größenordnung, insgesamt dreißig Millionen plus 10%, könnten wir uns einig werden. Wenn das Ihnen zu viel ist, dann werden wir erst Mal mit Siemens und Gazprom reden. Mein Vater hatte auch schon Kontakte mit ihnen aufgenommen."

Die Manager von General Powers schienen überrascht. Der Vorsitzende flüsterte dem Herrn zu seiner Rechten etwas ins Ohr und erhielt ein zustimmendes Nicken. Dann sagte er: „Bei einer solchen Summe muss ich mich allerdings mit der Konzernspitze besprechen. Wenn Sie mir Ihrerseits versichern, dass wir bei dieser Summe, vorbehaltlich juristischer Prüfung, zu einem Vertragsabschluss kommen können, dann werde ich mich entsprechend für Sie einsetzen."

„Vertragsabschluss? Unser Vater ist noch nicht begraben, meine Schwester und ich stehen noch unter Schock. Wir wollten jetzt nur den Rahmen abstecken. Die Welt, und auch General Powers, kann sicher noch eine Weile auf die Kohlenstoff-Zelle warten. Meine Herren, wir danken Ihnen für dieses Gespräch. Sie werden zur gegebenen Zeit wieder von uns hören. Wir versichern Ihnen: Gemäß dem Willen unseres Vaters werden wir nicht an eine andere Firma verkaufen, ohne zuvor mit Ihnen verhandelt zu haben."

25

Walter Schmitz saß mit seinem Kollegen Stöckle auf der Terrasse eines Einfamilienhauses in Pfuhl, auf der bayrischen Seite der Donau. Er hatte sich in den Schatten zurückgezogen, so dass man ihn von der Straße nicht erkennen konnte, während Stöckle die letzten Sonnenstrahlen genoss. Sie tranken alkoholfreies Bier und hielten das Nachbarhaus im Auge, einen langgestreckten Bungalow mit Doppelgarage, in dem Kremer und seine Frau wohnten. Ihre Motorräder, zwei BMW mit fast 100 PS, hatten sie hinterm Haus an einer Hecke versteckt.

Die späte Sonne schien schräg durch die Bäume, die Vögel zwitscherten; Stöckle legte sich in den Gartenstuhl zurück und schloss die Augen. „So einen Dienst lass ich mir gefallen, von mir aus können wir den Kremer noch wochenlang beschatten. Ein Glück, dass dieses Haus gerade zum Verkauf steht." Plötzlich richtete er sich auf, als eine Brise den Geruch gebratenen Fleischs in seine Nase trug. „Genau das ist es, Walter," sagte er, „wir sollten grillen, das wäre doch die perfekte Tarnung!"

„Klar, und noch ein paar Frauen einladen, ein bisschen Musik dazu, ein bisschen tanzen – das soll doch echt wirken!"

„Und den Kremer mit seiner Frau laden wir auch ein, schließlich sind wir nette Nachbarn, und so können wir ihn bestens im Auge behalten."

Die beiden Kommissare lachten und prosteten sich mit den Bierflaschen zu. Stöckle stand auf: „Ich gehe mal schauen, ob der letzte Besitzer nicht irgendwo einen alten Grill zurückgelassen hat."

„Lass gut sein," erwiderte Schmitz, „ich habe alles durchsuchen lassen. Außerdem – ich glaube, heute passiert etwas."

„Ah, deswegen bist Du heute selber hier. Du meinst, weil er so früh zurückgekommen ist?"

„Klar, in seinem Institut sagten doch alle, dass er immer lange arbeitet. Gestern kam er ja auch um acht Uhr abends, aber heute schon um Vier, zwei Stunden vor seiner Frau. Er muss irgendetwas gemacht haben in seinem Haus."

„Meinst Du er hat gepackt und haut heute Nacht ab? Oder er trifft sich mit dem Mörder der Sekretärin und zahlt ihn aus?"

„Wenn er sich mit dem Mörder träfe, täte er uns einen ganz großen Gefallen, aber so dumm wird er nicht sein. Warten wir's ab."

Langsam wurde es dunkel; vom nahen Donauried hörte man die Frösche quaken. Ansonsten war es still am Rande dieser Vorstadt-Siedlung. Die Bewohner hatten sich in ihre Häuser zurückgezogen, auf den Gardinen flackerte das Licht der Fernseher. Nur die beiden Polizisten blieben, in dicke Jacken gehüllt, auf der Terrasse des leerstehenden Hauses sitzen. Mal schwiegen sie, mal redeten sie: über die lieben Kollegen, über Fußball, über Politik, über Frauen. In Kremers Haus gingen die Lichter aus. „Entweder es tut sich was innerhalb der nächsten Stunde, oder es war wieder nichts," flüsterte Schmitz.

„Aber merkt denn seine Frau nichts, wenn er aufsteht? Wenn ich mal nachts zum Kühlschrank gehe, ist meine Freundin direkt wach."

„Nein, sie haben getrennte Schlafzimmer; Kremer soll fürchterlich schnarchen."

„Woher weißt Du das denn schon wieder? Hast Du seine Frau bezirzt?"

„Nein, Krüger hat die Putzfrau befragt."

Sie standen auf, um sich die Beine zu vertreten, setzten sich wieder, standen wieder auf. Plötzlich hörten sie ein leises Geräusch aus dem Nachbarhaus: Die Garagentür ging auf, ein Motor startete, eine Limousine fuhr hinaus, hielt kurz an. Die Garage schloss sich wieder, und der Wagen fuhr mit surrendem Motor davon. Sie sprinteten zu Ihren Motorrädern; Stöckle wollte seine Maschine gleich starten, aber Schmitz hielt ihn zurück: „Halt, wir lassen ihm fünf Minuten Vorsprung, sonst schöpft er Verdacht. Wir lassen uns seine Position von der Zentrale durchgeben. Wofür haben wir sonst den Chip an seinem Wagen angebracht." – „Achtung, es geht los," sprach er dann in das Mikrofon, das an seinem Helm angebracht war.

Wenig später kam die Meldung: „Er fährt geradewegs zur B10, Auffahrt Neu-Ulm. Fahrt los!"

Sie schwangen sich auf die Räder, ließen die Motoren aufheulen, und rasten durch die menschenleeren Straßen. „Er fährt nach Süden, Richtung A7," hieß es, kurz bevor sie die B10 erreichten. Auf der Schnellstraße drehten sie auf, überholten ein paar kleinere Wagen, scheuchten einen BMW von der Überholspur, und kurz nachdem sie auf die A7 Richtung Kempten eingebogen waren, sahen sie den grau-blauen Schatten einer großen Limousine vor sich. „Ihr müsstet dicht dran sein," ließ sich die Zentrale hören. Schmitz fuhr so dicht auf, bis er das Nummernschild lesen konnte. Es war Kremer; „Bingo, wir haben ihn," gab er durch, und ließ sich dann wieder zurückfallen auf dieselbe Höhe wie sein Kollege.

Im Westen stand der Halbmond und leuchtete auf die Felder und Wiesen des schwäbischen Allgäus und auf die Iller, die sie mehrmals überquerten. Sie folgten Kremer in einigem Abstand. Bei Memmingen bog er Richtung Lindau ab, und jetzt stand der Mond direkt über dem Band der Autobahn und schien sie magisch anzuziehen. Als sie die Brücke über die Argen passierten, meldete sich wieder die Zentrale: „Es sieht so aus, als wollte er in die Schweiz. Wollt Ihr ihn aufhalten?"

„Klar, aber wir brauchen einen Vorwand. Der hält sich an alle Geschwindigkeitsbeschränkungen, geradezu vorbildlich. Aber egal, wir lassen uns schon was einfallen."

Er gab Stöckle ein Zeichen; sie drehten auf, überholten Kremer, ließen am Heck das Schild: *Polizei folgen* aufleuchten und bremsten langsam ab. Kremer folgte ihnen; sie bogen auf einen Parkplatz ab und hielten an. Schmitz ging zu Kremers Wagen, der wenige Meter hinter ihnen stehengeblieben war, während sein Kollege startbereit neben seiner Maschine blieb für den Fall, dass Kremer einfach wieder losfuhr. Doch der drehte bereitwillig die Windschutzscheibe runter, als Schmitz auf ihn zukam. „Fahrzeugkontrolle, zeigen Sie bitte Ihren Führerschein und die Wagenpapiere." „Si-sicher." Kremer suchte nervös in seiner Tasche und zog dann die Dokumente heraus. Schmitz untersuchte sie langsam und sorgfältig und gab die Daten betont laut an die Zentrale weiter. „Herr Dr. Kremer," sagte er dann mit ironischer Freundlichkeit, „Wir kennen uns doch! So eine Überraschung. Sie sind doch in diese zwei Mordfälle in Ulm verwickelt. Hatten wir Sie nicht gebeten, sich zur Verfügung zu halten? Warum fahren Sie jetzt in Schlangenlinien über die Autobahn? Steigen Sie bitte aus."

Kremers lange Gestalt wand sich aus der Wagentür; er zitterte am ganzen Körper – das konnte nicht nur an der kühlen Nachtluft liegen, der Mann war mehr als nervös. „Was ist denn mit Ihnen los? Ist das schon delirium tremens? Sie kommen mit auf die nächste Wache, und dann machen wir eine Blutprobe."

„Ich bin stocknüchtern; kann ich nicht – gibt es kein Röhrchen zum Pusten, dann sieht man doch sofort, dass ich nichts getrunken habe."

„Das letzte Röhrchen haben wir vor einer Stunde verbraucht – 1,9 Promille hatte der Mann. Also los..." Er unterbrach sich und schien auf sein Funkgerät zu lauschen. „Genau der ist es," sagte er dann in sein Mikrofon. „Er scheint angetrunken. Wir werden ein ernstes Wort mit ihm reden. – Öffnen Sie mal bitte Ihren Kofferraum," sagte er dann zu Kremer gewandt.

Kremer tat wie geheißen. Im Kofferraum lag ein mittelgroßer Hartschalenkoffer, wie man ihn für Flugreisen benutzt. „Wozu brauchen Sie den denn, wollen Sie sich etwa unseren Nachforschungen durch Flucht entziehen?"

„Nein, ich fahre heute – also morgen Abend bin wieder zurück. Im Koffer sind nur Wäsche und ein paar Mitbringsel drin. Außerdem, verboten ist es doch nicht, mit einem Koffer im Auto zu fahren? Und unter Mordverdacht, darunter stehe ich doch nicht, oder?"

Schmitz warf ihm einen nichts sagenden Blick zu. „Sie folgen uns erst mal schön langsam zur nächsten Polizeistation. Dann sehen wir weiter." Er setzte sich über Funk mit der nächsten Autobahnstation in Verbindung. Sie war nur einige Kilometer entfernt; dort erwarteten sie zwei übermüdete, einsilbige Kollegen. Sie ließen Kremer in einem Nebenraum warten; wenig später kam der Arzt, nahm ihm Blut ab, und machte ein paar Tests. „Der Mann hat nicht mal Alkohol gerochen," sagte er dann, „und Anzeichen für Drogen gibt es auch keine. Seid so gut, liebe Kollegen, steckt noch ein Dutzend Röhrchen ein und lasst mich schlafen." Er packte seine Sachen wieder ein und ließ die Tür geräuschvoll ins schloss fallen.

Schmitz und Stöckle gingen zu Kremer hinüber, der jetzt einen gefassteren Eindruck machte. „Sie haben noch mal Glück gehabt, Ihr Blutalkohol ist nicht kritisch. Ich schlage vor, wir fahren jetzt alle zurück nach Neu-Ulm, Sie schlafen sich aus, und morgen früh melden Sie sich bei meinem Kollegen Krüger und erklären ihm, warum Sie sich nachts herumtreiben."

„Das geht nicht, ich habe einen wichtigen Termin. Wenn ich weiterfahre, wenn ich mich weigere, was ist dann?"

„Besser, Sie weigern sich nicht, also kommen Sie!"

Kremer zögerte; „Ich möchte mit meinem Anwalt telefonieren, das darf ich ja wohl," sagte er dann.

Schmitz zuckte mit den Achseln. „Bitte schön, wenn Sie ihn erreichen um diese Zeit."

Kremer zog sein Handy heraus, wählte eine Nummer und blickte dann die beiden Beamten an: „Ich möchte allein mit ihm sprechen."

Etwa zehn Minuten später kam er in den Dienstraum. „Sie haben kein Recht, mich festzuhalten; wenn Sie es doch tun, also dann wird mein Anwalt Anklage erheben wegen Freiheitsberaubung." Er bemühte sich, mit fester Stimme zu sprechen, konnte ein Zittern aber nicht vermeiden. „Lassen Sie mich in Ruhe weiterfahren."

Schmitz ging hinaus und erstattete der Zentrale Bericht. „Scheiße, der Kerl ist clever und hat sich mit seinem Anwalt beraten. Wir haben getan, was wir tun konnten. Wir müssen ihn fahren lassen, aber wir folgen ihm so, dass er es merkt. Vielleicht macht er doch noch einen Fehler."

Er ging zu Kremer zurück. „Ich habe mit dem Polizeichef persönlich gesprochen. Wenn Sie unbedingt für einen Tag verreisen wollen, wie Sie sagen, werden wir Sie nicht aufhalten. Aber lassen Sie doch bitte Ihren Pass bei uns, den brauchen Sie bei so einer kurzen Reise doch gar nicht."

Kremer gab seinen Pass bereitwillig ab, er schien fast ein wenig erleichtert. „Sehen Sie," sagte er, „ich will wirklich nicht flüchten. Morgen Abend stehe ich Ihren Kollegen wieder zur Verfügung."

Wenig später folgten die beiden Beamten wieder Kremer auf der Autobahn. Sie überholten ihn gelegentlich, ließen sich wieder zurückfallen, überholten ihn aufs Neu, aber der fuhr unbeirrt mit konstanten 100 km/h Richtung Bodensee. Vor Lindau bog er nach Bregenz ab, und kurz darauf tauchte die Schweizer Grenzstation vor ihnen auf. Sie bremsten ab und blickten den Rücklichtern des Mercedes nach, der vom Schweizer Zoll durchgewunken wurde. ‚Den sehen wir nie wieder,' schoss es Schmitz durch den Kopf. Dann gab er an die Zentrale durch: „Er ist über die Grenze, und wir können nicht mal die Schweizer Kollegen um Amtshilfe bitten; es liegt ja nicht Konkretes gegen ihn vor. Wir fahren nach Hause, und Ihr könnt schlafen gehn, Jungs."

Sie wendeten ihre Räder und fuhren zurück. Der Mond war untergegangen, aber die Sterne schienen umso klarer. Hoch im Westen stand der Mars und leuchtete rot.

26

Warum kam sein Koffer nicht? Er hatte in Zürich doch als einer der letzten eingecheckt, also sollte sein Koffer doch als einer der ersten herauskommen! Kremer stand am Band der Gepäckausgabe des Internationalen Flughafens Ezeiza in Buenos Aires und beobachtete nervös die Taschen und Koffer, die sich an ihm vorbeischoben. Er blickte auf die Uhr; sein Flug nach Salta ging erst in drei Stunden, Zeit genug, den Zoll zu passieren und ein Taxi zum Nationalen Flughafen zu nehmen. Aber er trug zweihunderttausend Euro Bargeld an seinem Körper und in dem Gepäck verteilt, und er würde erst aufatmen können, wenn er im Taxi saß. Für alle Fälle hatte er fünf Hundert-Dollar-Noten in der Tasche, die er dem Zollbeamten diskret zustecken wollte, falls der Verdacht schöpfte – doch das konnte riskant sein, schließlich gab es auch unbestechliche Beamte. Immerhin, fünfhundert Dollar waren wahrscheinlich das Doppelte des monatlichen Gehalts. Aber warum sollte überhaupt jemand Verdacht schöpfen, schließlich konnte man Geldscheine auf keiner Röntgenaufnahme sehen? Natürlich hätte er das Geld auch deklarieren können, aber dann wäre man auf ihn aufmerksam geworden und hätte sich seinen Pass, der die Kontrolle in Zürich ohne Beanstandung passiert hatte, genauer angesehen, als ihm lieb war.

Er setzte einen Fuß auf den Rand des Förderbandes und zog ihn wieder zurück, als ein großer Schrankkoffer auf ihn zukam. Zweihunderttausend

Euro, bei dem jetzigen Kurs des Pesos sollte das ein, zwei Jahre reichen, notfalls auch länger. Davon konnte er sich in Salta ein kleines Haus kaufen, sich einrichten, Spanisch lernen, vielleicht ein bisschen an der Universität unterrichten. Sanchez, einer seiner Doktoranden, war dort Professor. Mit ihm hatte er immer gut zusammengearbeitet; noch vor zwei Jahren, als Sanchez Beförderung zum ordentlichen Professor anstand, hatte er ihm mit einem Gutachten geholfen, das besser ausgefallen war, als er es eigentlich verantworten konnte. Das musste auch Sanchez wissen, und er würde ihm bestimmt für's Erste weiterhelfen. Er würde irgendeine Geschichte erfinden, warum er inkognito bleiben wollte – Flucht vor der Steuer oder so was. Dann, wenn Gras über die Geschichte gewachsen war, konnte er wieder in die Schweiz fliegen, eine größere Summe mitbringen und sich ein Weingut bei Salta kaufen. Man würde ihn nicht per Haftbefehl suchen lassen – schließlich konnte man ihm nichts nachweisen. Natürlich hatte er sich durch seine Flucht verdächtig gemacht, aber mehr auch nicht. Wenn man ihn wirklich vernehmen sollte, würde er schlicht die Wahrheit sagen: Nach den Morden an Miller und an der Borchert hatte er Angst, er käme als nächster dran.

Vielleicht könnte er auch seine Frau nachkommen lassen? Er war geflohen, ohne sich von ihr zu verabschieden – sie hätte ihn nur ausgefragt, und es war besser, wenn keiner wußte, wo er war. Ein Lebenszeichen sollte er ihr wohl zukommen lassen. Aber wer weiß, vielleicht würde er sie ja gar nicht vermissen? Er könnte sich eine hübsche Argentinierin, gar eine Indianerin, anlachen; mit dem falschen Pass könnte er sie sogar heiraten und mit ihr in Frieden auf dem Weingut leben. Syrah-Trauben wollte er dort anbauen. Die waren zwar nicht so in Mode wie der Cabernet-Sauvignon, aber die Weine schmeckten mindestens genau so gut, und zudem ließen sich die beiden Sorten gut mischen. In der Nähe von Salta gab es einige Täler mit dem perfekten Mikroklima für solch einen kräftigen Rotwein.

Sein Koffer kam als vorletzter an. Er hob ihn auf den Gepäckwagen, ging gemessenen Schrittes zum Zoll, schob den Koffer auf das Röntgengerät und ging langsam an dem Beamten vorbei, nicht ohne einen Blick auf das Abbild seines Koffers zu werfen. Aber das sah ganz normal aus, und außer Föhn und Rasierapparat war nichts zu erkennen. Man würdigte ihn keines Blickes, und so hob er den Koffer wieder auf den Wagen und passierte die Tür, die Gepäckausgabe und Ankunftshalle trennte.

Er kannte den Flughafen recht gut. Ein paar Jahre lang hatte er einen wissenschaftliche Austausch mit Sanchez gepflegt und war jedes Jahr für zwei Wochen nach Salta geflogen. Dort hatte er sich immer einen Mietwagen geliehen, Ausflüge ins Gebirge und zu den Weingütern gemacht, sich von seinem Gastgeber bewirten lassen, und mit ihm einen Arbeitsplan für seinen Doktoranden aufgestellt, der dort zwei Monate lang bei subtropischen Temperaturen in nichtklimatisierten Laboratorien experimentieren musste. Schon damals war ihm der Gedanke gekommen, dies sei ein gute Gegend, um sich auf einem Weingut zur Ruhe zu setzen – freilich hatte er nicht gedacht, dass dies so bald sein würde.

Er passierte Leute, die ihre Hälse renkten, um Freunde oder Verwandte zu erspähen, Chauffeure, die Schilder mit den Namen von Geschäftsleuten hochhielten, und ging zu dem Schalter, der die Taxis vermittelte. Dort musste er ein Formular ausfüllen, Namen, Anschrift und Ziel eintragen. Das war neu; früher hatte er lediglich *Aeroparque* gemurmelt, das Geld über die Theke geschoben und mit der Quittung in der Hand auf den Fahrer gewartet. Er seufzte, auch in Argentinien wucherte die Bürokratie, oder gehörte das jetzt auch zum Krieg gegen den Terror? Ihm schien, als ob der Mann hinter dem Schalter stutzte, als er seinen Namen las, aber er täuschte sich sicher, er war wohl einfach nervös. Es lief auch alles normal: er bekam seine Quittung, und kurz darauf kam eine kleiner, stämmiger Mann mit Chauffeurkappe auf ihn zu, nahm ihm den Koffer ab und führte ihn hinaus zu einer Limousine.

„Aeroparque, si?" fragte der Fahrer; „si, Aeroparque," bestätigte Kremer, und der Wagen brauste los. Er legte den Kopf zurück auf die Nackenstütze und schloss die Augen. Die Fahrt würde fast eine Stunde dauern, vielleicht konnte er noch etwas schlafen. Aber dafür war er zu unruhig, und so öffnete er die Augen wieder und blickte hinaus, doch die vorbeifliegenden Häuser und Straßen ermüdeten ihn wieder, und er lehnte sich seufzend wieder zurück. Plötzlich sagte der Fahrer irgendetwas auf Spanisch, wovon er nur das Wort *pasajeros* – Passagiere – verstand. Er fragte auf Englisch nach, aber da hielt der Wagen auch schon an einer Ecke, an der zwei Herren in grauen Anzügen, augenscheinlich Geschäftsleute, warteten. Der eine öffnete die rechte Tür und setzte sich neben ihn, der andere lief um den Wagen herum, öffnete die andere, drängte ihn einfach in die Mitte, und der Wagen fuhr wieder los. Kremer protestierte laut, zuerst unwillkürlich auf deutsch, dann auf Englisch. Schließlich suchte er einige Brocken Spanisch zusammen, aber man ignorierte ihn einfach. Er gab auf; vielleicht wollte der Fahrer sich nur ein paar Pesos extra verdienen und nahm einfach noch ein paar andere Passagiere mit. Er würde sich bei der Taxigesellschaft beschweren, wenn er am Flughafen war.

Der Wagen fuhr jetzt auf eine Autobahn; Kremer blickte angestrengt hinaus und versuchte, die vorbeihuschenden Schilder zu lesen, aber vom mittleren Sitz aus war das kaum möglich. War das noch der Weg zum Flughafen? Schließlich glaubte er, *Aeroparque 5km* gelesen zu haben und atmete auf. In wenigen Minuten sollten sie da sein. Da kam auch schon der Abzweig: ganz deutlich sah er das Schild *Aeroparque* mit einem großen Pfeil nach rechts. Jetzt musste der Fahrer leicht abbremsen und abbiegen, aber stattdessen wechselte der auf die linke Spur und überholte einen Lieferwagen. Die Abfahrt flog rechts vorbei. „Aeroparque," schrie er, „Aeroparque!“, aber keiner sagte ein Wort. Er griff nach der Schulter des Fahrers und rüttelte sie: „Aeroparque, Aeroparque.“ Da legte ihm der Passagier rechts neben ihm die Hand auf den Oberarm: „Bitte behindern Sie den Fahrer nicht, Herr Kremer, bei dieser Geschwindigkeit ist das gefährlich,“ sagte er auf Englisch. „Oder sollen wir Sie lieber Sutter nennen?“ fragte des andere und fasste ihn am linken Arm. Kremer sackte in sich zusammen. Was war das – ein Alptraum, die Wirklichkeit? War dies das Ende, würde man ihn erschießen und am Rand von Buenos Aires aus dem Wagen werfen? Aber warum? Warum ließ man ihn nicht in Frieden?

„Wer sind Sie, was wollen Sie?“ fragte er, bemüht das Zittern seiner Stimme zu unterdrücken. „Wer wir sind, wissen Sie, “ sagte der Linke, „Was wir wollen, werden Sie schon noch erfahren,“ fügte der Rechte hinzu. Beide sprachen ein perfektes Englisch mit einem mittatlantischen Akzent, irgendwo zwischen britisch und amerikanisch. „Dachten Sie wirklich, Sie könnten uns so leicht entkommen? Sind sie naiv,“ tönte es von links. „Haben Sie sich nicht gewundert, wie schnell Sie zu Ihrem neuen Pass kamen, und wie perfekt der ist, für läppische zweitausend Euro?“ kam von rechts. In der Tat, dass war erstaunlich einfach gewesen. Er hatte keine Ahnung gehabt, wie man die richtigen Leute trifft, sich nachts in verschiedenen Bars in Zürich herumgetrieben, wo man ihm einige Male Drogen anbot. Er hatte sich dann vorsichtig nach einem Pass erkundigt, war mehrfach weitergewiesen worden, und gegen fünf Uhr morgens hatte er dem richtigen Mann gegenüber gesessen, ihm ein Passbild gegeben, eine Anzahlung, und schon in der nächsten Nacht hatte er eine neue Identität. War er in eine Falle gelaufen, hatte man auf ihn gewartet? Aber warum? Er konnte doch keinem gefährlich werden, er hatte doch keinerlei Informationen!

„Wir hatten schon befürchtet, Sie würden sich nach Russland absetzen, an dieses Institut in Novosibirsk, den Direktor kennen Sie doch auch. Das wäre schwierig gewesen für uns, aber dort war es Ihnen wohl zu kalt." Das kam wieder von links; die beiden wechselten sich ab und schienen gut eingespielt. „Die Russen spielen noch nicht so richtig mit, sie glauben, sie hätten genug Öl und Gas und brauchten uns nicht. Aber ich bin sicher, in ein paar Jahren gehören sie auch zum Club."

„Zum Club, zu welchem Club? Wer sind sie wirklich?"

„Aber Herr Kremer, tun Sie doch nicht so unschuldig, schließlich haben Sie uns doch den Tip mit der Kohlenstoff-Zelle gegeben, und wir haben Sie ganz gut dafür bezahlt. Wäre übrigens gar nicht nötig gewesen, schließlich gehört General Powers zu uns, "sagte der Rechte. „Wer wir sind?" er lachte auf. „Vor ein paar Jahren erschien ein nettes Buch, in dem sich ein kleiner Investmentbanker als *Meister des Universums* fühlte. Natürlich ging es schlecht mit ihm aus. *Meister des Universums*, das sind wir! Schließlich muss sich ja jemand darum kümmern, dass das Öl, der Lebenssaft dieser Welt, fließt. Wir dürfen nicht zulassen, dass die Weltordnung von einem dahergelaufenen Professor, und sei er noch so brillant, zerstört wird."

„Ja ja, ich weiß, deswegen habe ich Ihnen ja auch den Tip gegeben. Aber mussten Sie ihn denn gleich umbringen?"

„Er wollte es nicht anders," sagte der Linke. „Wir wären ja zufrieden gewesen, die Patente für zwanzig, von mir aus für hundert Millionen Dollar zu kaufen und sie in der Schublade liegen zu lassen. Aber Miller bestand darauf, dass die Zelle in spätestens zwei Jahren auf den Markt käme. Können Sie sich vorstellen, was das bedeutet hätte? Der Mann war eine tickende Zeitbombe."

„Natürlich wird die Zeit der Kohlenstoff-Zelle kommen," sagte der andere. „Aber nicht jetzt, sondern in zwanzig Jahren, wenn das Öl knapp wird. Bis dahin haben wir alle großen Kohlevorkommen aufgekauft, dann führen wir die Zelle allmählich ein und teilen uns den Markt auf. Sicher, ein paar große Firmen werden pleite machen, ein paar andere reich werden, aber alles wird sich im normalen Rahmen des Kapitalismus halten, und unser Club wird weiter alles kontrollieren."

Sie ließen seine Arme wieder los; er wischte sich den Schweiß von der Stirn, fuhr mit der Hand durch seine Haare, versuchte sich zu erheben und sackte dann wieder zusammen. Nach einer Weile fragte er:

„Und die Frau Borchert, warum wurde die ermordet? Das waren Sie doch auch, oder?"

Jetzt war der Linke wieder an der Reihe. „Ja, leider, es musste sein. Sie hatte uns mit Informationen versorgt. Wir wussten seit etwa einem Jahr, dass Miller an der Kohlenstoff-Zelle arbeitete. Jedesmal, wenn Miller Chemikalien bestellte, schickte Frau Borchert uns eine Kopie, und wir haben ihr einen Tausender geschickt. Daher wussten wir übrigens auch, dass Miller auf dem richtigen Weg war. Vor ein paar Jahren hat schon mal jemand eine Zelle auf der Basis von Kohlenstoff entwickelt, aber die war nicht effektiv genug, nur zwanzig Prozent Ausbeute. Wir haben die Rechte aufgekauft, sie ruhen sicher bei uns im Safe. Aber wo zwanzig Prozent möglich sind, da sind auch dreißig oder vierzig möglich, und Miller benutzte offenbar ganz ähnliche Verbindungen als Katalysatoren. Aber dass er achtzig Prozent schaffen würde, hätten wir nie für möglich gehalten."

So war die Borchert ermordet worden, nur weil sie Informationen geliefert hatte? Und was war dann mit ihm selbst? Er hatte doch noch viel wichtigere Informationen geliefert! Er versuchte, sich zusammenzureißen, aber seine Stimme brach, als er fragte: „Und deshalb musste die Frau sterben?"

„Aber nein, nicht deshalb. Sie hat versucht, Detektiv zu spielen. Die Informationen hatte sie immer einem unserer Agenten per e-mail geschickt, an eine gut getarnte Adresse. Irgendwie hat sie es geschafft herauszufinden, wer dahinter steckte. Wahrscheinlich hat sie einer e-mail eine Art Virus beigefügt, so dass sie ihren Weg im Internet verfolgen konnte. Jedenfalls bekam unser Agent plötzlich eine direkte Mail von ihr, an seine richtige Adresse. Sie wollte nochmal Geld, eine Art Abschlusshonorar. Wahrscheinlich hatte sie keine Lust mehr, Ihre Sekretärin zu spielen, und wollte sich zur Ruhe setzen. Wir mussten uns entscheiden, sie oder unser Agent. Was hätten Sie getan?"

Der Wagen hatte längst das Stadtgebiet von Buenos Aires verlassen und fuhr nach Süden, die Sonne im Rücken. Die Autobahn war in eine gewöhnliche Landstraße übergegangen mit wenig Verkehr. Die Landschaft war flach, Gras auf beiden Seiten, die argentinische Pampa. Gelegentlich sah man ein paar Kühe, ein Lama, oder ein großes Holztor, das die Einfahrt zu einer Estancia ankündigte. Sie schwiegen. Er würde kein Abschlusshonorar verlangen; er hatte genug Geld erhalten, er konnte doch keinem gefährlich werden. Alles, was er wollte, war: in den dreißig, vielleicht vierzig Jahren, die ihm noch blieben, in Frieden, unbekannt, unbehelligt auf einem Weingut bei Salta leben, Reben züchten, ein wenig mit dem Ausbau der Weine experimentieren. Das musste diesen Meistern des Universums doch klar sein!

Sie bogen ab auf eine kleinere Straße in südwestlicher Richtung, ohne dass sich die Landschaft geändert hätte. Verkehr gab es keinen mehr; der Asphalt wurde schlechter, wellig, der Wagen begann zu vibrieren. Schließlich ging die Straße in eine breite Piste über, aber sie fuhren mit hoher Geschwindigkeit weiter, eine große Staubfahne hinter sich herziehend. Sollte er fragen, was sie mit ihm vorhatten, oder sollte er einfach abwarten? Er beschloss zu warten, und so fuhren sie wortlos immer tiefer hinein in die Einöde der Pampa. Seine Gedanken rannen im Kreis, er begann zu zittern. Schließlich hielt er es nicht mehr aus. „Und jetzt, was haben Sie vor? Was passiert jetzt mit mir?"

„Schauen Sie, wir haben da ein kleines Problem, bei dem Sie uns sicherlich weiterhelfen können," sagte der Linke. „Sie haben uns ja schon einmal sehr geholfen mit Ihrer vorzüglichen Skizze der Zelle. Offenbar kennen Sie sich bestens mit ihr aus."

„Stellen Sie sich vor," sagte der andere, „wir haben die Zelle nachbauen lassen, genau so wie im Patent beschrieben, mit dem Kobalt-Katalysator, der Laserzündung, mit allem. Aber sie funktioniert nicht! Genauer gesagt, sie funktioniert, aber nur mit einer Ausbeute von vierzig Prozent. Das ist ganz hübsch, aber zu wenig. Miller hat ausführliche Berichte an General Powers geschickt, die Ergebnisse mehrerer Tests, darunter zwei Langzeittest von je einer Woche. Er schaffte achtzig Prozent, da sind wir uns sicher. Die Berichte müssen echt gewesen sein, es hätte keinen Sinn gegeben, sie zu fälschen. Schließlich wollte er verkaufen und Kasse machen."

„Wir fürchten, Ihr Freund Miller war nicht ganz offen zu uns, er hat uns etwas verschwiegen. Er muss noch einen anderen Katalysator beigemischt haben. Wir haben uns Proben von der Asche der Elektrode verschafft und sie analysieren lassen. Es waren noch andere Elemente drin, als er angegeben hat, etwas mit Eisen, aber nichts, dass er über Ihr Institut bestellt hatte. Offenbar traute er General Powers nicht und wollte einen Trumpf in der Hand behalten. Jetzt verstehen wir auch, weshalb er in den ersten Monaten noch an der Entwicklung der Zelle mitarbeiten wollte. Ohne ihn hätte sie gar nicht richtig funktioniert."

Klar, dass sah Miller ähnlich! Er war ein misstrauischer alter Bastard gewesen. Jetzt fiel ihm ein, dass er ihn bei der Präparation des Elektrodenmaterials nie hatte zusehen lassen. Er hatte ihm lediglich von dem Kobaltkomplex erzählt, und ihm ansonsten die elektrischen Messungen von Strom und Leistung durchführen lassen. Scheiße! Er konnte ihnen nichts sagen, hoffentlich würden sie ihm glauben. „Sie wollen jetzt von mir wissen, worum es sich handelt, was er sonst noch beigemischt hat, aber glauben Sie mir, ich weiß es nicht, er hat mich genau so hintergangen wie Sie!"

„Nein, wir glauben Ihnen nicht – und selbst wenn wir es täten, wir müssten sichergehen. Das werden Sie verstehen."

„Aber ich weiß es wirklich nicht, um Himmels willen, was wollen Sie denn tun?"

„Wir sind gleich da, in einer schönen, alten, leerstehenden Estancia. Dort erwarten Sie – wie soll ich es sagen – zwei Experten für Wahrheitsfindung. Die haben Ihr Handwerk noch in den siebziger Jahren gelernt, zu Zeiten der Militärdiktatur. Der CIA selbst hat sie ausgebildet. Sie arbeiten sehr gründlich. Ich bin sicher, aus einem Feigling wie Ihnen holen die beiden alles raus, was Sie wissen! Selbst Dinge, von denen nicht mal Sie selber wissen, dass Sie sie wissen!"

Zwei Jahre später

Prinz Hanef biss ein großes Stück von seinem Croissant ab, kaute genüsslich, spülte mit einem Espresso nach und ließ seinen Blick über die Bucht von Saint Tropez schweifen. Dann wandte er sich seinem amerikanischen Gast zu, mit dem er auf dem Vorderdeck seiner Yacht frühstückte: „Es geht doch nichts über die französische Riviera, diese tausendjährige, von Allah gesegnete Kulturlandschaft. Dagegen wirken die Bahamas doch nur protzig und neureich, ganz zu schweigen von Scheußlichkeiten wie Cancun." Als sein Gegenüber protestieren wollte, legte er ihm die Hand besänftigend auf den Unterarm: „Lass gut sein, Jim, darüber werden wir uns nie einig werden, genau so wenig wie über diese bräunliche Brühe, die Ihr Kaffee nennt. Kehren wir lieber zum Geschäftlichen zurück. Wir sind uns also einig: der Ölpreis bleibt bis zum Herbst bei etwa 90 $, dann inszenieren wir eine kleine Krise und lassen ihn auf 100 $ ansteigen."

„Ja, abgemacht," entgegnete James Matthew, Chairman von General Powers, Aufsichtsratmitglied von EG&T, Großaktionär von Gulf Oil. „Aber nur für drei Wochen, dann muss er wieder auf achtzig sinken. Du weißt, wir haben schon genügend Schwierigkeiten in den Staaten. Der Lebensstandard sinkt seit ein paar Jahren, die Bevölkerung murrt über die hohen Benzinpreise, und der Irakkrieg verschlingt Unsummen."

„Ich weiß, aber an dem Desaster im Irak seit Ihr selber schuld, wir hatten Euch gewarnt. Und was Unsummen betrifft: Wieviel kosten Euch die Israelis jedes Jahr? Sag es mir nicht, aber Deine Firma macht doch glänzende Geschäfte mit dem Irak und mit den Israelis. Ihr traut Euch doch kaum, Eure Gewinne zu veröffentlichen. Die letzte Bilanz habt Ihr doch um ein paar Milliarden nach unten frisiert, nicht wahr?"

„Ich sehe, die Verflechtung des oberen Managements unserer Firmen hat zur erwünschten gegenseitigen Transparenz geführt. Ich beklage mich gar nicht über das Geschäft, wir sollten halt auf die politische Lage Rücksicht nehmen, und die ist nicht mehr so günstig, wie sie mal war."

„Uns ist auch nicht daran gelegen, Jim, dass es an den amerikanischen Tankstellen zu unschönen Szenen kommt. Einverstanden, nach drei Wochen ist die kleine Krise vorüber. Sie wird uns ein paar Milliarden zusätzlich bringen, und wir haben mal wieder unsere Macht demonstriert. – Gut, wir sind uns einig, und jetzt planen wir den Ausflug nach Monaco heute Abend, das Business sollte uns nicht zu lange von den schönen Seiten des Lebens abhalten." Mit ironischem Lächeln fügte er hinzu: „Möchtest Du wirklich wieder Deine Frau mitnehmen? Wenn Du mal Abwechslung möchtest, eine jüngere, schlankere – ich kann das leicht arrangieren. Du weißt doch, Abwechslung ist das Salz in der Suppe des Lebens!"

Während sie überlegten, welches Restaurant und welche Bars sie besuchen wollten, beobachteten sie

ein kleines Motorboot, das sich rasch vom Land näherte. „Ah, da kommen die Zeitungen," sagte Prinz Halef. „Ich lasse sie uns gleich bringen. Du willst doch sicher auch noch einen Blick hineinwerfen, ehe wir Segel setzen." Er winkte einen Diener herbei und gab ihm Anweisungen; dieser verschwand und kehrte wenig später mit einem Stapel Zeitungen zurück. „Gib mir *le Monde*, wie jeden Morgen," wies ihn der Prinz an. „Für Dich den *Herald Tribune*, Jim?"

Beide Zeitungen hatten dasselbe Thema als Aufmacher: *Revolutionary Fuel Cell Design* titelte die Tribune, *Cellule de Combustible a la Base de Carbon* etwas länger le Monde. Die Tribune zeigte dazu das Foto einer Frau, das man eher in einem Artikel über Hollywood-Diven vermutet hätte. Die beiden Männer schraken auf, fluchten und überflogen die Artikel: Eine Professorin aus Yale, Dr. Sophia Miller, hatte auf einer Pressekonferenz die Erfindung einer Brennstoffzelle verkündet, die Kohlenstoff als Treibstoff verwendete. Mit einem Wirkungsgrad von 80% war sie wesentlich effektiver als Verbrennungsmotoren oder als andere Brennstoffzellen. Als eigentlichen Erfinder der Zelle gab Frau Prof. Miller ihren Vater an, den vor zwei Jahren ermordeten Frank Miller; sie selbst habe lediglich sein Werk vollendet. Sie wolle keinen persönlichen Gewinn aus dieser Erfindung ziehen, sondern würde jeder interessierten Firma gegen eine mäßige Gebühr eine Lizenz erteilen. Mit dem Erlös wolle sie ein Stiftung zu Ehren ihres

Vaters einrichten und ungewöhnliche wissenschaftliche Projekte fördern.

Die Kommentatoren waren sich einig, dass die Kohlenstoff-Zelle innerhalb weniger Jahre die herkömmlichen Motoren verdrängen würde. Sie war nicht nur billiger, sondern produzierte auch 40% weniger CO_2. Zumindest für dieses Jahrhundert schienen die Energieprobleme der Welt gelöst. Ein Kommentator der Tribune erinnerte an das Fiasko mit der *Kalten Fusion* Ende des letzten Jahrhunderts, kam aber zu dem Schluss, das es sich diesmal um eine seriöse Entdeckung handelte. Eine unabhängige Kommission von Experten hatte Funktion und Wirkungsgrad der Zelle sorgfältig überprüft. Schon der Name Yale bürgte für höchste wissenschaftliche Qualität. Ergänzt wurden die Berichte von Tabellen, Grafiken und Karten mit der Verteilung der Kohlereserven in der Welt.

„Die Tochter kannte also den fehlenden Katalysator,“James Matthew ließ die Zeitung sinken. „Diese kleine Blonde hier auf dem Foto. Aber die ist doch Biologin, wer hätte das denken können. Die hat doch kaum was gesagt bei den Verhandlungen damals. Der Sohn hat doch das große Wort geführt, und den haben wir die ganze Zeit beschatten lassen.“

Prinz Hanef blickte ihn böse an. „Ihr habt einfach schlampig gearbeitet. Die Tochter ist schließlich Wissenschaftlerin; wahrscheinlich hat sie ihren kleinen Bruder einfach vorgeschickt. Und diesen anderen Wissenschaftler, diesen Kremer, hast Du einfach

ermorden lassen, statt Dich seiner zu bedienen. Der hätte uns doch vielleicht den Tip gegeben, die Tochter im Auge zu behalten."

„Das war keine Absicht; wir wollten ihn nicht ermorden, sondern nur rausfinden, was er wußte. Die Jungs sind einfach zu weit gegangen, waren wohl aus der Übung." Er zog sein Telefon aus der Tasche, aber der Prinz hielt ihn zurück. „Wen willst Du anrufen?"– „Na, Kohlengruben aufkaufen, was denn sonst?„– „ Nicht so eilig, Jim. Schau mal, diese Karte in *le Monde* ist doch sehr praktisch. Wir teilen uns die Gruben einfach auf."

Zur selben Zeit stapfte Schmitz die Treppen hinunter zu seinem Briefkasten und gähnte. Es war spät geworden gestern; bis weit nach Mitternacht hatten sie nach einem Bankräuber gefahndet und ihn schließlich auf einem Feldweg gestellt. Unten angekommen, zog er die Zeitung aus dem Kasten und warf einen Blick auf das Titelblatt. Diese blonde Frau kannte er doch! *Billige, saubere Energie!* stand in großen Lettern auf dem Blatt, und etwas kleiner: *Amerikanische Forscherin erfindet sensationelle Brennstoffzelle.* Natürlich, das war die Tochter von dem amerikanischen Professor, der vor zwei Jahren ermordet worden war! Er klappte die Seite ganz auf und las, während er langsam hinauf ging. Oben angekommen, goss er sich automatisch einen Kaffee ein; anstatt Milch aufzuschäumen, wie er es sonst tat, goss er kalte Milch hinein, setzte sich, las weiter und stopfte dabei das Croissant in sich hinein, ohne

Butter und Honig, und ignorierte Che, der um seine Beine strich und gestreichelt werden wollte. Als er den Artikel zu Ende gelesen hatte, spülte er den Kaffee in großen Schlücken hinunter.

Also die Tochter, und nicht Kremer! Er hatte gewusst, dass Miller irgend eine wichtige Komponente seiner Zelle geheim gehalten hatte. Nur so ließen sich der Überfall und die Durchsuchung des Hauses erklären. Aber als Kremer verschwand und man nie wieder etwas von ihm hörte, hatte er erwartet, dass dieser das Geheimnis kenne und irgendwo in der Welt die Zelle zur Marktreife entwickelte, um dann selber den großen Gewinn zu machen. Genau das hatte jetzt die Tochter getan! Ihr Vater hatte ihr offenbar sein Geheimnis anvertraut – sie war ja auch sein Lieblingskind, wie diese Lehrerin ihm erzählt hatte.

Das musste die Komponente sein, die dieser tschechische Wissenschaftler Dr. Krtil nicht entdeckt hatte. Eine Nachfrage bei der Akademie der Wissenschaften hatte ergeben, dass Krtil sich vor einigen Jahren zur Ruhe gesetzt hatte, obwohl er noch keine 50 Jahre alt war, und jetzt zurückgezogen in einer Villa außerhalb Prags lebte. Krüger war hingefahren, hatte sich als Reporter ausgegeben und mit ihm geredet. Ja, es stimmte, er hatte an eine Zelle gearbeitet; 20% Wirkungsgrad stimmte auch, aber leider war sie nicht stabil: sie korrodierte langsam und war nach 10 Tagen unbrauchbar. Leider ein prinzipielles Problem. Deswegen hatte er sie auch nicht zum Patent angemeldet. 10 Jahre Arbeit umsonst. Aus Frustration war er aus der Akademie ausgeschieden. Er hatte Geld von einem Onkel geerbt und brauchte nicht zu arbeiten. Mehr war aus ihm nicht rauszuholen gewesen.

Er hatte damals Kremer zur internationalen Fahndung ausschreiben wollen, schließlich hatten sie nach ein paar Tagen einiges gegen ihn in der Hand. Auf seinem Rechner fand sich die gesamte e-mail Korrespondenz mit General Powers: offenbar hatte er jede Botschaft erst sorgfältig mit einem Textprogramm geschrieben, anschließend verschlüsselt versandt und das Original in einen virtuellen Papierkorb geschoben, den er nie entleert hatte. Daraus ließ sich zwar nicht eine Anstiftung zum Mord konstruieren, aber immerhin eine internationale Verschwörung und Verwicklung in eine Brandstiftung mit Todesfolge. Eine Hausdurchsuchung ergab Hinweise auf ein Konto in Zürich, denen man hätte nachgehen können, und eine Woche später wurde sein Wagen im Parkhaus am Zürcher Flughafen gefunden; er hatte ihn im Kurzparkbereich abgestellt. Auf dem Rechner der ermordeten Sekretärin fand sich eine kryptische Mail an eine Adresse, die sich einem großen deutschen Energiekonzern zuordnen ließ. Sie forderte vom Empfänger 50 000 Euro. Natürlich existierte die e-mail Anschrift nicht mehr, aber man hätte leicht herausfinden können, wem sie mal gehörte.

Er hatte das damals alles seinem Chef unterbreitet, und sie wurden sich schnell einig, Kremer von Interpol suchen zu lassen, die Schweizer Kollegen um Amtshilfe zu bitten – vielleicht konnten sie herausfinden, wohin Kremer geflogen war – und bei dem deutschen Energiekonzern nach der e-mail Anschrift fahnden zu lassen. Aber am nächsten Tag rief ihn sein Chef zu sich: „Die Fahndungen im Fall Miller sind abgeblasen, von ganz oben. Ich kann nichts machen. Dieser Serbe wird wegen schwerer Brandstiftung angeklagt, und das war's." Auf sein Drängen hin hatte der Chef weiter berichtet: „Die Anweisung kommt direkt vom Innenministerium in Stuttgart, angeblich vom Minister persönlich. Ich habe ein bisschen nachgehakt; unter der Hand gab man mir zu verstehen, in Wirklichkeit käme sie direkt aus Berlin. Ein alter Schulfreund von mir ist da Regierungsdirektor, ich habe ihn angerufen. Genaues wußte er nicht, aber gestern morgen erschien eine hochrangige Delegation der drei größten Energiekonzerne beim Bundesinnenminister. Den Rest kannst Du Dir denken. – Und noch etwas, ab sofort bist Du zum meinem Stellvertreter befördert und als mein Nachfolger vorgesehen. Kommt auch vom Minister in Stuttgart persönlich." – „Die wollen mich kaufen, damit ich Ruhe gebe?" hatte Schmitz empört geantwortet. „Walter, sieh es einfach so: Mein bester Mitarbeiter wird mein Stellvertreter und Nachfolger." – „Und wenn ich mich weigere, wenn ich mich an die Presse wende?" Sein Chef hatte geseufzt, eine Zeitung herausgezogen und die dritte Seite aufgeschlagen: eine ganzseitige Anzeige, Werbung für billigen Strom. „Diese Werbung ist heute zufällig in allen großen Zeitungen. Wer wird auf solche Anzeigen verzichten wollen? Glaub mir, wir haben keine Chance."

So einfach hatte er das nicht akzeptieren wollen und sich auf Rat seines Chefs erst mal einen Tag frei genommen. Als Christel dann am nächsten Morgen kam, diskutierten sie stundenlang und vergaßen sogar den Sex darüber. Sie sah es genau wie sein Chef: Man musste wissen, wann sich zu kämpfen lohnte, und wann nicht. „Wenn Du jetzt an die Presse gehst oder auf eigene Faust weiter ermittelst, landest Du im besten Fall als Dorfpolizist in einem Kaff auf der Alb. Im schlimmsten Fall muss ich in Zukunft einmal die Woche die Blümchen auf Deinem Grab gießen." Schließlich hatte er es eingesehen – sein Verstand sagte ihm ja dasselbe. „Wer weiß," hatte sie ihm zum Abschied gesagt, „vielleicht ist die Geschichte noch gar nicht zu Ende." Dann hatten sie sich lange geküsst, und in der Nacht war sie wiedergekommen.

Schmitz ließ die Zeitung sinken, stand auf und blickte zum Fenster hinaus auf die träg dahinfließende Donau. Vieles würde sich ändern in den nächsten Jahren, ökonomisch, politisch, sozial. Während er darüber nachdachte, hörte er Christels Schritte auf der Treppe. Er wandte sich um, öffnete rasch die Tür, und da flog sie ihm auch schon um den Hals.

Ich danke herzlich Herrn Aleksej Goduljan, der den Text kritisch und sehr verständig lektoriert hat, und meiner Schwester Gerda Schmickler, die sich gut in den Kommissar Schmitz hineinversetzen konnte. Vor allem aber danke ich meiner Frau, Elizabeth Santos, die viele Ideen zu diesem Buch beigetragen hat – das nächste Buch schreiben wir gemeinsam!